中公文庫

# 魯《ロ》肉《バ》飯《プン》のさえずり

温　又柔



中央公論新社

# 目次

# 魯《ロ》肉《バ》飯《プン》のさえずり

# 第一章　ふつうの女の子

——二〇〇五年、東京　桃嘉——

鍋を火にかけたままだったのを忘れていた。あわただしく起きあがり台所に駆けこむと、案の定、沸騰したお湯が鍋から噴き出している。コンロの炎が乱れるようすに、ほんの一瞬、みとれてしまう。じゅっという危なっかしい音が耳につき、はっとする。あわてて火をとめてから、

（何やってんだろ、あたし……）

桃嘉《ももか》はその場にへたり込んだ。鈍《にぶ》く続く頭痛が、いっそう強まる。鍋の中にはトウモロコシが入っていた。夕暮れ間近のスーパーで特売だったものだ。その日必要なもののリストには入っていなかったそれを、桃嘉は少し悩んだあと買物かごの中に加えた。まるごと茹《ゆ》でればそのままオヤツになる。子どもの頃に母がよくそうやって食べさせてくれた。台湾出身の桃嘉の母親はトウモロコシのことをファンベーと呼んでいた。日本人である父も母にあわせてそう呼ぶので、桃嘉は小学校にあがるまでファンベーという言葉しか知らな

かった。給食のときにクラスメートが、トウモコロシ、と言い違えたときは皆がどっと笑ったが、桃嘉はひとりだけ何が可笑《おか》しいのかわからなかった。

濡《ぬ》れてしまったコンロを布巾でふいてから桃嘉は、すっかり茹であがったトウモロコシをお皿にうつしかえる。そうするあいだも頭痛は激しくなる一方だ。たぶん、月経の前兆なのだろうと桃嘉は考える。眠気と倦怠感《けんたいかん》もそのせいに決まっているのだ。桃嘉はコップ一杯の水を準備すると、テーブルに置きっぱなしにしていた頭痛薬の入っている小瓶《こびん》に手を伸ばす。こんなに痛むんだもの、しかたないよね、と何かにむかって言い訳するように、三時間ほど前に服用したばかりの丸い粒を二錠、口の中に放り込む。微《かす》かな苦味が喉《のど》を通過し、胃の中に薬の成分が溶けて広がるさまを思い浮かべながら桃嘉はしばらくのあいだ目を閉じる。そうすれば痛みが和《やわ》らぐような気がするのだ。テーブルには、マンションの回覧板とボールペン、それに未開封の修正液がある。回覧板は、隣の部屋に住む山崎《やまさき》さんが持ってきた。もうじき六歳になるという男の子――確か、リョウくん、という名前だ――も一緒だった。ほらお姉さんに何て言うの？　と母親に促《うなが》されると、コンニチハ、ともじもじしながらもちゃんと言う。

桃嘉はゆっくり目を開けると、回覧板に視線をおとす。ボールペンの文字で、山崎、とある左隣には、渡瀬《わたせ》、と綴《つづ》られている。真下の部屋に住む渡瀬さんたちとは、きのうの昼、エレベーターで乗り合わせたばかりだ。聖司《せいじ》と引っ越しの挨拶《あいさつ》をしたときはベビーベッドでスヤスヤとねむっていた男の子が、今では歩いている。赤ん坊だった男の子の父親の両手は、ぱんぱんに詰《つ》まったスーパーの袋と紙おむつでふさがっていた。幼い息子の手を引く母親のハンドバッグには「おなかに赤ちゃんがいます」と記されたキーホルダーが揺《ゆ》れていた。エレベーターからおりていく親子三人の後ろ姿を見つめながら、まだおむつを必要とする小さな子がいるのに、もう次の赤ちゃんがうまれるのね、と桃嘉はひそかに感嘆した。

渡瀬さんや山崎さんに限らず、桃嘉たちが暮らすマンションには、子どものいる家庭が多い。

――俺たちだってそのうち……

頭痛をふりはらうように首を振ると、修正液を桃嘉は開封する。回覧板の内容は、粗大ごみに関する新しいルールの告知だった。賛同を示すサインが求められていた。そこに、深、と書いてしまってからはっとしたのだった。字を消さなくてはと思ったら頭痛が激しくなり、少しだけ横になるつもりがウトウトしてしまった。「柏木《かしわぎ》」を名のることに桃嘉はまだ慣れていなかった。長い間、聖司のことを「柏木さん」と呼び続けてきたせいもある。最初の頃は「柏木先輩」と呼んでいた。つきあってまもない頃に、俺は彼氏なんだから名前で呼んでよ、と言われたものの、急に下の名前で呼びあうなんて何だかあからさまで恥ずかしくて……と親友の茜《あかね》に話したら、桃ちゃんらしいや、と笑われた。

——柏木さん、は、よせよ。

結婚式の夜、聖司は言った。

——さすがにもう、柏木さん、はおかしいって。俺たちはもう他人じゃないんだ……

あれから一年近くも経《た》つ。新婚というには長すぎる時間だろう。それなのに桃嘉はいまだに、「柏木」という姓はあくまでも聖司のものであって、自分のものではないような気がする。そのことが少し後ろめたくなる。それで、旧姓である「深山《みやま》」でサインしかけたというこの失敗を、聖司には隠しておこうと思う。幸い、「深」の字は修正液できれいに塗り潰すことができた。修正液が乾いたら今度こそ「柏木」と書かなければと思う桃嘉の脳裏に、聖司の両親や妹たちが暮らす家の表札がちらつく……ねえ聖司、あなた何が食べたい？　という義母の声がよみがえる。

　昨夜のことだ。あれからもうじき一年だね、と義父が言ったまではよかった。その日が日曜日であると気づくと義母は、自分の手料理で息子夫婦の結婚記念日を祝いたいと言い出した。桃嘉もつい、いいんですか？　と嬉《うれ》しそうな表情をつくってしまう。ねえ、いいアイディアでしょう、と今度は息子にむかって桃嘉の姑《しゅうとめ》は言う。母親にむかってうなずく夫の横顔を見ながら桃嘉も微笑を保つ。せっかくだからそうしましょうよ、と義母の声はおおいに弾《はず》んだ。義父は、おれはゴルフの約束が、と渋ってみせたものの、そんなの断っちゃいなさいよ、と一蹴《いっしゅう》されて、それもそうだなあ、とあっさり頬《ほお》を緩ませた。そんな両親のようすを聖司はほほ笑ましそうに眺めていた。

長男の嫁である自分を義理の両親が気に入ってくれている。それだけでも、とても幸運なのだと思わなければ……桃嘉はボールペンを握《にぎ》り、カシワギ、と呟《つぶや》きながら、深、の痕跡がすっかり消えた箇所にサインする。車で五分足らずと近いこともあり、聖司の両親は頻繁《ひんぱん》に息子夫婦を自宅へ招いた。少なくとも月に二、三回は声がかかる。聖司は都合がつく限り断らなかった。桃嘉もよほどのことがなければついて行った。聖司の妹たちはいたりいなかったりだった。大学生になったばかりの愛実《まなみ》しかいないときはまだよかったが、上の妹である真純《ますみ》も揃《そろ》うと、桃嘉の緊張はいや増した。

——前から思ってたけど、桃嘉ちゃんってぜんぜんお化粧しないよね。愛実より年下に見えるかも。

愛実が真純に同意する。

——うん、うちよりも桃嘉さんのほうがカワイイよね。

こういうときの桃嘉はあいまいに笑うばかりだ。百貨店の化粧品売り場に勤務する真純が、もったいないなあ任せてくれたらあたしが綺麗《きれい》にしてあげるよ、と言いだしたときはさすがに困った。休日までお仕事させちゃうなんて申し訳ないから、と笑ってごまかすものの、真純はこちらが遠慮しているのか、そんなの気にしないでよ、となかなかゆずらなかった。それで桃嘉は、あんまりお化粧とか興味がなくて、と少々強めに告げるしかなかった。

　真純が、

——今までヨーロッパにしか興味なかったんだけど、台湾も、けっこうおしゃれなんだよね。しかも、すごく親日なんでしょ。調べたら五万円ぐらいで行けるらしいし。ねえ、桃嘉ちゃんのいちばんのおすすめはどこ？

と言いだしたときも緊張した。期待をこめて自分を見つめる義妹にむかって、よく知らないの、と桃嘉は正直に答えたのだが、観光地とかじゃなくて、と真純はかまわずに続けた。

——地元のひとしか行かないようなところ、教えてよ。桃嘉ちゃん、子どものときよく行ったところとか。

　真純に限らない。自分のことを半分台湾人と知った人たちから、台湾の穴場を教えてよと訊《き》かれることがこれまでにもよくあった。けれども桃嘉は穴場どころか、台湾の名だたる観光地もほとんどおとずれたことがない。正直にそう伝えてがっかりされるたび、いつもうしろめたく感じた。

　桃嘉の知る台湾はごく限られている。その中心を占めているのは、空港から車で小一時間ほどかかる台北《タイペイ》郊外にある町で、祖母が今もひとりで暮らす家だ。旧正月のたび、母方の親戚がその家に集った。母は、年に一度きりの里帰りに備えて色々と買い込んだ。両親

への お土産《みやげ》だけでなく、遠くに住んでいるという神経痛に悩む伯父のための湿布や伯母が重宝する胃腸薬を薬局で揃え、姉たちに好評のパンティーストッキングや化粧品の類いは百貨店まで出向いて購入した。甥《おい》や姪《めい》たちへの贈り物——愛らしいキャラクターが描かれた子ども向けの財布や文房具——は桃嘉に選ばせる。

——タレ、ロン、チョ・アイ、リップン・エ、ミイキャア。

みんな日本製品が好きなのよ、と母はよく言った。祖父が元気だった頃は皆で連れ立って、きらきらと輝く淡水河《たんすいが》の畔《ほとり》をそぞろ歩きした。大人たちが適当な屋台に居場所を見つけ大根餅や卵焼きなどをつつく間、年長の従兄《いとこ》が桃嘉を含む子どもたちを引き連れて、射的やパチンコのある「遊戯場《ヨウシーチャン》」に連れて行ってくれる。そういった場所は地元のひとしか行かない「穴場」にちがいない。けれども昨夜は、真純の前でどうしてだか口ごもってしまった。心なしか頭痛がやや和らいできた気がするので、気持ちを奮い立たせて桃嘉はどうにか立ちあがる。いいかげん、夕食の支度にとりかからなければならなかった。蛍光灯の明かりに照らされたキッチンに顔を向けると、ファンベーが目につく。トウモロコシじゃなくてトウモロコシだよ、とほかの子たちから指摘されてきょとんとしていたのは、桃嘉の隣の席の男の子だった。皆が何に笑っているのかわからなかったものの、桃嘉もとっさにその子のことを可笑しがるふりをした。たぶんあの頃から、自分はふつうの子たちとは少しちがうと感じるようになったのだと桃嘉はふと思う。

──台湾のことなら桃嘉ちゃんのお母さんに訊いたほうが早いと思うがな。

義父は、台湾について教えてよ、と迫る真純の前で戸惑っている嫁を助けようと思ったのだろう。

──桃嘉ちゃんは日本人のようなものだけれど、あのひとは、桃嘉ちゃんとはちがって正真正銘の台湾人なんだから。

父親にそう言われると真純は、

──それもそうか。桃嘉ちゃん、お母さんに訊いといてよ。でもあたし、よく考えたら桃嘉ちゃんのお母さんとはアニキの結婚式以来会ってないな。

──そうよね。お父さまはあいかわらず、あちこち飛び回ってるんでしょう。お暇《ひま》ならいつでもここに顔を出してくれれば、歓迎するのに。遠慮なさってるのかしら？

そこでようやく、聖司が口を挟《はさ》む。

──桃嘉のお母さんは、大勢でわいわいやるのがあまり好きじゃないんだよ。

それは桃嘉が聖司にいつも言っていることだった。

実際、両家の初顔合わせの席や、結婚披露宴のときも、母は聞き役に徹し、自分からはめったに口を開かなかった。

桃嘉は、義父が母にむかって、

──こういうジョーク、外国人にはむずかしいかな？

と言っていたことを思い出す。あなたの冗談がつまらないだけよ、ねえ、と義母が大袈《おおげ》裟《さ》に眉をひそめてやっと、桃嘉の母は小さく笑った。そうか、おれのジョークは国境を越えないかあ、となおも冗談めかす義父を柏木家の面々が呆《あき》れたように笑うあいだも母は遠慮がちにほほ笑むだけだった。後日、桃嘉ちゃんは日本人といってもわからないけれど、お母さまはやっぱりあちらの方という感じね、と義母がしみじみと言ったときの桃嘉も小さく笑う以外にどんな反応をしたらいいのかわからなかった。

　もうすぐあの日から一年が経つ。

――母さんもああ言ってることだし、来週の俺たちの結婚記念日、桃嘉のお母さんも来てくれたら賑《にぎ》やかになっていいのに。

　その場では、きいてみる、と返事をしたものの母がどう返事をするのか桃嘉は予想できていた。電話をしたら案の定、

――ママは、いいよ。皆さんで楽しんで。

　桃嘉も、それ以上は誘わなかった。母に無理をさせたくなかったし、義理の両親に気を遣うだけで精いっぱいなのに、母もいるとなると、自分のほうが落ち着かなくなりそうだったからだ。わかった、と短く告げると、すこしのまあと、がんばってね、という声が返ってくる。がんばる――母は自分が結婚する前日にもそう言っていたと桃嘉は思いだす。

――ママ、がんばるね。だから桃ちゃん、何も心配しないで。安心して、花嫁さんして

ね。

聖司はべつとして、舅《しゅうと》と姑、ましてや義妹たちと母は、これからもよほどのことがなければ顔を合わせることはないだろう。それでいいと思う。いや、そのほうがいいのだ。大きく息を吸ったところで、携帯電話が振動しているのに気づく。茜からだろう。昨夜、着信があった。今朝、聖司を見送ってから一息つく頃に掛け直したところ留守電になったので、夜でなければいつでも待ってる、とメッセージを吹き込んだ。携帯電話を耳にあて、もしもし、と言うと、まだ夜じゃないよね、とたずねる親友の声が聞こえてくる。

「そうね。まだ夜とは言えないかな」

桃嘉が応じると、よかった、と笑う声が漏《も》れる。桃嘉は急に気持ちがほどけるのを感じる。

「べつに、これといって用があるわけじゃないんだけどね。元気にしてるかなと思って……」

なんとかね、と茜に答えながら、さっきよりも頭痛がましになっていると桃嘉は感じる。薬が効いてきたのだろう。きょうはもう三回も頭痛薬を服用してしまった。例の片頭痛《へんずつう》が再発しちゃって、と言いかけるが、呑《の》みこむ。

「茜ちゃんこそ、最近どう？」

「それが、なかなか忙しくて。来月、グループ展に参加するのが急遽《きゅうきょ》決まったもんだから、その準備で目が回りそうなの」

「こないだ個展をしたばっかりなのに、また？　すごいなあ」

桃嘉は素直に感嘆するが、マサトの企画に巻き込まれちゃって、と茜は溜《た》め息まじりになる。なるほどね、と桃嘉は納得する。茜のボーイフレンドであるマサトは、茜同様まだ大学院生ながらも、さまざまな企画をたち上げては実現させていて、「将来が楽しみな気鋭のキュレーター」としていくつかの媒体で取り上げられたこともあった。

「だって、マサトくんがいちばん力をいれてキュレーションしたいアーティストは、なんといっても茜ちゃんだもんね」

　二人が本格的につきあうようになる前から、マサトはだれよりも茜の才能に惚《ほ》れ込んでいたのだ。

「どうなんだろう。最も厳しい批評者であるのは確かだけどね……実を言うと昨夜もそのせいで口論になって。それでつい、桃ちゃんの声が聞きたくなったの」

　マサトは、茜が出したアイディアをその方針でやってもせいぜい過去作品の縮小再生産になるだけだと却下したらしい。

「ずいぶん手厳しいんだね」

「そうでしょ。それであたし、かっとなっちゃって。批判ばっかしないでよって。そしたらあいつなんて言ったと思う？　批評と批判をはき違えるようじゃいくら話しても意味がないって」

茜の声は淡々《たんたん》としていた。桃嘉は茜を慰《なぐさ》めるためにマサトを責めるのは筋が違うと直感する。

「よっぽど、茜ちゃんの才能を信じてる証《あかし》じゃない？」

「……ふふ。実はあたしも一晩頭を冷やしたら、その通りだなって思ったの。あっちも言いすぎたと思ったみたいで、さっき無事に和解したところ」

桃嘉は笑った。茜は照れくさいのか矛先《ほこさき》をこちらにむける。

「桃ちゃんは？　毎日、順調？」

ん、とうなずいたあと、あいかわらず失敗ばっかり、と桃嘉はおどけてみせる。茜の笑い声がする。最後の最後でようやく、ハンサムなセンパイによろしくね、と茜は言った。茜が聖司のことを、ハンサムボーイ、と呼ぶたび桃嘉は可笑しくなる。

茜との電話を終えると桃嘉は、えいやっと気合をいれなおし、台所に立った。まずは米を研《と》ぐ。豚肉を茹でるときに小麦粉少々とともに加えれば肉がやわらかくなると母に教わったので研ぎ汁は流さずにとっておく。心身はだいぶ軽くなっていた。このまま頭痛がぶりかえしませんように、と桃嘉は祈る。

今朝も、頭痛に耐えられず明け方頃に起きて鎮痛剤を飲んだら副作用の眠気のせいか目覚ましのアラームをすっかり聞き損ねて、桃嘉は寝坊してしまったのだ。大急ぎで飛び起きると、聖司はすでにスーツに着替えているところだった。慌てているようすはない。ごめんなさい、と泣きたい気持ちであやまると、聖司は笑って桃嘉の頭を撫《な》でた。ハンサムボーイ、と聖司を評する茜のことばが心をよぎる。炊飯器《すいはんき》をセットすると、いよいよ冷蔵庫から肉をとりだす。魯肉飯《ロバプン》を作ろうと思いたったのは、朝食で失敗した分を挽回《ばんかい》したかったからだ……桃嘉が完璧でなくとも、聖司はあまりうるさく言わない。

自分は聖司にいつも甘やかされている。

——桃嘉ちゃんは、笑った顔がとてもいいね。

知り合った日に、聖司はそう言ってくれた。十二歳からずっと女子ばかりの環境にいたので、大学一年生になった日、誘われるがままに複数の大学が合同で主催するオールラウンドサークルの新歓パーティーに参加した桃嘉は、同世代の男子学生がたくさんいることに圧倒されていた。しかも他大学の男の子たちは、次から次へと桃嘉たちに話しかけてくる。パーティー参加者は、会場の入り口で配布された名札をつけることになっていた。周囲のひとたちの名札を見渡すと、ケン、とか、アヤ、とか下の名前ばかりで、深山桃嘉、と律儀《りちぎ》に書いていたのは桃嘉ぐらいだった。

——そんないい名前なら、俺もフルネームで書きたくなるな。

本心からそう思っているのか、あるいは緊張で身を硬《かた》くしていた桃嘉を気遣ってそう言ったのかはわからなかった。それでも、いい名前、と初対面の聖司から言われたときはとても嬉しかった。顔をほころばせた桃嘉に聖司は、自分はK大の三年生だと自己紹介した。聖司がいたからというわけではないが、結局、桃嘉は大学時代の四年間、そのサークルに出入りするようになった。サークル内での柏木先輩は、大学を跨《また》いで人気があった。桃嘉が一年生の頃は高校時代から続く恋人がいると噂されていた。好意は抱いていたものの、恋心と呼ぶほどのものではなかった。だからこそ、社会人になった聖司のほうから桃嘉ともっと親密になりたいと打ち明けられたときは驚いた。

——桃嘉ちゃん、俺とつきあってほしい。

あの瞬間は、何を言われたのかすぐに理解できなかった。戸惑う桃嘉に、聖司は真顔で告げた。

——俺、桃嘉ちゃんの笑ってる顔が好きなんだ。

それまでも、好意のようなものを示してくれるひとはいた。けれどもこれほどはっきり告白されたのははじめてだった。驚きながらも桃嘉は、聖司の気持ちを知ったその瞬間から聖司を好きにならずにはいられなくなった。いきなり社会人の恋人ができたことで、大学三年生だった桃嘉の日々はがらりと変わった。

——好きだよ、桃嘉。

昨夜も、聖司は桃嘉の耳元で囁《ささや》いた。長い一日の終わり、桃嘉は半ば上の空で聖司に応えていた。異変を感じたのは、聖司がそのまま行為を続けようとしたときだ。桃嘉は、まだ、と声をあげた。まだつけてないでしょ。よく聞こえなかったのか息を乱す聖司は動きをとめようとしない。桃嘉は身をよじりながら、まだでしょ、と最初よりも少し大きな声で繰り返す。薄明かりの中、聖司が顔を曇らせるのが見えた。結局、聖司はそのまま行為を中断し、きょうはもう寝よう、と桃嘉に背中を向けたのだ。

桃嘉が今夜は何か特別なものをつくろうと思ったのは、寝坊したせいだけではない。昨夜の自分が身をもって聖司に応じなかったことへのうしろめたさもあった。スーパーの香辛料の棚で八角が売られているのを目にしたとき、母から教わったレシピのうちいつか試すつもりでいた魯肉飯《ロバプン》をつくろうと決めた。桃嘉は濡れた手を布巾でぬぐうと一息つき、中華食材、という文字が印刷された小さな袋をそっと開く。星のかたちをしたそれをひとつつまみ、鼻先に近づける。ナツカシイ。ことばよりも早く、感情のほうがこみあげる。わずかな苦味と辛味がいりまじる独特な甘味を放つ八角の芳しさはまぎれもなく、母の故郷に溢《あふ》れていたさまざまな匂いのひとつだと桃嘉は感じる。この匂いがするところにはいつも、祖母や母の姉妹たちがいた。もちろん、母自身も。台湾の祖父母や伯母たちから、シュウシエ、と呼ばれるときの母は子どもだった桃嘉の目にものびやかに見えた。逆に、同じお正月でも父方の親戚たちと過ごすときの母はどことなくかしこまって見えた。孫の中でもひとりだけ東京に住んでいた桃嘉は、祖母と面とむかうときはなんとなく緊張した。

——あなた、またお母さんと台湾行くの？

日本のお祖母ちゃんによくそうたずねられたっけ、とぼんやり思い出していると、ふたたび、携帯電話が振動する。「柏木さん」からの着信だ。この時刻にかけてくるということは、たぶん帰りが遅くなるのだろう。はたして、

「あ、桃嘉。きょうってもうごはん準備しちゃった？」

外でかけているのだろう。聖司の声の背後が騒がしい。桃嘉はつくりかけの魯肉飯《ロバプン》を横目に少し悩んだが、

「ううん、まだだよ」

と答える。

「実は、今、友だちとばったり会ったんだ。俺たちの結婚式にも来てたミズシマとササキ、それからタナベってやつら……」

確かに、聖司と一緒にいるらしい人たちの騒いでいる声が聞こえる。桃嘉が黙っていると、

「それなら、きょうは俺ごはんいらないから」

うん、と桃嘉は答える。遅くなるの？　と今度は桃嘉のほうが訊くのだが、タクシーで行けばすぐだよ、と桃嘉にではなく傍らにいるひとたちに言う聖司の声が聞こえてくる。

桃嘉はもう一度夫に質問する。

「きょうも遅くなりそう？」

「あ、桃嘉、ごめん。きょうは、先に休んでていいからね」

「ありがとう。聖司さんも、帰り気をつけて……」

聖司が誰かと話す声が聞こえたあと、電話は切れてしまう。しんとした家の中で、桃嘉は溜め息をつく。接待やら友だちづきあいやらで聖司の帰りが遅くなるのはべつにめずらしいことではなく、むしろしょっちゅうあった。桃嘉は自分よりもはるかに社交的な性格の夫の交友関係をいちいち細かく把握しているわけではなく、ましてや干渉するつもりもないのだが、自分との電話をなるべく手短に終わらせようとした聖司のどことなく弾んだ声を思うと晴れやかな気持ちではいられない。結婚式にも来てたミズシマとササキ、それからタナベ……男女問わず、聖司は友人が多い。

――可愛いお嫁さんでよかったね、聖司。

――聖司って遊んでるふうに見えるけど、意外と一途だしね。

桃嘉はなんとなく、今、聖司と一緒にいるひとたちは結婚披露宴のときに新郎である夫に軽口をたたいていた女性たちである気がしてしまう。それはあまり愉快な想像ではなかった。桃嘉は複雑な気持ちで生姜《しょうが》とにんにくを刻みはじめる。醤油《しょうゆ》、砂糖、胡麻油《ごまあぶら》、酒、米酢……小麦粉をまぶした豚肉を鍋で煮込むときの汁のつくり方は母に教わった。母のメモに、八角はない。さっき封を切ったばかりの袋を見やりながら桃嘉は、きっと母は今では日本でも八角が手に入ることを知らないのだろうと思う。次に会ったら教えてあげよう。

八角抜きでも充分おいしいが、あったほうがやっぱり台湾らしい味になるのだから。

　ひと通りの下ごしらえを終える頃に、下腹部がちくちくと痛みだす。やっぱり頭痛はこの予兆だった。どうせ聖司はまだ帰ってこない。桃嘉はエプロンを外すと、鈍い月経痛を感じながらソファーに身を投げだす。なんとなくテレビをつける気にはなれず、携帯電話の履歴をながめる。聖司からの着信。茜からの着信。それから「柏木家」と登録した番号。聖司の母親が電話を寄越したのは今朝、聖司を見送った直後だった。

――あなたたちのお祝い、真純も参加できることになったわ。よかったわね。

　それから義母は、なんでもリクエストしてちょうだいとはしゃいだ声で告げる。真純がそう言うのよ、主役は桃嘉ちゃんたちなんだからって、とはりきる姑に、あたしはなんでも嬉しいです、と桃嘉は精いっぱい嬉しそうに応じる。その分、電話を切ったあとは気が沈んだ。

――おれも、五十七か。

　聖司の父親の誕生日を祝うためにやはり柏木家に集合したときのことだ。還暦まであと三年か、と大袈裟に嘆いたあと、義父は思わせぶりな笑みを浮かべながら桃嘉と聖司のほうを見た。

――まあ、再来年からは、専業じいさん、もわるくないな。

一瞬、何をほのめかされたのか桃嘉はつかみかねた。すぐに義母が、かのじょの夫の発言に同調する。

――孫は、子どもよりも可愛いって言うものねえ。こないだもね、あたしたちいよいよ、ばあば、なんて呼ばれる年齢になったわね、って友だちと言い合っていたのよ。

――そしたらおれは、じいじ、か！

義理の家族たちが愉快そうに話しているのを、桃嘉はなんとか微笑を保ちながら見守るしかなかった。

――でも、あたし、オバサンはやだなあ。兄さんの子には、マスミさんって呼ばせたいや。

兄さんの子？　桃嘉が聖司をこっそり見やると、聖司はふつうに笑っていた。夫だけではない。自分以外はだれも、真純のその言い方が気にならないようだった。

桃嘉は脈打つ腹部を抱えるように座り直す。

台所では炊飯器のごはんも、鍋の中の豚肉もよい匂いを漂わせていたが、まるで食欲が湧いてこない。せっかくのごちそうを自分ひとりで食べるのはもったいないという思いもあり、桃嘉は魯肉飯《ロバプン》を翌日の晩にまわすことにする。代わりに、トウモロコシをのせたお皿をテーブルに運ぶ。母はいつもトウモロコシに塩をふりかけた。塩の小瓶を片手につややかに輝く黄色い粒を眺めながら、トウモロコシの絵を描いたことがあったのを思い出す。一粒ひとつぶの輝きを表現しようと、黄色の絵の具に色んな色を少しずつまぜて試すのが楽しかった。完成した絵を、桃嘉が通っていた絵画教室を主宰していた老画家は皆の前でおおいに褒めてくれた。

――この絵がいいのは、おいしそうなところだけではないんだよ。桃嘉ちゃんがトウモロコシを大好きだという気持ちが溢れているのがすごくいいんだ。

自宅のアトリエを開放して子どもたちに絵を教えるその老画家は、台湾から日本に引き揚《あ》げてきたという経歴の持ち主で、その縁から、桃嘉と母のことをいつも気にかけてくれた。桃嘉も週に一度、お絵描きを習いに行くのは楽しみだった。台湾帰りの老画家は、いつも教え子たちが描きたい絵を好きに描かせていた。

あのときも、桃嘉は自分の意思でその絵を構想した。それは、父母にともなわれてうまれてはじめて出席した結婚式の一場面をモチーフにしたものだった。きらびやかな純白のドレスを身にまとい、きれいな化粧をほどこし、華やかな冠をかぶって、その場にいるすべてのひとびとからの祝福をうけながら、愛するひとと添い遂げると誓って口づけをかわす……結婚式の主役である花嫁は、まばゆい輝きに満ちていた。少なくとも十一歳の桃嘉の目には、新婦の輝かしい部分しか映らなかった。だからこそ自分は、ウェディングドレス姿の女性が幸福そうな笑みをたたえながら色とりどりの花を胸に抱きしめているその絵を描いたのだった。

――これは、桃嘉ちゃんの将来の夢？

そう訊かれたとき、桃嘉ははっきりと首をふった。

――あたしの将来の夢は絵を描くひとだよ。

ファンベー。

何かを鎮める心地でそう呟いてから桃嘉は力を込めてトウモロコシを齧《かじ》る。

＊

翌月、桃嘉は久々に母の魯肉飯《ロバプン》にありつくことができた。その日の昼に上海出張から東京に戻ったばかりの父と競うように桃嘉は、母が一晩かけて煮込んだ豚肉を白米とともにたらふく食べた。ざっと洗ったお碗《わん》や箸を食洗機にいれながら、そういえば、と桃嘉は母に教えてあげる。スーパーで八角が買えるんだよ。ハッカク？　と母が訊き返す。八角のことを、母が何と呼んでいたのか桃嘉は考えるが思い出せない。母のほうが先に閃《ひらめ》く。ああ、八角《バージャオ》ね。そうそう、バージャオ。

「ママ、嘆いてたでしょ。日本ではバージャオが手に入らないって。最近はどこでも売ってるみたいだよ」

梨を切っていた母は、そぉ、と言ったきり詳しいことを訊こうとしない。だから桃嘉は魯肉飯《ロバプン》を自分もつくったと母に言いそびれてしまう。もっとも、はりきってつくったわりには聖司にそれほど喜んでもらえなかったことを思えばあまり話題にしたくはなかった。

おいしくない、とはさすがに言われなかった。けれども、二口ほど食べたところで聖司は、

──これ、何の料理？

と訊いてきた。ロバプン、と言ってもたぶんわからない。それで、台湾風の豚肉煮込みごはん、と桃嘉は告げる。そうか、と聖司は口の片端をかすかに上げて笑う。桃嘉はちょっとクセが強かったかな？　とおそるおそるたずねる。聖司は、こういうの日本人の口には合わないよ、と苦笑いしながら箸を置く。あとは桃嘉が食べてよ、俺は鯖缶《さばかん》でも開けるから、と言ってから、こういうものよりもふつうの料理のほうが俺は好きなんだよね、と言った。

ふつうの料理。その一言がなければ、桃嘉は魯肉飯《ロバプン》をもう一度つくったかもしれない。きっと聖司は八角がだめなのだ。あの独特の風味がなければ聖司も魯肉飯をおいしく食べてくれるだろう、と思ったかもしれない。けれども桃嘉にとっての魯肉飯はふつうの料理以上に思い入れがあるものなのだ。そうであるからこそ、聖司にまた拒まれるかもしれないと思うと二回目の挑戦をする気にはなれずにいた。むろん、母にあえてその話をしようとは思わない。梨を齧りながら桃嘉は壁の時計を見る。そろそろ帰らなければならない時刻だ。

「たまには泊まっていったら？」

父の〝誘惑〟に心が揺らぎつつも、もう行かなきゃ、と桃嘉は帰り支度をはじめる。魯

肉飯の具が余ってたら持って行かせたかったんだけど、と母が言う。

「もう、ぜんぜんない。桃ちゃん、みんな食べちゃった。桃ちゃん、きょういっぱい食べた。パパよりいっぱいよ。えらい」

まるで小さな子どもを褒めるような母の口調が桃嘉は可笑しかった。

「だって、ママの魯肉飯、おいしかったんだもん」

そんなに言うほど？　と口では疑いながらも母の顔は嬉しそうだった。

送るよ、という父を制して街灯が煌々《こうこう》と照らす道をひとりで歩き出す。実家から最寄り駅までは五分もかからない。空気が澄んでいて気持ちがよかった。父が二週間ぶりに出張から戻ってきたのと告げたら、顔を見せに行くといいよ、と聖司は言った。自分も顔を出したいとは言わない。むろん、桃嘉にもそのほうが都合がいい。聖司も一緒なら、父も母も何かと気を遣うことになるだろう。

——ママならともかく、パパにマサトを会わせるなんて考えられない。ふたりが何を話すのか想像もつかないもん。

いつか、茜も言っていた。ただし、幸いあたしたちは結婚してないし、とも付け加えて。

聖司くんが待ってるなら桃嘉を帰さなくちゃな、と父がおどけたときも母はそしらぬ顔で笑っていた。

——結婚したからには、けじめをつけなきゃだめよ。

挙式の前夜、母は桃嘉に言い聞かせた……桃ちゃん、明日からカシワギさんの奥さん。だから桃ちゃんも、これからはカシワギさん最優先よ……母の言う通りだ。自分は聖司の妻なのだと思ったとたん、桃嘉は、現実が急に押し寄せてくるのを感じる。

電車が到着するまで数分ほどあった。ホームの真ん中あたりで桃嘉は立ち止まる。「Take Free」とあるラックに、アルバイト情報誌や住宅情報誌が置かれていた。

——子育てにやさしい町ランキング

その文字を眺めるうちに、聖司の母親のはしゃいだ声がよみがえってくる。

——いずれこの家を建て直してみんなで暮らしましょうよ。そのほうが、孫たちの世話の手伝いもしやすいし！

聖司と桃嘉の結婚一周年を祝う食卓で、そう声を弾ませる姑の口調からは、それがとっさの思い付きなのか、あるいは、ひそかにずっと考えてきたことなのか桃嘉には判別がつかない。姑の横に座る舅は笑顔をたたえたまま、妻が言い出したことに賛成も反対もしない。聖司はといえば、母さんってば気が早すぎるって、とまんざらでもなさそうなのだ。桃嘉は気まずさをおぼえながら、今もこの家に住んでいる義妹たち——とりわけ真純——の顔色をうかがわずにいられなかった。真純は桃嘉と目が合うと、にんまりと笑った。

——いいんじゃない？　桃嘉ちゃんとアニキがここに住んでくれれば、お父さんとお母さんの老後も安心だもん。

ホームも閑散としていたが、電車も空いていた。桃嘉のむかい側にはちょうどだれもいなくて、車窓にうつる自分の顔が見える。少し痩せたんじゃないか、と父に訊かれたときは、そうかな、と適当に流した。両親には言わなかったが体重も減っていた。頭痛に見舞われるたび、食欲がなくなるせいだ。だからきょうは特別だった。ごはんをおかわりしたのは、何か月ぶりのことだろう。そう思っていたらポケットの中で携帯電話が震える。

——仕事が終わらないから、きょうはかなり遅くなると思う。あとでまた連絡する。

留守電に切り替わってから吹き込まれたメッセージを聞いたあと、桃嘉は小さく溜息をつく。それなら、こんなに急いで帰らなくてもよかった。

新居の物件を探すとき、聖司は自分が高校生の頃からつかっていた沿線にこだわった。桃嘉にしてみれば聖司とつきあうまではほとんどなじみのない地域だったが、結果的に、深山家よりも柏木家に近い場所に決まったのもやむを得ないことだった。

——桃嘉も、うちの親とは一緒に暮らしたくないんじゃない？

結婚一周年を柏木家で過ごした帰り道、車の中でそう切り出したのは聖司のほうだった。桃嘉はその通りだと思いながらも、うなずくのは遠慮してあいまいにほほ笑むにとどめた。聖司はいかにも可笑しそうに、

——こないだ、姑と住むのは絶対にいやだ、どんなにいい人だとしても、そんなのぜったいに無理だって会社の女の子たちが言っていたのを思い出してさ……

女の子たち。聖司は、後輩はもちろん同僚のこともそう呼ぶ。会社関係の女性たちのことに限らない。学生時代の友人たち——桃嘉の知っているひとも含め——を指すときにも聖司はそうする。きっと妻である自分のことも、〝女の子〟なのだと聖司は思っているのだろう。

——まあ、真純と愛実もまだ住んでいるんだし、俺たちは俺たちで物件を探せばいいと思うんだ。そのうち家族が増えたら、今のところでは手狭になるだろうし……

聖司が、次は分譲か賃貸か検討しなければならないけどね、と話すあいだじゅう、桃嘉は上の空だった。引っ越せるものなら、柏木家から少しでも遠いところがいい。けれども聖司にむかってはっきりそうとは言えなかった。自分にそんな権利はないのだ。こめかみの奥がかすかに痛む。桃嘉は片頭痛の気配を振り払うように首を振り、鞄《かばん》の中から冊子を出す。駅のホームに設置されたラックから桃嘉がもらってきたのは、住宅情報誌ではなく求人情報誌のほうだ。隣で眠りこけている男性をじゃましないように桃嘉はそっと冊子を広げる。アルバイトとパートの募集要項を追いながら、自分にもできそうなことはないかと検討するつもりが、就職活動のために駆けずり回っていた頃に感じていた息苦しさがよみがえる。桃嘉が最終面接まですすむことができたのはたったの一社だった。結局、そこも落ちてしまったのだけれど。自分はどこからも必要とされていない。涙をぼろぼろこぼす桃嘉に、俺がいるよ、と聖司は囁いた。

――桃嘉、俺と結婚しよう。

あのときは救われる思いがした。結婚するなら桃嘉以外考えられないと前から思っていたんだ、と言う聖司に身をゆだねながら自分は少なくともこのひとには必要とされているのだと桃嘉は心から安堵した。聖司の妻になると決めたとたん、就職に失敗した桃嘉の惨めさはだいぶ和らいだ。実際、桃嘉が卒業早々結婚することに驚いたひとたちも相手を知ればだれもが納得した。これで〝専業主婦〟の道は保証されたね、と大いに羨ましがられもした。けれども桃嘉は順序が逆になっただけで、いずれは外に出て働きたいと思っていた。聖司や周囲にもそう伝えていた。頃合いを見計らって、自分の力をまた試すつもりなのだ、と。それなのにこの一年の桃嘉は、求職活動らしい活動をしないまま来てしまった。ふと、無理に働かなくていいよ、と言う聖司の表情がよぎる。

――桃嘉は、その必要がないんだからさ。

今時、聖司のような夫に恵まれるなど稀《まれ》なことだから、自分は幸運にちがいないと桃嘉は思う。贅沢《ぜいたく》な悩みだともわかっている。けれども桃嘉は、このままずっと聖司の帰りを待っているだけの人生を思うと少し怖くなってくる。せめて、育児に追われるようになる前に仕事を見つけたい。聖司のほうは、もういつ子どもがうまれてもいいと思っているらしい。そのせいか、以前ほどは避妊に気を遣わなくなってきた。俺たち夫婦なんだし、と言っては桃嘉のなかに押し入ろうとすることもある。こめかみがずきんと脈打つのを桃嘉は感じる。もはや桃嘉の頭に求人情報誌の内容は入ってこなかった。桃嘉の降車駅で電車が停まると、入り口付近の席で居眠りしていた男性が慌てて立ち上がる。背格好と髪型が近いせいか、背広姿の男性は聖司と少し似ていた。もっとも桃嘉は、自分の夫があんなふうにくたびれきっている姿はまだ見たことがない。結婚して一年が経った今も、聖司はよく言う。桃嘉の顔を見ると癒やされるよ。そんなふうにほほ笑まれるたび桃嘉は、自分は今のままでも夫の役に立てていると感じられた。そうであったからこそ桃嘉は、聖司が居心地よくいられるように家じゅうをきれいに整えておきたいと思うのだし、聖司の口に合う料理をつくろうと心掛けた。幸い、聖司が桃嘉の家事をめぐって苦言を呈したのは、今のところただ一度きりだ。

——ふつうの料理のほうが俺は好きなんだよね。

桃嘉の気は滅入る。そして、その沈鬱さが悪い予兆であるかのように、聖司はこの夜、帰ってこなかった。ひとりで寝るには大きすぎるベッドで桃嘉は空が白々と明るむまで、ほとんど一睡もできなかった。

*

日が短くなってきた。

聖司はあいかわらず忙しそうにしている。突然の外泊はあの一度きりではあったが、帰宅が深夜に及ぶ日が前よりも増えた。桃嘉はベッドでいつもうっすらと醒《さ》めながら夫の帰りをじりじり待った。一度、起きて聖司を待ったこともあった。日付が変わる直前に帰ってきた聖司は少し酔っぱらっていたのかかすかな酒気を感じさせながらパジャマ姿の桃嘉を、ただいま、と抱きよせた。

――桃嘉の顔を見るとホッとするなあ。

顔をほころばせてそう言うものだから桃嘉は、こんな時刻まで上司や取引先の人に付き合わされていた聖司を遊び歩いていると疑っていた自分が急に恥ずかしくなる。この日も聖司はシャワーを浴びることを忘れなかった。桃嘉の隣で横になった数秒後にはもう寝息をたてていた。

そんな夜が何度かあったあとのことである。

遅く帰ってきた聖司は、めずらしくスーツ姿のまま桃嘉が横になっているベッドに腰をかけた。桃嘉はまだ寝ていなかった。聖司に、腰を撫でられているのを感じたが、なんとなく億劫でわざと反応しなかった。桃嘉、と囁く夫の声が聞こえてきてやっと寝返りをうち、目を開ける。薄明かりの中、夫のほほ笑む顔が見える。おかえりなさい、と告げる自分の声がちっとも寝起きらしくなく、明瞭に響いてしまったことに桃嘉は少し焦るが、聖司は微笑をたたえたままだ。

「俺、今週末、名古屋に出張になったんだ」

「……」

「一泊二日、留守になる。だから桃嘉も……」

子どもを相手にする調子で、聖司は桃嘉の頭を撫でる。

「実家に泊まってきたら？　たまには家のことや俺のことを忘れて、お母さんのところで羽をのばしなよ」

桃嘉は、ほんとうに出張？　と言いかけて呑みこんだ代わりに、母の許可がいるの、と呟く。そんなの、と聖司は笑い、桃嘉のお母さんだって娘が帰ってきたら喜ぶに決まってるよ、とわかったような口をきく。逡巡《しゅんじゅん》はあったものの、聖司の外泊があらかじめわかっているのなら泊まりがけで実家に戻るのもわるくはない。

土曜日が訪れ、朝食も兼ねた簡単な昼食を終えると、桃嘉は聖司よりも先に家を出た。玄関先までわざわざ出てきて、俺は七時までに名古屋に着けばいいから、と聖司は言った。桃嘉は聖司を見つめた。名古屋には七時までに着けばいい。夫が自分にそう言うのは今朝から数えてすでに三度目だった。聖司はさりげなく目を逸《そ》らすと、今夜は思い切り羽をのばしてきなよ、と桃嘉に告げた。

（わたしの羽、そんなにちぢこまってみえるの？）

言おうとして、やめる。玄関で自分を見送る夫の笑顔は、心なしか晴れやかに見えて、少しだけ心が毛羽立つ。

母に出迎えられると、はじめこそ少々こそばゆかったものの、実家のリビングでくつろいでいたら半時間もしないうちに桃嘉の気分はゆったりと安らいだ。母が夕飯の下ごしらえをする脇で父が帰ってくるのを待つ間は、母とつまらないことで言いあったりもした。同級生たちと会っていた父が帰宅する頃に、母のつくった米粉《ビーフン》と排骨湯《パイコータン》はちょうど出来あがる。すごい、と桃嘉は感嘆する。ママってば計算ぴったりなんだから！　母は、おおげさ、と桃嘉を可笑しがる。桃嘉の顔を見た父は満面の笑みで、やけにそわそわしてるなって言われたんで桃嘉が帰ってきてると白状したらみんなに笑われたよ、と告げる。

久々に親子三人での食事をし終えた父は、パパは牛になる、とソファーに横たわる。食べてすぐ寝たら牛になる、をもじった父の〝食休み宣言〟がなつかしくて、桃嘉は笑ってしまう。母は父にとりあわず、さっさとよごれものを流し台に運んでゆく。桃嘉がキッチンをのぞきながら、お皿洗おうか、と申し出ると、おやまあ、と母がいたずらっぽく笑う。

「桃ちゃんも大人になったね」

結婚前は自分からすすんで家事をしなかったことを桃嘉は照れながら思い出す。母は、こっちはいいからさっさとおふろにはいって、と桃嘉の背中をたたく。

「あたしは、あなたのママよ。ポォポォじゃない。気つかわないでいい」

ポォポォ。姑を意味する中国語を、桃嘉は自分が結婚してから知った。桃嘉は母の言う通りにさせてもらう。

約一年ぶりの実家の脱衣所で桃嘉は感動せずにはいられない。なにもかも揃ってる、と母が事前に言っていた通り。桃嘉のパジャマに歯ブラシ、桃嘉用のタオルなどが戸棚の中にきちんとおさまっていた。まるで桃嘉がちょっとばかり留守をしているかのような調子で。服を脱ぎながら時計――桃嘉が中学生の頃から同じ場所に置いてあるものだ――を見ると、八時を少し過ぎるところだった。

（たぶん、聖司さんは今名古屋にいない）

たっぷりと湯をはった浴槽に浸《つ》かりながら桃嘉は考えていた。

聖司が帰ってこなかった夜から二週間ほど過ぎた日、夏物をクリーニングに出そうとして桃嘉は、夫のジャケットの内ポケットに二枚重ねの紙切れが入っているのに気がついた。一枚はクレジットカードを使ったときの控え書、もう一枚はシティ・ホテルの名が印字されたレシートだった。仕事柄、聖司は日中に外回りすることも少なくない。シティ・ホテルのカフェで顧客と打ち合わせすることもある。だからはじめはそういうことかと思った。けれどもさらに目を凝らすとその小さな紙切れには、室料（一泊分）とある。桃嘉の動悸《どうき》が激しくなる。レシートの日付は、聖司が外泊した日と合致した。あの日、聖司は日付が変わる寸前になってようやく連絡をよこした。遠方に住む同僚が終電を逃したのでふたりで飲み明かすことにしたのだ、と……桃嘉は震える手でレシートを丸めると屑籠《くずかご》の中に放り込む。その勢いで、クレジットカードの控え書も一緒に捨ててしまう。あとになって何度か考えた。早まって捨てたりせず、聖司に突き付けるためにとっておいたほうがよかったのだろうか？　でもあの瞬間、桃嘉自身がそのレシートの存在に耐えられなかったのだ。そんなことがあってはならないと思った。

事実、桃嘉の記憶にある限り、聖司の自分に対する態度は、以前とほとんど変わらなかった。ただ、帰りが遅くなることは増えた。晩ごはんを外で済ますことも多くなっていた。けれどもそれは、重要な仕事を任されることが増えてきたためなのだと桃嘉は思う。夫は近頃、よくそう話しているではないか？

——俺、仕事がどんどん楽しくなってきたよ。

桃嘉は、聖司のことを信じたかった。聖司と自分は、円満なのだと思いたかった。

疑惑のレシートを黙って処分した日の夜、ベッドで聖司に背後から抱きしめられると桃嘉はみずからその手を自分の乳房のうえに導いた。聖司が驚いている気配を感じる。それで弾みがつき、桃嘉は夫の下半身をいきなりまさぐる。聖司が息を漏らす。聖司が乱れるにつれて、桃嘉の中を渦巻く意地のような欲望もますます燃えあがる。

（わたしは聖司さんの妻だ）

聖司は、こんなことまでしなくてもいいよ、とややたじろぎながらも、桃嘉がいつになく積極的にふるまうのを決して嫌がりはしなかった。

甘い疲労感にうっとりと浸っている聖司の腕の中で桃嘉は、夫を充分に満足させられた自分に安堵すると同時に、奇妙な悲しみが疼《うず》くのを感じる。愛してるよ桃嘉、と囁く聖司の声は優しかった。桃嘉はいよいよこらえきれなくなる。

──聖司さん、あたし……

レシートのことを、言いかけて声がうわずる。目が潤んでしまう。そんな桃嘉をいとおしそうに抱き寄せて、

──愛しているよ。

聖司は、繰り返す。その腕の中で桃嘉はことばを失う。

──俺、桃嘉が奥さんでよかったよ。

疑惑のレシートさえ目にしなければ、もっと朗らかに聖司の〝愛〟を受けとめられたはずなのに、と思ったとたん、桃嘉は狂おしくなる。いっそ、聖司にこう言ってみようか？

（そうね、あなたの奥さんになりたい女の子はいっぱいいるもんね）

けれども声が、出てこなかった。その間も聖司は幸福そうに、かれの妻への〝愛〟を囁き続けていた。

ベッドの傍らの屑籠の中を、桃嘉は突然意識した。そこには、聖司がティッシュに包んで捨てたばかりのコンドームと、その半日前に桃嘉がくしゃくしゃに握り潰したレシートが入っている。声が、急に滑り出す。

──あたし、聖司さんとまだ恋人同士でいたいな。

——え？

聖司の耳元に囁きかける桃嘉は、知らずしらずのうちにほとんど媚《こ》びるような調子になる。

——わたしは赤ちゃんよりも、もう少し聖司さんとふたりきりでいたい……

それは半ば本音だった。桃嘉はまだ、母親になるための覚悟が決められずにいたのだから。幸いなことに、自分のこの言い分は、聖司の耳に、いじらしく響いたらしい。はたして、聖司は納得してくれた。桃嘉は子どもをつくることを先延ばしにすることができた。少なくともこの半月の間、聖司は毎回、自分からすすんで避妊してくれている。

柚子《ゆず》の香りがただようたっぷりのお湯の中に身を浸しながら、いっそ、早く聖司の子どもを産んでおいたほうがいいのかもしれない、という思いが桃嘉の胸をよぎる。

——桃嘉なら、いいお母さんになれるだろうし、俺、子どもを持つなら桃嘉としか考えられない。

桃嘉は浴槽の中に潜り込みたくなる。実際に唇のあたりまでしばらくからだを沈める。そして、やっぱりまだこわい、と感じる。こどもができたらみうごきがとれなくなる、と思う。けれどもすぐに、就職活動のときにどこからも選ばれなかったことのほろ苦さがよみがえり、結局、今の自分には聖司しかいないのだと思わされる。桃嘉は、聖司の妻という境遇に甘んじながら、ずるずると過ごしてしまった自分の情けなさがくやしくなる。両手で顔を覆いながら桃嘉は自分をなだめる。

（泣いちゃだめ）

泣いたりなどしたら、母にへんな心配をさせてしまう。

お風呂上がりの桃嘉に、ホラ、と梨が盛られたお皿を母は示す。

「あなたが世界で二番目に好きな果物」

桃嘉の顔はつい、ほころぶ。

母が一口サイズに切りそろえてくれた梨はほどよく冷えていて、桃嘉のまだ火照ったからだに心地よかった。

「世界で一番目じゃない。ごめんね」

と母がおどけるので桃嘉もわざと口をとがらせる。すると母は、梨があればダオ・チヨウよ、と桃嘉をにらみつける。それで桃嘉も、そうだね、梨があればダオ・チヨウ、ダオ・チヨウとおどけてみせる。母娘は声をたてて笑いあう。ダオ・チヨウとは、ありがたいと思わなくちゃ、といった意味の台湾語で桃嘉の母の口癖なのだ……でも、台湾で育っていたらあなたはあんなに芭樂《バラア》が好きだったかしらね。べつに、めずらしいものじゃないもの、芭樂なんてどこにでもあるから。むしろ、つまらないものの代名詞にもなるぐらい。だからみんな可笑しがるのよね、台湾に帰るたび桃嘉がそればかり食べたがるので……桃嘉とふたりきりのときの母は、日本語の中に台湾語や中国語をまじえながら喋《しゃべ》る。そのほうが話しやすいのだろう。昔からずっとこの調子なので桃嘉のほうも、母が何語で喋ろうとみんなわかってしまう……母はまだ、芭樂、グァバについて話していた。しゃりしゃりとした独特の歯ざわりと梨にやや似たさっぱりした甘味のバラァは、日本には輸入されていないので台湾でしか食べることができない。母の言うように台湾では一山いくらのありふれた果物らしいけれど、年に一度、淡水の祖父母の家でしか食べられないそれが桃嘉は大好物だった。この子にりんごを食べさせようとしたらバラァのほうがいいと言われてあたし困っちゃった、それで来年お祖父ちゃんとお祖母ちゃんのところでまた食べようね、と約束したのよね……と母が祖母や伯母たちに話す横で、念願かなって一年ぶりにバラァにありつけて笑みをこぼした桃嘉を大人たちが笑ったのをおぼえている。いや、同じ話を母が何度も繰り返すからおぼえているような気がしているだけなのだろう。それ以来、旧正月のたびに皆が桃嘉にバラァを用意してくれる。マンゴーやライチのように、いつか日本でもバラァが食べられるようになるだろうか？　と考えたとたん、日本人の口には合わない、と言う聖司の声がよみがえり、桃嘉の心に影が差す。桃ちゃん、と母が名を呼ぶ。桃嘉は気づかなかった。それで、桃嘉さん、深山桃嘉さん、と母は呼んでみたのだろう。桃嘉はやっと我に返る。母が自分を見つめている。

「どうしたの？」

　母の気遣わしそうなまなざしから逃れるために桃嘉は梨の入ったお皿のほうに視線を移すと、

「ごめん、ぼーっとしてた」

笑ってみせる。まだ何か言いたそうな母を先回りするように、パパの分も食べちゃおうかな、と陽気さをよそおって二切れ目の梨に爪楊枝を刺す。その弾みに、頭にのせたタオルがずれる。髪が、まだ乾ききっていなかった。片手に梨を持ったまま、もう一方の手で桃嘉はタオルをにぎる。

「わたしのこのタオル、まだとっといてくれてたんだね」

　母が何も言わないので、桃嘉はつとめてあかるい声をつくる。

「それにしても、ママの米粉《ビーフン》と排骨湯《パイコータン》、おいしかったな。自分では、うまくつくれないから……」

　母の顔がやっと少しほころぶ。桃嘉は、こうして帰ってくるとよくわかる、と陽気な調子でさらに続けてみせる。

「やっぱりうちはいいなあ。上げ膳据え膳だもの」

　案の定、なんの意味？　と母が真顔で訊き返す。桃嘉の説明を聞いて合点がいくと、母はおぼえたての日本語を繰り返してみせる。アゲゼン、スエゼン、アゲゼン、スエゼン……つけっぱなしのテレビ画面から気象情報が流れだす。西日本は今夜から明日の朝にかけて天気が荒れるという。桃嘉はつい、名古屋は今どんな天気なのかと意識する。今夜、聖司がいることになっているところ。名古屋から帰ってきたはずの聖司に、週末お天気がよくてよかったね、と声をかけたら、夫はどんな反応をするのだろう？……不意に母の手が、桃嘉の頬にふれる。カナ、サン・チレエ、と呟く。少し痩せたね、と日本語でも繰り返す母に桃嘉は、髪が伸びただけよ、と笑ってみせる。そう、と母はなおも続ける。

「でも、ちょっと疲れてるみたいだけど。もしかしたら……」

　自分をのぞきこむ母の瞳が思わせぶりに煌《きら》めく。母の言わんとすることを感じとったとたん、それはない、という思いがこみ上げてくる。けれども即座に否定するのも不自然かと思い、ぎこちない間が空いてしまう。そのせいで母の顔つきに期待のようなものが滲《にじ》む。たぶんちがう、と呟く自分の声が思っていた以上に弱々しいことに桃嘉はひそかに狼狽《ろうばい》する。それでも精いっぱいあかるい口調で、

「もし、もしもそうなら、真っ先にママに相談するよ」

　母の手を桃嘉は握る。

「……桃嘉には、はじめてのことだものね」

「……」

「ママも、ちがうと思っていたけどそうだったから……」

　それがあたしだったのね、と言いかけて桃嘉は呑みこむ。とにかく、と母は続ける。あ

なたもあんまり無理しないのよ、という言葉を桃嘉に言い聞かせる。母の真剣な面持ちがこそばゆくて、わかってるってば、と思春期の少女のようにぶっきらぼうな口調になってしまう。母もその年ごろの娘に手を焼く母親のように桃嘉のことをにらむ。

　両親にオヤスミナサイと告げ、桃嘉はかつての自分の部屋の電灯をつける。カバーのかかった扇風機が隅のほうに寄せてあり、机のうえには父のものらしい数冊の本が載《の》っていたが、あとはやはり桃嘉が出ていった約一年前のまま保たれている。十一年間、寝起きしていたベッドに桃嘉はそっと腰かける。枕カバーと布団カバーからは洗い立ての洗剤の匂いが仄《ほの》かに漂っていた。

（あたしの赤ちゃんということは、ママはおばあちゃんか……）

　そのとたん、思いがけず浮き立ってしまった自分の心に桃嘉は驚く。義理の両親や真純が、まだうまれていない自分と聖司の子どもについて触れたときはどちらかといえば憂鬱《ゆううつ》になったのに。自分の産んだ赤ん坊を抱く母の姿を想像したら、気が塞《ふさ》ぐどころか桃嘉の心はいっそう弾んでくる。桃嘉は子どもっぽく身を弾ませながらベッドにあおむけになる。それから、いつか見せてもらった自分が赤ん坊の頃の写真を思い出す。産着に包まれた桃嘉を腕に抱く母と、その傍らでほほ笑む父。このマンションに引っ越してくる前に住んでいたアパートの大家さんの幼なじみが経営する写真館で、破格の値段で撮影した家族の記念写真を、母は国際書留で台湾にいる祖父母に送った。途中で迷子になったらと不安だったのでお祖父ちゃんから「桃嘉という名の私たちの孫娘の写真を毎日眺めている」とエアメールで返事が来たときはとってもホッとしたの……母はよくしみじみと話していた。

（ママは、遠くに嫁《とつ》いだんだな……）

桃嘉は、電車に半時間も揺られればこうして実家に帰ってこられてしまうことがまた少しうしろめたくなる。妙に落ち着かない気持ちで溜め息をついたあと、デスクライト用のコンセントで充電中の携帯電話を桃嘉は見る。実家に到着後、わざとここに置きっぱなしにした。あえて気にしないようにしていた。それでもお風呂に入る前に、いちおう確認はしたのだ。着信一件、メールが一通。予想どおり、どちらも聖司からだった。電話の着信は七時少し過ぎ。メールはその二分後に届いていた。

——無事、名古屋着。これから打ち合わせを兼ねて、先方との食事。その後は立花と飲みに行くから電波通じなかったらごめん。桃嘉も実家でよく休んで。

文末は、例のごとくにっこりと笑う絵文字。電波通じなかったらごめん。それが聖司なりの予防線なのだと桃嘉はとっくに勘づいている。立花と飲むのに夢中で電話に気づかなかった。電波が悪くて電話が通じなかった。妙に遅くなった夜の翌日、聖司は必ずそう言い訳した。今回もきっとそう言うのだろう。時計は十時半を指していた。充電は完了しているはずだけれど、携帯電話に触れる気力が湧かない。桃嘉はそのまま寝ることにして、電灯を消す。

――俺、桃嘉が奥さんでよかったよ。

ベッドにあおむけになった桃嘉はどうしても考えずにいられない。

――ユカリ、やっぱ来なくてよかったよね。

結婚披露宴の二次会でのことだ。参加者の大半が聖司の友人や同僚たちということもあり、華やかな場が不得意な桃嘉はすっかりくたびれていた。それでも、二次会の幹事を引き受けてくれた聖司の友人たちに感謝を最低限示さなければと精いっぱい気を張っていた。余興のバンド演奏が終わった直後、桃嘉はこっそり席をたつ。キッチンの脇を通りぬけてお手洗いに入り、用が済んだあともしばらく洋式便器に腰かけて休んでいるときに、その会話は聞こえてきたのだ。

――聖司のお嫁さん、可愛いよね。なんか、すごくウブな感じがさ。

聖司のお嫁さん。自分の話題だと気づき、桃嘉はどきりとした。べつの声が続く。

――ほんと。おっ、そうきたか？　みたいな。

――あはは、言えてる。ぜんぜん、タイプちがうもんね。

――でもさあ、中学んときにつきあってた子はたぶんお嫁さんタイプだよ。ユカリ、聖司と同じ中学出身の子から卒アル借りて確かめてたじゃん。

――あったねえ、そんなこと！　すごかったよね、ユカリのあの猛烈アプローチ。

――まあ、はじめはそうでも、聖司のほうもすぐ本気になったでしょ。超ラブラブだったじゃん。

――うーん、確かに。でなきゃ四年もつきあわないよね。

――でも聖司も酷だよね。ユカリにも招待状出すなんて……

桃嘉は深呼吸する。ふたりが化粧室を出る気配を確かめてから、個室の扉を押し開く。

蛇口をひねる手が震える。

田辺《たなべ》由香利《ゆかり》。

結婚式のあと、桃嘉は招待状を整理しながらその名を見つけた。欠席に○のついた返信葉書。しあわせになってね、という手書きの文字が余白に添えられていた。全招待者の中でユカリという名の女性はその一通のみだった。このひとか、と桃嘉は暗い気持ちで確信する。けれどもそのときは、それ以上は考えなかった。

――今、友だちとばったり会ったんだ。俺たちの結婚式にも来てたミズシマとササキ、それからタナベってやつら……

ユカリ、と言われたのならたぶんすぐにピンときたはずだ。

タナベユカリ。

姓と名が結びついたのは、聖司のポケットにあった例のレシートを見つけたときのことだ。あのとき、眩暈《めまい》をこらえながら桃嘉は逆算した。その電話がかかってきたのは、確か、魯肉飯《ロバプン》をつくろうとしていたときのことだ。つまり、聖司が突然の外泊をした夜よりも前のことになる……そこまで考えてから、いや、こんなのはつまらない憶測でしかない、と急いで思いなおし、レシートを丸めたのだ。聖司さんのことを信じなくちゃ、と自分を励ましながら。そう、自分は夫を信じようと決めたのである。それなのに、聖司の帰宅が遅くなるたび、見ず知らずのユカリさんのことがいつも頭をよぎった。

（たぶん、聖司さんは今名古屋にいない）

頭をもたげてくる疑念を振り払おうとしても、気がつくとまた考えてしまう。

――一泊二日、留守になる。だから桃嘉も……

自分の帰らない家にわたしをひとりで待たせておくのが聖司さんは後ろめたかった？

桃嘉の呼吸は浅くなる。この頃、しょっちゅうなる。暗がりの中で深呼吸していたら、廊下のほうで足音がする。ドアの隙間から明かりが射し込み、数秒後、水の流れる音がする。足音が桃嘉の部屋の前から遠ざかってゆく。歩き方の感じからして、父のようだ。それだけで桃嘉は言い知れぬ安堵に包まれる。子どもの頃からずっと、母といる時間のほうが長かった。けれども父の存在も桃嘉には決して小さくなかった。母がたどたどしい日本語に中国語や台湾語を継《つ》ぎ接《は》ぎしながら桃嘉に伝えようとすることを、父はいつも少し聞いただけで的確に〝翻訳〟した。父となら、必ずことばがつうじることは幼い桃嘉の支えになった。ことばだけではない。父は桃嘉がしたいことはなんでもさせてくれた。この家に引っ越してきたときだって、と桃嘉は思う。机と本棚。それに、今、横たわっているこのべッドも……子ども向けのものではなく、大人もつかえるような家具を選びたがる桃嘉を、よい選択だ、と父は褒めた。茜や仲間たちとグループ展をするための資金が足りなかったときも、桃嘉が今必要なら、とけっこうな額を寄付してくれた。その父が、反対こそしなかったものの、すぐには自分の結婚に賛成しなかったことを桃嘉はうらさみしい心地で思い出す。そんなに急ぐ必要があるのか、というのが父の言い分だった。それでもしまいには、応援するよ、と聖司と一緒になることを父は認めてくれた。桃嘉にはわかっていた。娘婿として、聖司のような人物は申し分のない相手であり、あえて反対する理由はなかなか見つからないのだ。先月、茜のグループ展で中高時代の友人たちと会ったときにも桃嘉は言われた。

――桃ちゃんが、結婚するって聞いたときはびっくりしたけど……

――うん。でも、あんなひとにプロポーズされたんなら、あたしも就職なんかせずに結婚するよ。

茜以外の面々と桃嘉が会うのは、聖司との結婚式に来てもらったとき以来だった。

――よく言うよ。桃ちゃんだから、あのひとの心を奪えたの。

――あはは、確かに。

心を奪うなんて、と苦笑する桃嘉を友人たちのあかるい笑い声が包む。

――ああ、あたしも、好きなひとに好かれるという至福を味わってみたい。

——あんたは自分ですぐ冷めちゃうだけなんじゃないの。

——ちがう。まだ運命の人に出会えてないだけ。ほんと、桃ちゃんと茜ちゃんがうらやましいよ。

桃嘉は茜のほうを見る。茜は友人たちの言い分を肯定こそしなかったが特に否定することもなく澄ましている。みんなはあんなふうに言うけど、と桃嘉とふたりになったときに茜は言ったのだ。

——あいつが運命の人なもんか。

桃嘉はどきりとした。茜は桃嘉に向きなおると、なんでマサトのやつはあれを評価するの、と言う。桃嘉がきょとんとしているとグループ展に参加していたある作家の名を口にし、

——あんなのよりも、桃ちゃんが描いてたもののほうがよっぽどいいよ。

不服そうに唇をとがらせる。ようやく桃嘉は、その画家と自分を同列に扱ったマサトのキュレーションに茜が腹を立てているのがわかった。さすがの茜も聖司をあいつ呼ばわりはしないだろう。桃嘉は自分の勘違いに苦笑したくなる心地でマサトへの不満を口にする親友の顔を見る。茜は繰り返した。桃ちゃんのほうがずっといい絵を描くよ。茜はそう言ってくれたけど、桃嘉はもう何年もまともに絵を描いていなかった。

——桃ちゃんの絵は、一見やさしそうに見えるけどほんとうは激しいの。

いつかも、そんなふうに茜から言ってもらったことがあった。中学生の茜が、自分にだけは桃嘉の価値がわかる、という口ぶりでほかの皆に説明するようすを思い出すあいだ、桃嘉の気分は少し和む。それから、この部屋でしあげたいくつかの絵が脳裏をよぎってゆく。絵を描くことがとても好きだったと思う。自分には才能があると信じていた時期もある。祖母の部屋に飾ってあるはずの「新娘《シンニャン》」と名づけた絵のことがよぎったとたん、桃嘉は落ち着かなくなる。表はしんとしていた。今頃、名古屋では、雨が降っているだろうか？　呼吸が、また浅くなってくる。例の頭痛もはじまる。両手でこめかみを押さえながら桃嘉はゆっくりと息を吸って吐く。結局、よく眠れぬまま、桃嘉は長い夜を過ごすことになる。

*

どこに行ってもクリスマスソングが流れている。駅前広場ではサンタクロースの恰好《かっこう》をした人々が子どもたちに赤や緑の風船を配っていた。色とりどりのオーナメントが華やかに飾りつけられた巨大なツリーを見上げながら、桃嘉は溜め息をこぼす。写真をとってゆく人も少なくなかった。茜との待ち合わせ時間にはまだ余裕があった。デパートの中に入ってみるものの、一階のどこかにいるかもしれない真純とはできれば顔を合わせたくないので下りのエスカレーターで食品専門店街にむかう。デリカコーナーに続くスイーツのコーナーではどの店でも目立つ場所に〝クリスマス限定品〟が陳列されている。来週になったら、こうしたディスプレイはきれいさっぱり取り払われて正月飾りになっているのだろう。日本は年が明けるのが早い、と母がよく感心していた。台湾では一月上旬になっても、ツリーやクリスマスの飾りがそのままになっていた。台湾では旧暦のほうの正月を祝うので、あわただしく新年の用意をしなくてもいいのだ。

――あんたたちがあらわれてようやくお正月らしくなるってものよ。

台湾で過ごす旧正月はいつも賑やかだったと桃嘉は思いだす。特に、秀琴《シュウジン》伯母が、彼女の夫をあしざまにののしるときときたら最高なのだ。でっぷりと太っている秀琴伯母とは対照的に伯父はひょろりと背が高く、インスァという愛称を持つ。つい最近まで、インスァが針金を意味する台湾語だと知らなかった桃嘉も、恐妻家のインスァ伯父が必要以上に時間をかけて祖母の家のベランダで煙草《たばこ》を吸うのは、気の強い妻の〝口撃〟から逃れるためなのだと子どものときから知っていた。むかしは秀琴姉さんがインスァ義兄《にい》さんを追っかけまわしてたのにね、と秀紅《シュウホン》伯母や母たちは笑いあう。まったくこの子ときたら……と呆れるのは祖母だ。

――秀琴、もう少しおしとやかな妻でいようとは思わないの？

すると秀琴伯母はおおきな体をゆすりながら、あら？　ママが教えてくれたんじゃないの、とおどけてみせる。

——作爲一對夫婦最重要的是妻子想說的話都說出來！

秀琴伯母の口調には輝かしい自信がみなぎっていた。中国語だけれど、幼い桃嘉にも聞き取れた。夫婦としてやっていくのに最も重要なのは、妻が言いたいことをなんでも言えること。

遠い昔に耳にした中国語が妙にはっきりとよみがえり、胸に疼くものを感じる。桃嘉はそっと首を振ると、クリスマス限定品とある雪だるまの形をした小さなチョコレートを買う。待ち合わせ場所では、マサトのほうが先に桃嘉に気づいてくれた。長い腕をひらっと動かしながら、桃嘉さん、と呼ぶ。桃嘉は、一緒だったんだね、と茜に言ってから、先週はありがとうございました、とマサトに告げる。こちらのセリフです、とマサトは言う。

「桃ちゃんに直接お礼が言いたくてあたしについて来たんだから」

それならこれから三人で話すのもわるくない。けれどもマサトは先約があるからと桃嘉の申し出を辞退する。このひとこれでも忙しいの、と茜が言う。それはそうだろう。それなのにわざわざ会いに来てくれたとは。桃嘉は自分がマサトに重んじられているようで嬉しくなる。雪だるまの形をしたチョコレートを渡すとマサトは本当に嬉しそうな顔をして、いずれまた何かの企画で桃嘉さんの力を貸してほしい、とも言ってくれる。

ひらひらと腕をふりながら雑踏の中へと遠ざかるマサトを見送りながら、

「マサトは甘いものさえ与えておけば機嫌がいいの」と茜が言う。

「茜ちゃんとマサトくん、ずっと仲が良いよね」

うらやましいな、と桃嘉は言いかけて呑みこむ。そんなふうに言ってしまえば、自分と聖司はそうではないみたいだ。ん、と茜はなんでもないことのように桃嘉の感嘆を受けいれる。

数分後、カフェでむかいあってから、

「先週は、ほんとありがとね。マサトが鼻高々だったもん」

茜にあらためてそう言われると、照れくさい。土日の二日間、茜に頼まれて桃嘉はマサトが関わっているグループ展の会場で受付兼案内のアルバイトをした。そんなに複雑な仕事ではなかったものの、ほかのひとたちに迷惑をかけずに済んだことに桃嘉はほっとしていた。

「迷惑どころか、桃ちゃんは大好評だったんだよ。言っちゃなんだけど、あたしたちのまわりって愛想のないやつが多すぎるんだよね。マサト曰《いわ》く、あとでアンケートみたら、柏木さんというスタッフに癒やされました、ってわざわざ書いてたひともいたらしいよ」

確かに、一緒に働いていた子たちはギャラリーの来場者に対して素っ気ない応対をしていたなと桃嘉は思う。それに、と茜が身をのりだす。

「桃ちゃん、中国人のお客さんの応対もしたんでしょ？」

茜に見つめられて、桃嘉は、そんな大したことじゃないの、とばつが悪くなる。グループ展の参加者のひとりが中国からの留学生で、その叔母だという人が来場したときのことだ。フライヤーにある姪の名前を示しつつも日本語はおろか英語もほとんど通じない彼女に、稍等一下、她現在去吃午飯、應該馬上回來的（すこしお待ちください、彼女は今昼ごはんを食べに行っていて、もうじき戻るはずだから）と告げただけなのだから。

「それに何回か言い直して、やっとわかってもらえたの。あのひとが辛抱づよく聞いてくれなかったら、たぶん通じなかったよ」

「そう？　でも、とっさに中国語で対応できること自体はやっぱりすごいことだと思うな」

　そう言われると、さすがに自尊心がくすぐられる。でもすぐに桃嘉は、自分の中国語は母や台湾の伯母たちが話していたのを聞きながら耳でおぼえたでたらめなものでしかない、と思い直す。

「だからほかのひとだって、お母さんが台湾人ならこのぐらいは……」

「つまり、お母さんが台湾人というのも、才能のひとつなのか」

　茜の発想に桃嘉は息を呑む。桃嘉を見つめている茜の目がきらきらと輝く。

「そうそう、あたし、来月、台北に行くよ。先輩が台湾のアーティストと共同展をやるから、それに顔を出すついでに、美術館巡りをしようって思って。その前に、桃ちゃんのママに台湾語をならおうかな？」

「台湾のひとたちが話してることばね」

「中国語じゃなくて？」

「あ、そっか。そうそう、中国語。」

桃嘉は茜に余計な気を遣わせた気がして、あわてて付け加える。

「中国語が、台湾の公用語なんだよね。でもわたしもつい最近まで、中国語と台湾語のちがいがよくわからなかったの。うちのお母さん、両方をまぜこぜにして話すから。小さいときはそれがへんだって思ってなかったんだけど、よく考えたらおかしいよね。そんな喋り方するひと、ほかにいないもん。でもうちのお母さんたら、何語で喋っても、わたしになら絶対に通じると思ってるの……」

茜は笑った。桃嘉の心は和む。中学受験の帰り道に、

——あたしたち、席が隣同士だったよね。

と声をかけられた頃から、茜の笑顔はちっとも変わらない。あのときは、こちらもあちらも母親と一緒だった。むすめがおせわになります、という日本語をママはあのときおぼえたの、と今でも母は言うことがある。入学式のあと運よく同じクラスになり、本格的に親しくなってから茜は打ち明けてくれた。

——あの日、桃ちゃんのママが外国語を喋るたび、あたし、つい、耳を澄ましちゃった。うちのママも、桃ちゃんはバイリンガルなのねってすごく感心してた。

知り合って十二年が経った今も同じだ。茜と話していると桃嘉の心はほぐれ、前向きな

気持ちになれる。この調子で、と桃嘉は自分をふるいたたせる。年が明けたら、いよいよ本格的に仕事を見つけよう。

あかるい気持ちが続くまま帰宅し、夕食の支度をする。茜と会えて気分がよくなった分、鯖《さば》の味噌煮《みそに》がいつもよりうまくできたことを嬉しく思う。めずらしく桃嘉のほうから、おいしい？　と聖司にたずねてしまう。

聖司との日々はあいかわらずだった。

一か月前のあの日、帰ってきた聖司に、週末の名古屋の天気について桃嘉が問いただすことはなかった。むしろ、ただいま、と微笑する夫の顔を見たとたん、つい、涙ぐんでしまった。何もなかったように、聖司は帰ってきた。それだけで桃嘉は、自分でも想像していなかったほどの安堵がこみ上げてきたのだ。どうした？　と聖司の声がやさしくなる。顔をそむけたが間に合わなかった。次の瞬間、後ろから抱きしめられていた。

――俺がいなくて、さみしかった？

さみしい？

そうかもしれない。そうとも言えるのかもしれない。桃嘉はうなずく。聖司の腕の力がさらに強まる。後ろから抱きすくめられながら、聖司の鞄の横に紙袋があるのが目に入る。お土産だよ、と囁く声が耳元をくすぐる。紙袋の中身はういろうだった。

ほんとうに、ただの出張だったのかもしれない。いや、きっとそうなのだ。

桃嘉は、聖司を信じようと思った。聖司を、信じたかったのだ。聖司は、あいかわらずやさしかった。たまに遅くなることはあっても、ちゃんと毎日、桃嘉のもとに帰ってくる。週末になれば、布団の中で桃嘉を抱き寄せる。桃嘉のほうも、よほどのことがない限り夫の誘いに応じる。

——もう少し聖司さんとふたりきりでいたい……

桃嘉の意思を、今のところ聖司は尊重してくれている。そのおかげで、桃嘉はどうにか穏やかでいられた。柏木家で義理の父母や義妹たちと過ごしたあとはいつも気疲れしてへとへとになるが、それは今にはじまったことではない。聖司との関係がうまくいっているのなら、それで充分なのだと桃嘉は考えるようになっていた。

おいしい？　とたずねた直後、聖司がまだ鯖の味噌煮には箸をつけていないことに桃嘉は気づく。ん、と顔を上げた聖司に対して桃嘉は話を変える。

「きょう、茜ちゃんと会ったの。柏木センパイによろしくねって」

「あの、ちょっとユニークな子だよね」

「そう。茜ちゃんの彼氏であるマサトくんも会いに来てくれたの」

「三人で一緒に遊んだの？」

「ううん、マサトくんはすぐ帰っちゃったんだけど。それでね、先週のマサトくんのギャラリーでのバイトのことで、褒められちゃった」

桃嘉はあまり傲慢な調子にならないように気をつけながら、中国語で来場者に応対したことでマサトやほかのスタッフたちにありがたがられたことを夫に告げる。聖司は、へえ、と言いつつも、

「まあ、桃嘉ならできてあたりまえか」

桃嘉が期待していたほどには感心してくれない。それどころか聖司は、お母さんが台湾人なんだもんな、と茜とは真逆のことを言う。ややがっかりしながらも桃嘉は気を取り直し、

「わたし、受付とか案内の仕事がけっこう向いてるみたい。今まであんまり視野にいれてなかったけれど、そういう仕事を探してみようかなって思うの」

聖司はちょうど、鯖の味噌煮に口をつけたところだった。桃嘉は緊張をつのらせながら夫の反応を待つ。ところが聖司は、これ旨《うま》いね、きょうデパ地下で買ってきたの？　とぜんぜんべつのことを言う。弱々しく首を振りながら、わたしがつくったのよ、と桃嘉は夫に答える。聖司の表情が明るくなる。

「桃嘉の手製？　あんまり旨いから、てっきり」

「いいの。わたしがしょっちゅう、出来合いのものを買ってきてるから勘違いしちゃうよね」

自分の声が小さくなるのを桃嘉は感じる。聖司は特にとりつくろうというのでもなく、

「いや、いい意味でまちがえたんだよ。桃嘉、また料理の腕があがったんじゃない？」

と言う。褒められている気がせず、桃嘉は黙る。そうだ、と聖司が箸をとめる。

「桃嘉、何か、欲しいものはない？」

「え？」

「もうすぐクリスマスだろ。あ、今年のイブは土曜日なのか。まずいな、どこももう満席かもな。明日いくつかあたってみるよ。桃嘉はどこでディナーがしたい？」

「ディナーなんて、べつに……」

聖司は、例の思わせぶりな微笑を浮かべる。

「ふたりきりで楽しめることは、今のうちにしておかなくちゃ」

桃嘉のこめかみがずきんと脈打つ。

——作爲一對夫婦最重要的是妻子想說的話都說出來！

遠い昔に聞いた中国語がよみがえる。夫婦としてやっていくのに最も重要なのは、妻が言いたいことをなんでも言えること。クリスマスの計画についてまだ何か喋っていた聖司を、クリスマスのことは、と桃嘉はさえぎる。

「聖司さんにまかせる。それでね、聞いてほしいの」

はじめこそ、なんでも言ってごらん、と聖司は冗談めかしていた。桃嘉はおそるおそる、

年が明けたら仕事を探そうと思っている、と切り出す。

「先週、ギャラリーで働かせてもらって少し自信がついたの」

桃嘉は、受付や案内業務も視野に入れて何かよさそうな働き口がないか探してみるつもりだ、と繰り返した。なんだ、と聖司が苦笑いする。

「せっかくクリスマスの話をしてるのに、そんなこと……」

そんなこと。頭痛がひどくなる気配がする。でも、まだ言いたいことの半分も言えていない。桃嘉は意を決して続ける。

「わたし、聖司さんにばっかり甘えてたくないの。もちろん聖司さん以上に稼ぐのは不可能だけど、わたしにもできることがきっとあると信じたい」

ずっと聖司に言いたかったことはこれだ。心臓の鼓動が早まるのを桃嘉は感じる。ところが聖司は、ばかだなあ桃嘉は、と笑った。

「お金のことは気にするなよ」

聖司は腕をのばし、そうじゃなくて、と言いかける桃嘉の頭を撫でる。

「奥さんと子どものために稼ぐのは、男にとってあたりまえのことなんだからさ。それに俺は、桃嘉に甘えられるのが嬉しいんだよ」

ちがう。桃嘉は軽い絶望をおぼえる。自分の言いたかったことが、まるで聖司に伝わっていない。桃嘉がことばを失っていると、確かに、と聖司は続ける。

「ずっと家にいるのも退屈だろうしね。社会勉強もかねて、少し外に出てみるのはいいかもな」

聖司はいかにも寛大そうな微笑を浮かべる。

——あんなひとにプロポーズされたんなら、あたしも就職なんかせずに結婚するよ。

友人の声がよみがえる。やっぱりわたしが我儘《わがまま》なのだろうか？　桃嘉が黙っていると、まあいずれにしろ、と聖司は言った。

「それも今のうちだもんな。俺は、子どもがうまれたらやっぱり桃嘉には家にいて欲しいし……」

テーブルのうえの桃嘉の手に自分の手を重ねながら、聖司は例の含み笑いをする。自分を見つめる聖司の表情には一切の翳《かげ》りがなかった。聖司がクリスマスの件に話題を戻したあとも、今のうち、という聖司の言い方は小さなひっかき傷のように桃嘉の心に残った。

クリスマスイブがやってくる。少し悩んだが、桃嘉はいつもつかっているリップクリームではなく、引き出しの奥にしまっておいた口紅をひく。聖司の家族とはじめて顔を合わせることが決まり、母とふたりで服を新調した日に、桃ちゃんの肌の色にはこれが似合うとすすめられて購入した一本だ。鏡にほほ笑んでみる。わるくない。子どもの頃から桃嘉は笑い顔をひとからよく褒められる。あのときもそうだった。

——桃嘉ちゃんは、笑った顔がとてもいいね。

鏡の前でぼんやりとしていると、インターホンが鳴る。新聞の集金かと思ったら宅配便だった。差出人の欄に「柏木聖司」とある。宛名が「柏木桃嘉」になっているのは、送り主と宛先が重複するのを避けるためにちがいない。届いたばかりの箱をリビングのテーブルに置いておくと、出発時刻にはまだ少し早かったが出かけることにする。エレベーターに乗ろうとしたら、隣の部屋のドアも開く。こんにちは、と桃嘉が笑いかけると、山崎さんがにっこり笑って、

「クリスマスデート？」

桃嘉は、ふだんあまり履かないヒールの足元が急にこそばゆくなる。夫と待ち合わせなんです、と小声で告げると山崎さんは茶目っ気たっぷりに、

「仲が良くてうらやましいわ。旦那さまによろしくね」

照れもあって、桃嘉はあいまいに笑う。

土曜日にもかかわらず、聖司は朝早く出て行った。数日前に、急な仕事が入った、と言っていた。でもディナーは予定どおりしよう。それで桃嘉とは、レストランの近くの公園で待ち合わせることになったのだ。予定よりも五分ほど早めに着いたのに、仕事に着て行くのとは別のコートを羽織った聖司の姿をすぐに見つける。桃嘉に気づくと、聖司は満面の笑みを浮かべる。腕を組むように促され、桃嘉はそうする。レストランからの夜景はう

つくしかった。桃嘉をしみじみと見つめながら、素敵だよ、と聖司は囁く。その視線がくすぐったくて目を逸らし、プレゼントがあるの、と桃嘉は切り出す。ギャラリーで二日間働いたバイト代のほとんどを費やして準備したのは、絹のハンカチだ。聖司は喜んでみせながらも可笑しがる。俺はプレゼントなんかどうでもいい、桃嘉がそばにいてくれれば……その夜、聖司がいそいそと促すのでふしぎに思いながら夕方届いた荷物の梱包《こんぽう》をとくと、中にはノートパソコンが入っている。聖司の顔を見ると、

「やっぱり、アクセサリーのほうがよかったかな？」

　と言う。ううん、という自分の声が震えるのを桃嘉は感じる。嬉しい、と呟いたときにはもう目が潤んでしまう。そんなに喜んでもらえるとは、と聖司は桃嘉を抱きよせる。それから、これで桃嘉も好きなときに調べものができるよね、と囁く。聖司の言う通りだった。自分用のノートパソコンがあればもう、これまでみたいにいちいち聖司のパソコンを使わせてもらう必要がなくなる。

（聖司さんは、ちゃんとわたしのことを考えてくれている）

　幸福なクリスマスになるはずだった。まだ薄暗いうちに、桃嘉は目を覚ます。クリスマスプレゼントのことを思ったら気分が高まる。桃嘉は早々とベッドを抜け出しノートパソコンのセットアップをする。一段落する頃には外は明るくなっていた。リビングのカーテンを開き桃嘉は一息つく。クリスマスが終わる。年末のうちの一日は、柏木家の大掃除の

手伝いに駆り出される予定である。真純も愛実もぜんぜん協力してくれないのよ、と愚痴をこぼす義母に頼まれたのだ。その前に、自分たちの家も掃除をしておきたいと桃嘉は思う。まだ一年少々しか住んでいないながら、引っ越してきた当時と比べると、ものはずいぶん増えていた。朝食を準備する前に台所の戸棚を整理しておこうと桃嘉は思い立つ。台所に立ち、まずは、調味料のストックを保管している戸棚の真ん中の引き出しを開ける。砂糖や塩などのほかに一度使ったきりの八角の袋が入っている。

――こういうものよりもふつうの料理のほうが俺は好きなんだよね。

いっそ、思い切って八角を袋ごと捨てるべきだったのだろう。でも、そうするのは八角がかわいそうな気がして桃嘉は、ひとまずべつの場所に移そうと一番端の引き出しを開ける。そこには、使用頻度の低いもの――竹串や型抜き用のプレート、小サイズのタッパーなど――が入っているはずだった。ところがすぐに目についたのは見おぼえのない箱だった。桃嘉の動悸が速まる。品のよい金色の箱には、深紅のリボンがかかっていた。表面には筆記体の英字で、For my sweet heart と箔押《はくお》しされている。箱を持つ手が震える。桃嘉は深呼吸すると、寝室にむかった。聖司は、ちょうど体を起こしたところらしい。これどうしたの？　とたずねながら桃嘉は聖司がうまく言い逃れてくれることを期待する。起き抜けだったのもあり、ああ、と応じる聖司はまだ頭が働かなかったのだろう。ああ、それは……と口ごもったあとにひねり出したのは、きのう会社の後輩たちがくれたチョコだよ、という言葉だった。できれば納得したかった。けれども桃嘉は自分からさりげなく目を逸らした夫にむかって続けてしまう。すごく豪華なものみたいだけど。桃嘉から顔をそむけたままの聖司の舌がようやく滑らかになってくる。

——うん。あの、日頃の感謝をこめてって……

桃嘉がうなずくので自信がついたのか、聖司は、たったいまこしらえたばかりであろう説明を続ける。

——……奥さんと一緒に食べてくださいって。女の子ってこういうの絶対喜ぶからって……

それなら、なぜ隠すのか。桃嘉の視線からそう問われるのを感じ取ったらしく、

——きのうはおなかいっぱいだったから、今夜、びっくりさせようと思って。

そんな必要ある？　桃嘉は言おうとして、呑みこむ。そして、それ以上の追及は断念する。

越《ユエ》描《ミヤオ》越《ユエ》黑《ヘイ》。

母がよく言っていた。なぞればなぞるほど、黒くなる。何かをごまかすために喋れば喋るほど、疑わしくなる。聖司にもう何も喋らせたくないと思った。桃嘉が自分の言い分を信じてみせたことに、聖司はあきらかに安堵しているようだった。やめて、と桃嘉は胸の中で叫ぶ。そんな態度では、このチョコレートの贈り主とあなたは深い関係があると示し

ているようなものじゃないの？　もっとちゃんとごまかして、わたしを安心させて、と桃嘉は胸の内で叫ぶ。

（聖司さんがしっかりしてくれなければ、わたしは知らないふりすることもできないんだから）

豪華絢爛《けんらん》なチョコレートを食べる気には到底なれず、ほとんど捨てるようなつもりでその日の柏木家への手土産として持って行く。聖司もさすがに反対はできなかった。

「これ、限定品じゃん」

真純にそう言われると聖司は、会社でもらったんだ、とわざわざ桃嘉のほうを見やりながら笑ってみせる。ふうん、と真純は特に深入りすることなく摘まんだチョコレートを口の中に放り込み、なにこれ、すっごいおいしい、と感嘆の声をあげる。どれどれ、と姑や舅も金色の箱の中に入っていたチョコを摘まむ。聖司に、桃嘉もほら、とすすめられたが、For my sweet heart という文字が脳裏をよぎり、桃嘉は首をふる。暗くなる頃には忘年会といって真純が出ていく。愛実が帰ってくる気配もない。結局、食卓は義両親と聖司と桃嘉の四人で囲むことになる。聖司の酌ですでに赤ら顔の舅は、また繰り返す。来年の今頃は孫との年越しを期待しているよ。桃嘉を気にしてなのか、めずらしく聖司が父親をたしなめる。ぼくらはもう少し新婚気分を満喫したいんだよ。聖司の父親はむっとする。もう一年も待っているんだぞ、と桃嘉にではなく聖司に言うていでぼやく。夫に加勢するように聖司の母親が桃嘉を見る。

「でも桃嘉ちゃん。わるいことは言わないわ。子ども産むのは早いほうがいいわよ。そのほうが母体にとっても楽なのよ……」

だったら、それとそっくりおなじことをわたしと同い年の自分の娘にも言えるのだろうか？　帰りの車の中で桃嘉は押し黙っていた。運転しながら、ちらちらと聖司が自分を気にしていることはわかったが無視した。早朝のチョコレートの件もあり、到底苛立ちが隠せなかった。桃嘉が夫に対して不機嫌さを堂々と表明するのは、このときがはじめてだった。気にすんなよ、父さんも母さんも俺たちのためを思ってるだけなんだ……桃嘉は答えなかった。そうするうちにも例の片頭痛がはじまる。自宅に戻る頃には怒りよりも悲しみに近い感情に支配されていた。朝から何という日だったのだろう？　桃嘉の体はくたくただった。早くたっぷりの湯にゆっくりと身を浸したい。蛇口から勢いよく流れだす湯に手をさしだす。温かいお湯が心地よく、そのままの恰好で湯舟に湯が溜まってゆくようすを見つめ続けていたら、聖司が背後から抱きしめてくる。

「きょうは一緒に風呂、入ろうか」

拒絶しようと思ったが、断る気力もないほどくたびれ果てていた。

ところがそれは、桃嘉にとって思いがけず心地がよかった。風邪ひくといけないからと暖房をつけたために浴室は暑いぐらいだった。泡立てた石鹸《せっけん》で聖司にからだを洗われながら、ちいさな子どもになった気分に桃嘉はうっとりと浸る。遠い昔、だれかおとな——母か、父か——にこうしてもらったときもとても幸福だったと思う。きもちいい？　と問う夫の声がそのまま穏やかであってほしいと桃嘉は願った。今朝の一件が遠のきかけた矢先、泡にまみれた聖司の手が乳房に触れるのを桃嘉は感じる。乱れはじめる聖司の息を首筋に感じながら、このひとは、ただ、からだを洗ってくれているのではないという事実を突きつけられ、桃嘉は自分が小さな子どもではないことを自覚させられる。それは泣きたくなるような絶望に満ちていた。湯気と水滴にまみれながら、聖司に気づかれないように桃嘉はそっと泣く。息を荒くした聖司は桃嘉を浴槽のへりに座らせる。聖司の指が、桃嘉の太ももと太もものあいだを這《は》う。桃嘉は夫を信頼していた。きっと浴室では最後までしないだろうと思っていた。ところがちがった。聖司はそのまま桃嘉の中に入ろうとした。桃嘉がからだをこわばらせながら身をよじると、そとにだすから、と半ば命令するように言い聞かせる。いや、となおも繰り返す桃嘉の声を聖司は無視する。いや、いや、という声が浴室に反響するのを聞きながら聖司の目に宿る欲情を押しのけるには自分は非力すぎるのだ、と桃嘉は思い知る。聖司もそれを十二分に承知していて、そのせいで、よりいっそう興奮を募らせているのだ。桃嘉は歯を食いしばり瞼《まぶた》を閉じる。

(For my sweet heart)

金の箱に箔押しされた文字が、瞼の裏に見えた。数秒後、聖司は宣告通り、そとにだした。呆然《ぼうぜん》としている桃嘉に、心配するなって、と聖司は言う。

「中に出してないんだから」

股間と浴室の床をシャワーで洗っている夫の後ろ姿を虚《うつ》ろな目で見やっていたら、友人のことばが不意に桃嘉の胸をよぎる。

――好きなひとに好かれるという至福を味わってみたい……

二日後、月経がきた。予定より一週間以上も早かった。安堵しながらも桃嘉は、いらなくなったものが押し出されるとき特有の痛みに耐えながら、さめざめと泣いた……どうしてだれもわたしに教えてくれなかったのだろう。あんな思いをさせられながら子どもを宿す女のひともいる……月経痛もいつになく酷かったが、いつもの片頭痛もあいまって、もはや起き上がれないぐらいだった。柏木家の大掃除どころではない。もうどう思われようとかまわなかった。桃嘉は聖司に無断で姑に電話をかけ、体調を崩して行くことができなくなった、と告げた。聖司の母親は、そんなにひどいのならもう年の瀬だし早く病院に行きなさいよ、と言ったあと、とにかくお大事にね、と言い添える。病院には行かなかった。桃嘉はすべての家事を放棄し、半日以上ベッドに臥《ふ》せっていた。

――桃嘉、具合どう？

深夜近く、忘年会から帰ってきた聖司の息は酒気を帯びていた。聖司の身に着けているスーツやワイシャツ、それに聖司の皮膚からたちのぼる匂いが、桃嘉にはたまらなかった。心配そうにのぞきこんできた夫を、桃嘉は押しのける。とはいっても、非力なので聖司がのけぞるほどではない。そう思ったとたん、浴室での悔しさがよみがえる。桃嘉が涙ぐんでいるのに気づいた聖司がたずねる。まだ怒ってるの？　はじめは、気遣うような調子だった。桃嘉は無視し、聖司とは反対側のほうに寝返りを打つ。聖司が溜め息をつくのが聞こえる。シーツにくるまっている桃嘉の背中に聖司は手を置く。振り払いたかったが、億劫でそのままにしておく。拗《す》ねていると思われたのだろうか。聖司が吹き出す。桃嘉は信じられない心地で夫のことばを聞く。ちょっと乱暴だったのはあやまるよ、でもしょうがないんだ、桃嘉が色っぽかったからつい……色っぽい？　桃嘉はこらえきれなくなり、体を起こすと聖司をにらみつける。

「そういうのはユカリさんとすればいいでしょう？」

聖司の表情が変わる。その顔を見たとたん、心の奥に押し殺していたことばが次から次へと声になってゆく。

「知ってるんだからね、ユカリさんってひととホテルに泊まったんでしょ、名古屋に行くふりして会ってたんでしょ、あのチョコレートだって本当はユカリさんからもらったんでしょ？　あたし知ってるんだからね、みんなわかってて、知らないふりしてたんだからね」

　もうどうなってもいい、と覚悟したとたん、桃嘉は自分がかえって落ち着いていくのを感じた。薄明かりの中、さっきまで赤らんでいたはずの聖司の顔が青ざめるのが見える。半開きになった口が、かすかに震えている。その態度そのものがすべてを認めているのは明らかだった……ちがうんだ、あいつはあれなんだよ、なんていうのか、男からちやほやされるのが好きで、でもそのわりにはちゃんとわかってくれるやつがなかなかいなくて、そのせいでちょっとまいってるって俺に相談してきて、聖司にしかわかってもらえないって何度も言われて、でもまあ、あいつにしてみたら俺は次の彼氏ができるまでのつなぎみたいなもので、だから俺も、あいつとはただの……聖司が言葉に詰まったので、桃嘉は代わりに言ってあげる。

「浮気？」

　聖司が顔をあげる。桃嘉の鼓動が速まる。

「……前に言ってたよね。桃嘉はこんなことまでしなくていいって。それって、あたしにはさせられないようなことを、そのひととならできるってこと？」

　声が震えた。それなのに、次の瞬間、聖司はうすら笑いを浮かべたのだった。桃嘉は戦《せん》慄《りつ》する。よくわかっているじゃないか……とでも言いたげな表情を自分に向ける聖司の態度が桃嘉は信じられなかった。桃嘉は、思わせぶりな目つきで自分にすがりつく聖司を前に混乱する。なんて失礼な男なのだろう？　予期せず、彼女——〝恋敵〟であるはずの夫の浮気相手——に対する同情が湧いてくる。

——でも聖司も酷だよね。ユカリにも招待状出すなんて……

わたしたちは、なんでこんな男にふりまわされているのだろう？　桃嘉のことばが途切れるのをみはからい、俺がわるかった、と謝る。あいつに同情した俺のせいで桃嘉を悲しませてしまった、と言う。桃嘉はもう涙も出なかった。喉がからからに渇いていた。訊いてもいないのに聖司はだらだらと話し続けている。

「名古屋出張はほんとうにあったんだよ。正直に言えば、ユカリの出張日と合わせて、そこであいつとの関係を切るつもりだった。それであいつも、いったんは納得してくれた。けれどもまた……」

結局、クリスマスイブの朝から昼過ぎの間もふたりは会っていたのだ。桃嘉は眩暈がしそうになる。

「桃嘉、許してほしい。もう二度とユカリには会わない。絶対に。約束する」

桃嘉はようやく夫の顔を直視する。引きつった笑顔は青ざめていた。切羽詰まる聖司を見るのははじめてだった。許すとも許さないとも桃嘉は口にしなかった。もういい、と呟いただけだった。何もかもが億劫になったのだ。

翌朝、桃嘉が不機嫌なままなので、さすがの聖司もばつが悪そうにしている。忘年会で遅くなる聖司を待たずにさっさと寝室に引き上げることで丸二日は聖司とほとんど口を利かずに済んだのだが、桃嘉の体調は悪化する一方だった。三日目の夜、やはり酒気を帯びた聖司から、なあ桃嘉、いい加減許してくれよ、と請《こ》われたときにとうとう、もういいから明日頭痛薬を買ってきてほしい、と頼んだ。聖司の声色が変わる。

「桃嘉、熱があるんじゃないか？」

大晦日《おおみそか》から元日にかけて、桃嘉は熱にうなされる。聖司は意外なほど甲斐甲斐《かいがい》しく世話してくれる。あくまでもこちらの機嫌をとろうと必死になっている聖司に、桃嘉はつい、ほだされそうにもなる。少なくとも聖司は、浮気ぐらい大目に見るべきだ、と開き直るような夫ではないとわかった。

——桃嘉はこんなことまでしなくていい。

けれども熱で朦朧《もうろう》とする中、ずっと奥にしまいこんでいた疑問がいよいよ頭をもたげるのだ。

（どうして、わたしなんだろう）

自分には聖司しかいなかったと桃嘉は思う。けれども、聖司のほうは恋人にしたいと思えばそうすることのできる女の子はほかにもいたはずなのだ。実際、聖司の周りには親しい女友だちが多くいて、桃嘉を時折不安にさせた。

——知り合った頃から俺、桃嘉ちゃんは良妻賢母になりそうな子だなあって思ってたんだよ。

つきあってまもない頃のことだ。たぶん、自分は舞いあがっていたのだろう。聖司に言われることは、何でも褒め言葉のように受けとめた。桃嘉ちゃんといると癒やされる。

（でもわたしは？　わたしはほんとうにこのままでいいの？）

次に目が覚めたとき、聖司はいなくなっていた。桃嘉はベッドからそっと立ち上がり、カーテンを少しだけ開く。電線の向こうにひろがる雲ひとつない冬の空が眩《まぶ》しかった。大掃除にも行かなかったのだ。今頃、仮病を疑われているかもしれない。それでも桃嘉は熱が出たおかげで、柏木家へ年始の挨拶に行かないで済むことに心底ほっとしていた。

＊

平日の午前中だったので、待ち合わせ場所のカフェは空《す》いていた。お好きな席にどうぞと店員から促され、迷わずに奥へと進む。目当ての席に先客がいると思ったら、茜だった。桃嘉は可笑しくなる。そこは一か月前にふたりでむかいあったところだった。おまたせ、と声をかけられた茜が手元の文庫本から顔をあげる。

「桃ちゃん、痩せた？」

そう？　とはぐらかしてみせたものの、実際に桃嘉は二キロほど体重が減っていた。けれども熱を出したとは言わなかった。茜に余計な心配をさせたくなかった。いや、この期に及んでも、何の問題もなく幸せに過ごしていると桃嘉は親友には思っていてもらいたかった。

「でも、なんかやつれてる」

「実は、きょうはそれで相談があって」

桃嘉は片頭痛が悪化していることを茜に告げる。茜が一時期通っていた頭痛外来を紹介してもらおうと思ったのだ。桃嘉の症状についてひと通り聞き終えると、

「センパイとうまくいってないの？」

茜は桃嘉の顔をじっと見つめる。桃嘉はドキリとしたものの、そういうわけじゃ、と口ごもる。ふうん、と桃嘉を見つめたまま茜は首をかしげると、深山桃嘉さん、とフルネーム──それも旧姓──で呼ぶ。桃嘉もつられて、ハイ、と答える。

「桃嘉さんは、病院よりも気晴らしが必要だと思われます」

桃嘉が戸惑っていると、ちょうどよかった、と茜は閃《ひらめ》いたように両手をたたく。

「ねえ、おぼえてる？　わたし、今度、台北に行くんだよ」

「そうだったよね」

「桃ちゃんも一緒に行かない？」

「……」

「旅費は、ハンサムボーイに出させればいい」

茜の瞳がいたずらっぽく光る。

# 第二章　異国の子育て

――一九九三年、東京　雪穂――

押入れの奥にあった段ボール箱を開けると、ノートが束になっている。どれも氏名欄には、みやまももか、と油性インクで書いてあった。そのうち、1ねん2くみ、とある最も古そうな一冊を雪穂《ゆきほ》はめくってみる。

せんせいあのね、らいしゅう、ママとわたしはたいわんいきます。だからパパがいった。きょうはにほんでさきにパパと3にんでおいわいです。ママはギョーザをつくりました。わたしとパパはてつだい。おいしかたです。

一年生の頃の桃嘉は毎晩のように、せんせいあのね、で始まる作文にいそしんでいたっけ、と雪穂は懐かしむ。「あのね帳」と呼んでいたノートは、担任教師との「交換日記」形式の宿題だった。

たいわんのおしょうがつは、どんなかんじなんだろうね。おかあさんたちとすてきなじかんをすごしてね。

赤いインクの端正な文字をひとつずつたどりながら、たいわんの、おしょうがつは……と雪穂は口ずさむ。

ひらがなを雪穂は、日本に来ることが決まったあと夫から教わった。桃嘉が、今十二歳なので、十四年ほど前のことだ。

カタカナはもっと昔、今の桃嘉ぐらいの年頃に丸暗記したことがある。父親が半ば戯《たわむ》れに教えてくれたことがあったのだ。

姉たちは父が何度教えても「ノ」や「ヘ」といった一画の文字をみようみまねで書くのがやっとだったが、雪穂だけは数回練習したきりで、「ワヲン」まできちんと書けるようになった。

——この子は日本と縁があるにちがいない！

父の予感は正しかった。

夫である茂吉《もきち》と知り合ったその日に雪穂は、「ミヤマモキチ」という六文字を書いてみせ、茂吉本人だけでなく、周囲の人々を感激させた。当時、雪穂は社長室付の事務員として半導体を扱う小さな電機メーカーに勤務していた。茂吉は、会社にとって重要な取引先の新担当者だった。社長は、茂吉やその上司たちを手厚くもてなした。どうしてそういう流れになったのかはよくおぼえていないが、ともあれ雪穂が、深山茂吉と名のる日本人の名を正確に綴《つづ》ってみせたことで場はおおいに盛りあがった。その後、取引が順調に運んだものだから、勤め先の社長に雪穂は、きみの功績でもある、と褒められもしたのだった。

　雪穂は今も、自分は幸運だったと思う。子どもの頃にいったんおぼえたとはいえ、五十もあるカタカナを完ぺきに記憶しているわけではなかった。それは、たまたま正確に思いだせた六文字だった。茂吉の姓名が一文字でもちがっていたら、あんなふうにはかれの名をすらすらと書けなかっただろう。

　その後、茂吉は毎月、雪穂が勤めるオフィスにやってきた。自然とことばを交わす機会が増えてゆく。会社の用意した寮で暮らす茂吉は、学生時代に四年間暮らした東京よりも台北のほうが故郷と同じぐらいまわりがお節介でさみしい思いをせずに済む、と雪穂に打ち明けたりした。雪穂は、さみしいときはいつでもあたしが会話の相手になってあげる、と言った。茂吉は両目を三日月のように細めて、あなたの顔を見るとどうしてだかとても嬉しい気持ちになる、と笑った。出会って半年が経つ頃、茂吉は雪穂に結婚を前提とした交際を申し込んだ。雪穂はためらうことなく承諾した。茂吉はそれまで出会ったどの男性よりも自分を理解してくれていると直感したからだ。はじめは、ふしぎでならなかった。

発音も、文法も、不正確な中国語を話すのに、茂吉の声に耳を傾けていると、どうしてだか言葉になる以前のかれの気持ちが伝わってくるのだ。茂吉と会う機会を重ねるたびに、雪穂も少しずつ日本語をおぼえた。茂吉はそのことをおおいに喜んでくれたし、茂吉に喜んでもらえるたびに雪穂はとても嬉しかった。このひととずっと一緒にいられたなら、という雪穂の思いは、茂吉の口から結婚の話が出たときにはもう揺らがなかった。

　茂吉との交際がはじまると、すぐに家族にも引き合わせた。週末のたびに茂吉はバスを乗り継いで淡水にある雪穂の家まで昼食をしに来た。四人姉妹の末っ子である雪穂が外国人のボーイフレンドを連れてくるということで、はじめこそ母や姉たちはお祭り騒ぎのように盛り上がっていたが、数か月もせずに茂吉は家族の一員のようになじんだ。

　――我得去東京（ぼくは東京に行かなくてはならなくなった）。

　茂吉にそう言われたときは、一切迷うことなく、自分も東京に行かなくてはならなくなったと雪穂は受け取った。うまれ育った町を離れて台北市内で茂吉と暮らすことと同じぐらい、雪穂にとって茂吉に伴って日本に渡るのは自然だった。自分の居場所は茂吉のいるところなのだから、と。ただ、母と姉たちがみつくろってくれた箪笥《たんす》と化粧台を台湾から持ち出すことをあきらめなければならないのだけが残念だった。

　日本での雪穂の新生活は、母親や姉たちが心配するほど孤独なものではなかった。茂吉が自分たちの新居に決めたヤマグチアパートの脇の一軒家に住む大家夫妻が何かと世話を焼いてくれたおかげだ。山口さんの、特に奥さんのほうは、茂吉と雪穂が越してくる半年ほど前に北海道へ嫁いだ一人娘に、異国で暮らしはじめた雪穂を重ねていた。ほかに頼る者のなかった雪穂にとっては幸運な縁だった。雪穂が産気づいたときも、大家夫人がタクシーを呼び、病院に送り届けてくれた。ひとりでよくがんばったねえ、と涙ぐむ山口さんに手を握られながら雪穂は、あたしだいじょぶ、とほほ笑んだ。茂吉さんがいるもの、と心の中で思いながら。姉たちが子どもを産んだときは両親をはじめ、雪穂も含むきょうだいでこぞって病院に駆け付け、うまれたての姪や甥をかわるがわるのぞきこんだ。そう思うとまったくさみしくないことはなかったけれど、自分で決めたことなのだし、茂吉と無事にうまれてくれた赤ん坊がそばにいると思えば耐えられる。茂吉のほうは妻の妊娠がわかると航空券代を捻出しようと算段したが、お金は赤ん坊がうまれたあとのために少しでもとっておきたいと雪穂が主張したのだ。それは良い判断だったと今でも雪穂は思っている。雪穂が両親と姉たちにはじめて娘を会わせたのは、桃嘉が数え年で三歳の旧正月のときだ。それからは毎年欠かすことなく、母娘で連れ立って台湾に帰っている。

ママと、ママのおねえさんたちとあそびます。はなびのおとに、あかちゃんのイトコはビックリ。かわいかった。

七歳の頃の桃嘉によるひらがなだらけの作文をたどりながら、雪穂はつい頰を緩ませる。新年を祝う爆竹《ばくちく》の音で賑やかな淡水河の畔を家族で連れ立ってそぞろ歩きするのは、雪穂が子どもの頃からの恒例だった。茂吉と出会うまでは、淡水河の流れるその町が雪穂のほぼ全世界だった。それがこの十四年は、このヤマグチアパートが雪穂の主な居場所だった。桃嘉のノートから顔を上げると、部屋じゅうに西日が射しこんでいる。そろそろ整理整頓を一段落させて夕食の支度をはじめなければ……そう思っていたら呼び鈴が鳴った。

雪穂がドアを開けきる前から、これつくりすぎちゃったの、という山口さんの声が聞こえてくる。どうぞどうぞ、と雪穂は部屋の中に来客を招き入れる。山口さんは両手に深皿を抱えていた。おすそわけ、と雪穂はつい口にしてしまう。そう、おすそわけ、と山口さんも目尻に皺を寄せて笑う。来客を招き入れてから雪穂は、なんにもないけど、と冷蔵庫の中の麦茶をとりだしてコップに注ぐ。いいのよいいのよ、と山口さんは手をふってから、よく煮込んだからやわらかいわよ、と持ってきた肉じゃがを示す。茂吉の好物だ。主人、この料理好き、と雪穂は伝える。山口さんは麦茶に口をつけながら段ボール箱が積んである部屋を見まわしている。

「いよいよ引っ越すのねえ、さみしくなるわ」

日本に来てからの雪穂にとって母親代わりのような人だ。慕る思いはあるものの、そうであるからこそ余計にどんな日本語で今の気持ちをあらわせばいいのか雪穂はわからなくなる。そんな雪穂のようすを悟ったのか、山口さんはさばさばとした明るい口調で続ける。まあ歩いても三十分かからないところに行くんだものねえ、たまには顔を見せにくるのよ、とにっこり笑う。

「それにしても、桃ちゃんが来年は中学生なんてね。そりゃあ、あたしも歳をとるわ……」

それから山口さんは、早くしないと桃ちゃんのごはんまにあわなくなっちゃうね、と立ちあがる。さいごまで、と雪穂は半分ほど麦茶の残っているコップを示す。そうね、と山口さんは立ったまま飲み干し、ありがとね、と歌うように口ずさんで玄関にむかう。階下に降りていった山口さんに手を振ってから扉を閉めると、雪穂は夕食の支度にとりかかる。冷蔵庫の野菜室から人参をとりだし、おおざっぱな薄切りにしてから星形にくりぬく。余った部分はみじん切りにして別にしておく。人参を星形にするのは、そうすると桃嘉が喜ぶからだ。といっても、近頃のあの子は前のようにはそのことをいちいち口にしてくれないのだけれど。

雪穂自身は日本に来るまでカレーライスを食べたことがなかった。桃嘉が幼稚園のときに友だちの家で食べさせてもらったのがおいしかったと繰り返すので、カレールウのパッケージに書いてあるレシピを茂吉に口頭で翻訳してもらい、つくったのがはじめての経験だった。カレーに限らない。桃嘉が食べたがるものなら、雪穂はどんな料理も試した。日本で育てているだけあって桃嘉は日本の子どもが食べるようなもののほうをより好む。ついこないだ、台湾からこっそり持ち帰ったなけなしの八角を豚肉とともに煮込んだ魯肉飯《ロバプン》をつくったら、この味台湾っぽいね、と言っていた。米粉《ビーフン》に香菜《シャンツァイ》を添えたときも、台湾の味がする、と言った。そのたびに雪穂は、茂吉のほうがよっぽど、雪穂が母親から教わったそれらの料理を喜んで味わってくれると感じた。

——台湾では、きみのおかあさんの魯肉飯がいちばん旨かった。

ロバプンは、茂吉が正確に発音できるほとんど唯一の台湾語だ。中国語がそこそこできる茂吉も、台湾語となるとさっぱりだった。きみが義姉《ねえ》さんたちと台湾語で喋りだすと、ぼくには鳥がさえずっているように聞こえるんだ、と苦笑する。そんな夫よりも、桃嘉のほうが台湾語をすらすら発音する。もっともあの子の場合、ときどき中国語と台湾語の区別もついていないようだけれど。それでも桃嘉が自分の国のことばを話してくれると雪穂は嬉しかった。日本うまれとはいえ、娘の半分は自分とおなじ台湾人なのだと誇らしくもなった。近頃の桃嘉は、日本語しか話さない。こちらの言うことはなんでもわかっているはずなのだから、たまには中国語や台湾語で反応してもいいのに、と少しさみしくなる。

表が暗くなりはじめている。牛肉とじゃがいもと玉ねぎ、それに星形の人参を雪穂は炒《いた》める（みじん切りにしたものは茂吉の惣菜《そうざい》用にとっておく）。スプーンで人参を掬《すく》うたびに、ママのおほしさまだいすき、と言う桃嘉に、ママザイヤァラ、キンチャア（わかってるわよ、早く食べちゃいなさい）、と促していた頃が懐かしくなる。今の桃嘉は、黙ってもぐもぐと食べるだけ。

　カレーを完成させても、桃嘉はなかなか帰ってこなかった。雪穂は時計を気にしながらじりじりと待ち構える。予定よりも四十分ほども遅くなって帰宅した桃嘉が、ただいま、と言い終えるのを待たずに雪穂は、もう、と言う。

「どうして、こんな遅い？　ごはん、食べる時間、なくなる」

　塾に出かける時間が迫っていた。桃嘉は、がくげいかいのじゅんび、とぶっきらぼうに告げる。がくげいかい？　雪穂が訊き返しても桃嘉は答えず黙ったままランドセルをおろす。もう、と雪穂は繰り返し、いいからさっさとごはん食べなさい、と娘を促す。玄関の脇に置いてある塾用の鞄に手をのばしながら桃嘉が言う。

「このまま行く」

　懇願するような目つきで自分を見上げる娘に対し、ベーサイアネ、と雪穂はつい強い口調になる。そんなのだめよ、と日本語で繰り返し桃嘉を部屋の中に引き入れる。塾からは早くても九時までは帰ってこられない。夕食抜きで行かせるわけにはいかなかった。桃嘉が不服そうに自分をにらんでも雪穂は譲らなかった。

「少しでいい。食べなさい」

　桃嘉は雪穂には答えず、少なめによそったカレーライスを無言で食べ始める。ほとんど無理に流し込むようすが痛々しい。溜め息をつく雪穂をちらっと見上げた桃嘉の目はあきらかに母親をうっとうしがっていた。おかわりは、と訊く雪穂に、そんな暇はないとばかりに桃嘉は首を振り、ごちそうさまと口にすることもなくぶすっとした表情で立ちあがる。玄関先でも、サンピィパ（やせっぽち）、と呟き眉をひそめる母親の視線から逃れるように、桃嘉はさっさと背中を向ける。きをつけて、と雪穂は声をはり上げる。母親が見つめているのはわかっているはずなのに、階下にたどり着いた桃嘉は振り向きもしなかった。

　桃嘉があわただしく出て行ったせいか、ひとり残された雪穂は、先ほどよりも家じゅうが静まりかえったように感じる。もう、と小声で呟いたあと、底にウサギの絵が描いてあるお皿を流しまで運ぶ。ウサギ、ウサギとあの子が幼稚園のときに自分で選んで買ったものだ。なんとなくずっとつかわせてきたけれど、今の桃嘉はべつのものでもよいはずだ。むしろ、内心では新しいものを欲しがっているかもしれない。雪穂は水に浸したお皿のやや色の薄くなったウサギの親子の絵を眺めながら、この機会に茶碗の類いは新しいものを揃《そろ》えてもいい、と考える。引っ越しは三日後に迫っていた。茂吉が３ＬＤＫの新築マンションを購入したのは春先だ。２ＤＫの今のところよりもずいぶんと広い。

　――こういうのは、縁と勢いだからね。

　茂吉は、ぼくにまかせろ、とばかりに売買契約書に判を押した。雪穂は、縁《yuán》、と母国語で夫のことばを噛《か》みしめる。縁《yuán》は、母の口癖でもあった。新しい家ではれっきとした個室がもらえると知った桃嘉は顔を輝かせた。ついこのあいだまではひとりになるのをいやがり、雪穂の布団で寝たがっていたというのに。桃嘉は小学五年生の夏休みに一泊二日の林間学校から帰宅した日を境に、元々は茂吉の書斎代わりにしていた四畳半の部屋で寝起きするようになっていた。

（もう一年以上が経ってるのね）

水切り籠《かご》にウサギのお皿を置く。炊飯器の中には、ごはんが三分の二以上残っている。やせっぽっち、と雪穂は思う。サンピィパの日本語の言い方を教えてくれたのも桃嘉だ。やせっぽっち、やせっぽっち、と復唱する雪穂を可笑しがり、自分もサンピィパ、サンピィパと唱えながら。桃嘉があんなふうに笑わなくなったのはいつからだろう。最近のあの子ときたら、必要以外のことは自分から口にしようとしない。

（むかしはもっと、口数の多い子だったのに……）

きっと、余裕がないのだろうとは雪穂にもわかる。特に、ここ数週間は学校行事とやらで忙しそうな上に、秋になってから週四回に増えた塾にも通わなくてはならない。

受験したいと言い出したのは桃嘉自身だった。

桃嘉は美術大学付属の中学を志望している。幼稚園のときから通わせている絵画教室の老画家が、桃嘉ちゃんなら絶対に受かるよ、と言ったのがきっかけだ。桃嘉の絵は、区や都が主催する絵画コンクールにたびたび入選していた。元々、絵を描かせておけば上機嫌でいる子どもだった。茂吉も雪穂もただのオヤバカに過ぎないかもしれないと笑いながらも、仮にその才能が娘にあるのなら思う存分発揮して欲しいということでは一致していた。一年前、「新娘《シンニャン》」と題した桃嘉の絵がわりと名の知られた国際子ども絵画コンクールで金賞を受賞すると、桃嘉の美大付属中学受験に対する家族の思いはまとまった。公立と比べたら学費はぐっとはねあがる。それでも茂吉は、ぼくらの娘はのんびりした性格だから大学までエスカレーター式で進学できる中学に行かせるのはわるくない選択だろう、と言った。高校受験やその先の大学進学で苦労しなくて済むから、と付け加えて。日本の受験制度に疎い雪穂は夫がそう言うのならその通りなのだと思う。何よりも雪穂は桃嘉自身の希望を叶《かな》えてやりたかった。

入学試験で絵は描かせないという。国語と算数で試験をする。桃嘉は勉強がまったくできない子ではなかったが、ずば抜けてできるほうでもない。受験するなら、学校の授業だけではまにあわない。それで六年生に進級する直前の春休みから塾に通っていた。

——とりあえず今度の模試を本番と思って挑んでください。その結果次第で、出願校を絞って……

先週、塾の保護者面談でそう言われたばかりだ。来日したばかりの頃と比べればだいぶ不自由は減ったが、日本語を完全に聞き取るのは雪穂にはむずかしい。

——しゅつがん、なに？

雪穂はつい、さえぎってしまう。雪穂よりもやや年下と思われる塾講師は雪穂の反応に少々戸惑ったようだ。すぐに桃嘉が助け舟を出してくれる。

——先生は、今度のテストの練習のあと、どこの学校に挑戦するのか決めましょう、って言ってるの！

雪穂はようやく趣意を呑み込む。自分たち母娘のようすを見守っていた講師の表情が和らぐ。

——桃嘉ちゃんはえらいなあ。お母さんの通訳さんみたいだ。

その言葉に嬉しくなった雪穂は、そうよ、うちの桃ちゃん、えらい、あたしわからないとき、いっぱい助ける、と胸をはる。男性講師がほほ笑む。横を見やると、桃嘉は顔を伏せている。

——ですので、まずは体調を万全にととのえて、最良の結果が出せるように、お母さんは桃嘉ちゃんの力になってあげてくださいね。

ばんぜん、と雪穂は呟く。桃嘉は顔を伏せたまま、先ほどのようには説明してくれなかった。居心地わるそうな娘の横顔を見て、しかたない、と雪穂はゆるしてやる。先生に褒められすぎるのも、照れくさいのだろう。それで耳でおぼえたその言葉の意味を、雪穂はあとで茂吉にたずねた。雪穂からのこうした質問に慣れている茂吉は文脈から即座に判断し、それは萬全《wàn quán》のことだろうな、と言った。ばんぜん、という音と、万全、という日本の漢字がようやく雪穂の頭の中で合致する。

——何もかも問題なくちゃんとうまくいっている。

洗い物を済ませると、雪穂は荷造りを再開する。引っ越しまであと三日しかない。新居では、桃嘉が一日も早く〝万全〟の状態で受験勉強に集中できるように環境を整えてあげたいと思う。

　あれっママはカレーなんだ、と茂吉が言う。だって、と食卓につきながら雪穂は夫に嘆いてみせる。

「桃ちゃん、いっぱい残す。しょうがない。あたし、これ食べる」

　あれっぽっちしか食べずにそそくさと出かけていったのでさぞや腹を空かしているかと思いきや、塾から帰ってきた桃嘉は、おなか減ってない、と言った。ダメ、少しでいい、ちゃんと食べなさい、と雪穂は桃嘉を無理やり食卓に座らせた。桃嘉は、カレーは無理、味噌汁なら入る、と言ったのだった。

「だから、あたしカレーよ」

「それならぼくもカレーでよかったのに」

　星形の人参をスプーンで掬いながら雪穂は、いいの、とほほ笑む。桃嘉の口に合わせたカレーが夫には甘口すぎることを雪穂は知っている。茂吉の夕食にはぶりの照り焼きを準備していたが、翌日にとっておくことにして、その日のテーブルには山口さんがオスソワケしてくれた肉じゃがを中心に、ほうれん草の胡麻和えと野菜の味噌汁を用意した。桃嘉が、それなら入る、と主張した味噌汁は、結婚したばかりの頃、茂吉の母親からつくり方を伝授してもらったものだ。上京してきた茂吉の両親がここに泊まったとき、茂吉の母親は雪穂が簡単な味噌汁もつくれないと知り、日本人に嫁いだものの誰からもまともな日本式の家庭料理を学べない嫁を、いや、どちらかといえば、味噌汁も飲ませてもらえない息子を哀れに思ったに違いない。余計なおせっかいだよ、と茂吉は渋ったが、雪穂のほうがせっかくだからと姑に台所に一緒に立ってもらって、味噌汁のつくり方を一から教わったのだった。今、茂吉がその味噌汁を旨そうに啜《すす》っている。雪穂と目が合うと、

「だいぶ片付いてきたね」

　茂吉は箸を止めて、段ボール箱だらけの家を見まわした。

「せめて日曜に引っ越しの予約がとれたんなら、ぼくも土曜日に少しは手伝えたのに。きみにまかせっぱなしでもうしわけない」

へいき、と雪穂は答える。あなたおしごと忙しい、あたしわかる、家はまかせて、と胸をはってみせる。たよりにしてるよ、と茂吉はスプーンを持っていないほうの雪穂の手を握る。夫の手はあいかわらず大きくて温かく、そうしてもらえるだけで雪穂はほっとする。桃嘉のモシも迫ってるね、とカレンダーのほうに視線を向けながら茂吉は言う。モシはテ

ストの練習だと教えてくれたのは夫ではなく娘のほうだったと雪穂は思う。それから茂吉のことばに雪穂は大きくうなずく。そりゃ忙しそうだな、と言いながら茂吉はふたたび箸を動かす。そう忙しいよ、と口にしたとたん、ずっと抑えていた桃嘉を心配する気持ちが溢れてくる。モシとあとガッゲイカイもあるよ、すごく忙しいよ、と夫にむかって話しながら、学芸会はガッゲイカイではなくガクゲイカイだと桃嘉に訂正されたと思い出すが、そのまま続ける。

「やせっぽっちなの。心配よ。あの子、あまり喋らない。つらいの、言わない。むかしからそう。がまんいっぱい。最後、頭痛いと泣く」

雪穂はたまらなくなってくる。

「がんばる、がんばる、がんばる、の桃嘉、大変。もっと、がんばる、しないでもいいじゃない？　あたし、心配よ……」

溜め息をつく自分を、夫が見つめている。雪穂と目が合うと、

「だいじょうぶだよ」

茂吉のまなざしは穏やかだった。だいじょぶ？　いつも、そうだ。夫はすぐ、そう言う。だいじょぶ。まるで、それさえ言っておけば、何もかもがうまくゆくとでもいうように。けれども桃嘉のこととなると雪穂はじれったくなる。母親である自分がはらはらするほどには、父親である夫は娘のことをちゃんと心配していないような気がしてしまう。なにが

だいじょぶなの、と雪穂が言おうとしたそのとき、桃嘉、と茂吉は娘の名を呼ぶ。雪穂がふりかえると、タオルを頭にのせたパジャマ姿の桃嘉がいる。タンロロ（水びたし）、と雪穂は眉をひそめる。ドライヤーちゃんとやった？　それじゃあ風邪をひくでしょ、と台湾語で言いながら、來《lái》（来なさい）、と両手を差し出す。

「アンツゥア？　キンライチタァ……」

　どうしたの、早くこちらに来なさい、と早口になる雪穂をさえぎって、

「ほら、桃嘉。こっちおいで」

茂吉が手招く。桃嘉は、父親のことばには従う。そばに近づいた桃嘉の頭をタオル越しに茂吉はくしゃくしゃと撫でてやる。乾かす、というよりは遊んでいるふうの手つきだ。桃嘉は桃嘉で、父親からそうされることをうっとうしがることもなく、されるがままになっている。ついには、パパくすぐったいよ、と笑い顔になる。自分には近頃とんと見せない表情だと雪穂は思う。茂吉が桃嘉にたずねる。

「この頃、ずいぶん忙しそうだね」

　桃嘉はうつむく。

「ママが、桃嘉がごはんをあんまり食べないって心配してるぞ」

　食欲がなくて、と桃嘉は小声で呟く。ショクヨク、の意味がわからなかったが雪穂は黙っている。せっかく始まった夫と娘の会話を途絶えさせたくなかったのだ。

「ごはんは食べなくちゃ。それに、またサンピィパになってきたんじゃないか」

「……」

「桃嘉がよくがんばっているのは、ママもパパもわかっている。でも、勉強も大事だけど、桃嘉、おまえはまだ子どもで育ち盛りなんだ。あんまりがんばりすぎるなよ」

自分の言いたかったことだ、と雪穂は思う。あんまりがんばりすぎるなよ。この日本語を、自分は求めていたと雪穂は思う。桃嘉がちらりとこちらを見る。その濡れた髪が雪穂は気になる。ホラ、と雪穂はふたたび手を伸ばす。ホラ、と茂吉も桃嘉の背中を押す。桃嘉は父親の傍らから母親のほうへと近づく。サンピィパ、と呟きたくなるのをこらえながら雪穂は桃嘉の髪をタオルで拭いてやる。もう遅いから早く寝なさい、という意味の台湾語を囁く雪穂にむかって桃嘉は、

「あした、おむすびつくってくれる？」

「オムスビ？」

放課後、学芸会の練習があって家でごはんを食べていると塾に間に合わなくなるから、と桃嘉は言う。要するに、それを夕食代わりにしようというのだ。

「オムスビだけ？　足りる？　だいじょぶ？」

雪穂の咎《とが》めるような口ぶりに、桃嘉はまた黙ってしまう。茂吉が口を挟む。

「学芸会ではお芝居をやるんだって？」

父親のほうに顔をむけると、ウン、と桃嘉はうなずく。エンモクは？　と娘に問う夫の日本語が雪穂にはわからない。けれども茂吉と桃嘉はちゃんと通じ合っている。ピーターパン、と桃嘉が答えるのを聞くと、

「そうか。ぼくの可愛い娘は、ウェンディ役？　それともティンカーベル？」

「……パパったら。あたしは裏方だよ。美術担当なの」

「なんだ、そうか。でも、それも大事な役目だね。で、この美術さんは、何にそんなに忙しいんだ？」

「きょうはウェンディの寝室の絵を描いた。大きな模造紙に描くから楽しい」

「桃嘉の絵が背景なら、立派な舞台なのはまちがいなしだな」

「でも、あと港の絵とフック船長の船室も描かなくちゃならないから時間が足りなくて」

「フックの船室も？　それはすごいなあ」

ピーターパン、ウェンディ、ティンカーベル、それにフック。中国語に訳してもらえばわかるかもしれないけれど、固有名詞が続くと雪穂はなかなかついてゆけない。父親と話す桃嘉の表情がほぐれるのを横目に、オムスビ、と雪穂は胸のうちで思う。さっきはせっかくはじまった夫と娘の会話を途切れさせたくないと思っていたのに、今は、ふたりが交わしあう日本語の会話に入れないことを少しさみしく感じてしまう。

その二日後のことだ。学校から帰ってきて早々、電話機の脇の棚が空《から》になっているのに気づいた桃嘉が、ここにあったパンフレットは？　とたずねる。イギングァンディユオ（片付けちゃったよ）と雪穂は答える。

「捨てたの？」

「段ボールの中に入れました。あたらしい家、持っていく」

志望中学の学校案内パンフレットが捨てられていないとわかってホッとしたようだが、桃嘉はそれきり黙ってしまう。

「何？　今、必要？」

桃嘉は聞こえるか聞こえないぐらいの声量で、べつに、と呟く。雪穂は、言いたいことあるならはっきり言いなさいよ、とつい語気が強くなる。べつにいいってば、とそっぽをむく桃嘉の声にも苛立《いらだ》ちが含まれていた。時計をみると、もうすぐ塾にむかわなければならなかった。不穏な雰囲気のまま、ホラ、と雪穂が差し出したお弁当箱を受け取ると、桃嘉は無言のまま出かけようとする。なんなのよその態度は、と文句を言いたかったが、きをつけて、と桃嘉の背中にむかっていつものように雪穂は声をかける。桃嘉はうっとうしそうにうなずくと、階段を駆け下りる。塾にまにあいたいというよりも、一刻も早く、母親である雪穂から離れたい調子で。

（まったくもう……）

それでも雪穂は、桃嘉のために段ボール箱の中にしまったパンフレットを出してあげようと思う。ところが、思いのほかガムテープの糊《のり》がべったりと貼り付いていて苦労させられる。カッターをつかって切れ目を入れようとしたとき、手が滑り、指を少し切ってしまう。痛みはほとんどないが、血が出た。唾をつけ、息を吹きかけ、それから雪穂は長い溜め息をつく。

あすの午前中にはトラックが来る予定なのに、まだ準備が終わらない。引っ越しがこれほど大変だとは知らなかった。茂吉と暮らしはじめるときは、親の家から身の回りのものをほんの少し持ち出しただけで、雪穂はほとんど何もないところからすべてを揃えていった。一年ほどしか住まなかった台北のアパートを引き払うときは、めぼしい家具を姉や友人たちに譲ると、あとはほとんど何も残らなかった。今回は十年以上も暮らしたのだからものが多いのはわかっていたはずだ。でも、あきらかに想像以上だった。家のことはまかせて、と言った手前、夫に弱音を吐きたくはなかった。雪穂はもう三日連続で朝から晩まで要るものと要らなくなったものの仕分けと持ち出すものの梱包に明け暮れていた。桃嘉のパンフレットを出すためにやっと剝《は》がしたガムテープを丸めて屑籠に捨ててから雪穂は段ボール箱をのぞきこみ、書類の束の中からそれを見つけ出す。表紙は、制服姿の少女たちが潑剌《はつらつ》とした笑顔を浮かべて立っている写真だ。数か月後には桃嘉もこの制服を着ることになるのだろうか？　二十年以上前に雪穂が高校を受験したときは、〝高中聯考《gāo zhōng lián kǎo》〟と呼ばれるシステムに基づいて全台湾の受験生が一斉に受ける試験の成績順によって入学する学校が自動的に指定された。姉たちが通ったレベルの学校に届かない成績だったらどうしようと気を揉《も》む雪穂に、母はこう言って励ました。

――あんたはあんたよ。姉さんたちと同じでなくちゃならないってことはない。精いっぱいがんばってダメだったら、縁がなかったというだけよ。

　桃嘉の成績が志望校に届かなかったとしたら、あのときの母のように自分も桃嘉を励ます？　すぐに雪穂は、桃嘉が不合格になる、と思ってしまったことをうしろめたく思い、首を振る。それから手元に視線を落としたとたん、あっ、と声が出る。パンフレットの余白が赤黒く汚れていた。指の血のせいだ。急いでティッシュでこすってみるが、きれいにはならない。不吉な予感のようなものをふりはらうように雪穂はわざと長い溜め息をつく。

（きっと、ちょっと疲れているだけ）

　塾から帰ってきた桃嘉は、テーブルの上にあるパンフレットを見てもほとんど顔色を変えなかった。あんたが気にしてたからわざわざ出しといたのよ、と告げたら、ん、と桃嘉はやっと反応する。まったくはりあいのない、と苛立ちつつも雪穂はぐっとこらえて、早くお風呂入りなさい、と桃嘉をせきたてる。のろのろしていたらそれだけ桃嘉自身の寝る時間は短くなるのだ。もうすぐパパも帰ってくる、と雪穂はさらに畳《たた》みかける。桃嘉は言う通りにする。ほんとにもう、とぶつぶつ呟きながら雪穂は、桃嘉が脱ぎっぱなしにしたコートをハンガーにかける。それからお弁当箱を洗わなくてはと気づく。桃嘉の塾用の鞄を開けて、布巾にくるまったそれを雪穂はとりだす。

「這《zhè》麼《mó》了《le》（何よこれ）？」

前日も桃嘉は、一個でおなかいっぱいになった、と言って雪穂がふたつ用意したおむすびのうち、片方しか食べなかった。きょうにいたっては、ふたつあるおむすびのうち、片方は一口齧った状態で、もうひとつのほうはまるまる残っている。こんなのほとんど食べてないに等しい……冷え切ったおむすびを手にし、雪穂は体がわなわなと震えるのを感じる。これでは給食以外この時間まで何も口にしていないも同然だ。だから痩せるんだ。

「ぜんぜん食べてない」

お風呂からあがった桃嘉におむすびを突き出す。叱られると察したのか、桃嘉はこわごわと口を開く。

「……時間が、あんまりなかったの」

「時間ない？　何？　そんなに忙しい？」

「……」

「なぜ食べない？　これ、おなか空く。つらい。そうじゃない？」

けれども桃嘉はうなずかない。だいじょうぶだよ、と声が小さくなる。だいじょぶ？

雪穂の声は逆に大きくなる。

「だいじょぶ、じゃない。だから桃嘉、痩せた。食べない、おかしい。だから、サンピィパ……」

　興奮が募るにつれて、雪穂は日本語が出てこなくなる。台湾語で続ける。どんなに忙しくたって食べる時間ぐらいあるはずでしょう、学校も塾もどこかの軍隊じゃあるまいし、いったい何がそんなに忙しいっていうのよ……桃嘉は無表情になる。まただ、と雪穂は思う。近頃、よくあるのだ。中国語や台湾語を喋っているとき、自分の声が桃嘉にぜんぜん届いていないと感じる。それで雪穂はまた日本語に切り替える。

「ママのオムスビ、なぜ食べない？　おいしくない？」

　桃嘉が目を伏せる。おいしくない、と桃嘉がみとめたようで雪穂は内心動揺する。雪穂が口ごもったとたん、部屋はしんと静まり返る。数十秒間の沈黙を破ったのは、梅なら、と呟く桃嘉の声だった。

「え？」

「梅干しのおむすびなら、入るかも」

　桃嘉が、一口齧ったきりのおむすびの中身は肉燥《バーソー》だ。干した豚肉を甘辛く煮つけたもの。日本では手に入らない。台湾から持ち帰ったなけなしのものを、雪穂は桃嘉のためにおむすびの具にした。

――この味、台湾っぽいね。

魯肉飯《ロバプン》の八角や米粉《ビーフン》の香菜《シャンツァイ》。そして肉燥《バーソー》。そういうものを食べさせたときの娘のことばがよみがえる。雪穂は急に悲しくなってくる。

「……バーソーの、何がいけない？」

桃嘉が息を呑むのがわかった。雪穂は声を震わせながら続ける。

「梅？　どうしてバーソー、ダメ？　桃嘉、ママのつくるもの、きらい。だから食べない。そうなの？」

泣くつもりはなかった。けれども涙が頬をつたうのがわかった。雪穂のただならぬ雰囲気に桃嘉はすっかり怖気づいている。

「ごめんなさい」

「ごめん？　何がごめんなの？　バーソーきらい？　きらいなら最初に言う。言えばいい。あなた何も言わない。何も話さない。桃嘉のこと、気持ち、ママ、なんにもわからない。どうしたらいいの？　心配なのに……」

雪穂自身も、自分が何語を話しているのかわからなくなる。泣くつもりはなかった。泣かずに済むなら、そのほうがよかった。どうしたらいいのかわからない。それは泣き出した母親をまのあたりにした桃嘉も同じのはずだ。雪穂は両手で顔を覆い、叫ぶ。もういい。もういいから早く寝なさい……母親の命令に桃嘉は従う。数秒後、桃嘉の部屋のドアが閉まる音がする。静まり返った家の中で、雪穂はすすり泣く。遠くで消防車と救急車のサイレンが聞こえた。その音が遠ざかってゆくのを待ち、のろのろと立ちあがる。すぐに桃嘉が食べなかったおむすびが目に入る。梅なら、と言った桃嘉の声を思いだし、また胸が締めつけられる。ふと、おふくろのあじ、という響きを思い出す。そういう日本語があると雪穂が知ったのは、今年のお盆が終わった頃だ。

――伯母さんの揚げ豆腐って、なんか、おふくろのあじって感じだね。

茂吉の実家からの帰り道、桃嘉がそう言った。あはは確かに伯母さんの揚げ豆腐はお祖母ちゃん譲りで田舎っぽいもんなぁ、と茂吉が娘に応じる。きっと、と雪穂は涙を拭いながら思う。きっとおふくろのあじというのは梅の入っているおむすびのことなんだ……それから姑が案じた通りだと思う。味噌汁すらつくれなかった自分は今、娘を満足させるごはんもつくってやれない。

「シアンナ、ベーサイ、バーソー……」

雪穂は、まるまると残されたおむすびも、自分自身も哀れでならなかった。

*

桃嘉のおむすびは、翌日の自分の昼ごはんにしよう。捨てることなど、かわいそうでできなかった。気は晴れなかったものの、夜遅く帰宅した茂吉に対して雪穂は何事もなかったかのようにふるまった。泣いたことも知られたくなかった。寝室の灯《あか》りを消し、横になる。眠ろうと目を閉じかけたとき、ゆきほ、と夫に名を呼ばれる。雪穂は黙っていた。薄《うす》闇《やみ》の中で声がつづく。

「つらいの？」

日本に来て、最初の頃におぼえたことばだ。ツライ。雪穂はゆっくりと息を吸って吐いてから、どうしてよ？　と訊き返す。茂吉がこちらを向く気配がする。その肩越しにくっきりと浮かぶデジタル時計の数字を雪穂は見る。翌朝も早い茂吉を、少しでも長く寝かせてあげたかった。それで、なんでもないよ、と言って顔をそむけようとするのだが、

「いや、瞼が腫《は》れてる」

茂吉は手をのばし、雪穂の頬に触れる。夫の指先の温もりを感じた瞬間、雪穂はつらさをごまかせなくなる。茂吉は驚かなかった。涙ぐむ雪穂の体を黙って抱え込む。背中を茂吉にさすられながら、桃嘉がバーソーのおむすびを拒否したことについて雪穂は途切れとぎれに話し始める。茂吉は辛抱強く耳を傾けてくれる。そのおかげで、隙あらば自分から逃げ出そうとする桃嘉が相手のときとはちがって、途中で母語をまじえることなく最後まで日本語で話し続けられる。

「桃ちゃん、梅がいい、と言った。でもあたし、バーソーのをつくった。桃ちゃんは、バーソーいらない。それ聞いて、あたし、悲しい。そう、あたしは、怒ったんじゃないよ。悲しかっただけ……」

茂吉に聞いてもらうことでやっと、自分はどうして泣いてしまったのか雪穂ははっきりとわかる。

（我不是生氣、我是傷心的……）

茂吉が手をとめる。雪穂は夫の顔を見る。茂吉はねむたそうに両目をしばたたかせてから、桃嘉はべつに、と切り出す。

「バーソーをいやがったわけじゃないと思うなあ」

雪穂は夫を見つめ返す。ぼくだって、と茂吉は言う。

「酸《す》っぱいものなら食べられる、というときはあるよ。特に、疲れてるときなんかはね。桃嘉が梅干しをリクエストしたのも、そういう理由だよ。あの子のほうからバーソーはいやだって言ってたわけじゃないだろう？」

黙っている雪穂の頭を、茂吉は子どもに対してするようにやさしく撫でる。

「引っ越しの準備で、きみは疲れているんだ。まあ、そうさせてしまっているぼくの責任なのだけど」

ふたたび雪穂の手を握って、すまない、と言う。スマナイ、は、ゴメンナサイ、のべつの言い方だ。雪穂はうなずく。茂吉の指がまた雪穂の頬に触れる。

「今の仕事を成功させることができたら、ぼくはたぶんもっと……」

雪穂をのぞきこみ、えらいひとになれるかも、と呟き茂吉は笑ってみせる。えらいひとになる、というのが昇進を意味すると教わったのは茂吉が部長になるのが決まったときのことだ。夫のおどけた口調に雪穂は気持ちが少しほぐれる。茂吉は、ゆきほはがんばりすぎなんだよなあ、と繰り返してから、

「でも、ぼくもがんばるからね。だからもう少し待っててよ。引っ越しも、ぼくのこの仕事も、桃嘉の受験もおちついたら、久しぶりにみんなで旅行しようか。そうだ。きみの行きたいところに行こう。どこがいい？」

行きたいところなんて、と雪穂は思う。

「あたし、日本のこと、わからない。特にないよ」

「あはは。それなら、また箱根にしようか」

ハコネ。

それは、雪穂と茂吉が親になってはじめての旅先に選んだ土地の名だ。首がすわったばかりの桃嘉を連れて、特急列車に揺られた。日本の旅館に泊まったのは、あのときがうまれてはじめてだった。タタミイイニオイ、と感嘆する自分を茂吉が目を細めて眺めていたことを雪穂はおぼえている。日本人の家の床には「畳」と呼ばれる、草で編んだ板が敷かれている。父から雪穂は何度も聞かされたことがある。雪穂がうまれるわずか数年前まで、台湾は日本の統治下にあった。自分は優等生だったから同じように成績上位者の同級生たちと、公学校で教鞭《きょうべん》をとる日本人の先生が暮らす家に招かれたことがあるという話を父

はよく自慢した。

――畳で正座をする日本の女性は、とてもうつくしい。

やさしかった先生の奥さんは、その頃の台湾にいたどの女性よりも品があった、と父が言っていたと茂吉に告げると、お義父さんはそんな昔から日本びいきだったんだなあ、と夫は苦笑する。あのときハコネの宿のタタミで正座をしながら、今のあたしはどう？　と雪穂は夫にたずねたのだった。日本人に見える？　温泉旅館の浴衣《ゆかた》を羽織った自分の姿を、眩しそうに見つめる茂吉の視線を雪穂はおぼえている。障子の向こうにはハコネの夜空が見えた。東京よりも星の数が夥《おびただ》しい。赤ん坊の桃嘉は心地よさそうにぐっすりと眠っていた。ここが気に入った？　とやはり浴衣姿の夫が訊く。ほほ笑む雪穂の頬に、茂吉は触れる。畳のうえの敷布団は、ふだんアパートでつかっているものとは比べ物にならないほど厚みがあり、ふっくらとしていた。少女の頃に空想していた雲の感触はこんなふうだった。仰向《あおむ》けになった雪穂は、雲の上にいる心地、と感じるのだけれどそれをあらわす日本語がわからず、ここが好き、と囁く。きみがよろこんでくれてよかった、と茂吉はほほ笑んだあとふいに真顔になり、すきだよゆきほ、と囁く。雪穂はうなずき夫の手を自分の胸元に引き寄せる。茂吉はゆるしを得たや否や、もどかしげな手つきで雪穂の浴衣をはだけさせる。茂吉にされるがままになることを味わいながら、はこねすき、と雪穂は繰り返す。次にまた来るときは四人になってるかな？　耳元にかかる夫の息がくすぐったい。よにん、と雪穂は夫の言葉をなぞる。あなた、わたし、桃ちゃんともうひとりの赤ちゃんで、よにん。そしたら次の次は、ごにん、になるね……と応じる自分を茂吉が愛おしそうに見おろしたときのまなざしを雪穂はおぼえている。

　茂吉の赤ちゃんなら何人でも産む。そう思ったとたん昂《たかぶ》るものがあり、涙ぐんだ。あのときわたしは幸福そのものだった、と雪穂は思う。幸福すぎて、幸福とはみるみるふくれあがってゆくものだと信じて疑わなかったと思う。

——バーソーの、何がいけない？

　数時間前の自分の金切り声がよみがえり、雪穂の夢は途切れる。いつのまにか眠っていたのだ。傍らで茂吉も寝息を立てている。

（あたし、泣いてた？）

　頰に触れると、うっすらと涙の痕がある。幸福な記憶の見せた夢が遠のいたとたん、ここ数年、ようやく薄れつつあった記憶が襲いかかる。雪穂は濡れた頰を拭うのもいとわしく、下腹部に手をあてる。からっぽ、と思う。空《kōng》とも、カンともちがう。からっぽ。あのときにおぼえた日本語。こんなふうに、下腹部に両手をあてては、きっと虚ろな目をしていたはずの自分に幼い桃嘉はおそるおそる声をかけたのだった。

——ママ、リ・シアンナ、カナ・アイカウ？

不安そうに自分を見上げて、ママはどうして泣きそうなの？　と雪穂のことば——台湾語――でたずねる桃嘉の存在に気づき雪穂は我に返る。自分が塞ぎこんでいるせいで桃嘉を不安にさせているというのに、ビェンファンロウ（安心してね）、リエママデチタァ（あなたのママはここにいるわ）、と力を込めて娘を抱きしめる。小さな桃嘉は、雪穂の胸の中にすうっとなじんだ。まるで、そこが桃嘉のほんとうの居場所であるかのように。とっくに赤ん坊ではなかったけれど、それでもあの頃の桃嘉はとても小さくて柔らかかったと雪穂は思う。今のあの子は、あんなふうに母親に抱かれることを拒むにちがいない。もう十二歳なのだ。雪穂の腕の中ですっかり安心しきって、すやすやと寝息を立てていた頃とはちがう。おそらく雪穂には想像もつかないことを、自分の頭であれこれ考えたり、思い悩んだりしている。それは子どもが成長したという証なので母親としては喜ぶべきことにちがいない。頭ではよくわかっている。それなのに雪穂は、桃嘉とほとんど一心同体だった頃が無性に恋しくなる。

（からっぽ）

下腹部のうえでかさねた両手が冷たい。日本に来てから、手が冷えるようになった。あの日も、病室で茂吉に手を握られて、自分の手が冷え切っているのに気づかされたのだった。血の気がないのは、手だけではなかったのだろう。片手で妻の手を握りしめ、片手で妻の頬をさする茂吉がゆっくりと口を開く。

――……ぼくらはもう、桃嘉という宝物を授かった。

さずかった、と鸚鵡《おうむ》返しする雪穂の声は声にならない。ぼくらには桃嘉がいる、と茂吉は言い直す。夫の声があまりにも穏やかなので、そのせいでかえって雪穂の不安は募る。

——きみと、桃嘉とぼく。家族は三人で、充分だよ。

又《また》、流的《流れたのか》！　気絶から目覚めたばかりだというのに、雪穂は気を失いそうになる。

——何も変わらない。桃嘉と、きみがいる。ぼくは今もう充分幸せだ。だから……

うそ、と雪穂は金切り声を上げる。茂吉の表情が翳る。うそうそうそ、と雪穂は夫の手を振り払おうとする。が、そうはさせまいとする茂吉が雪穂の手を痛いほど握りしめていた。眩暈をおぼえながらも雪穂は夫にむかってわめく。ひどいよ、きのうまでここいたよ、あいたかったよ、あたしの赤ちゃん……両目からぽろぽろと涙がこぼれる。流れたのは二度目なのだ。あたしの赤ちゃん、ここいたよ、いない、うそ、いたよ、ずっといたよ……でも、もうからっぽ、なのだ……錯乱する自分を、茂吉がどんなふうになだめたのかよくおぼえていない。医者や看護師が駆け付けて、口々に何か声をかけてくれたような気もするが、記憶が途切れている。雪穂が次に目覚めたときにはもう茂吉の姿はなく看護師しかいなかった。ごしゅじんはかいしゃにいかれましたよ、と言うのだが雪穂がきょとんとしているため、みやまさんのごしゅじんはいまかいしゃです、ゆうがたにはもどる、といってましたからね、と若い看護師は言い直してくれる。おくさんはあんしんしてやすんで、とごしゅじんはなんどもいいましたよ……と言う看護師を途中で遮り、桃ちゃんは？　桃ちゃんはどこ？　と雪穂は叫ぶ。頭が混乱していた。意識を失う直前、わたしは何をしていたんだっけ？　自宅のトイレで、雪穂は倒れたのだった。ぱぱぁ、ままが……と叫ぶ桃嘉の声をかすかにおぼえている。救急車のサイレンが近づく音と、茂吉が誰かと早口で話している日本語がまったく聞き取れなかったことも切れ切れにおぼえていた。でも、そのあとのことはぷっつり途切れている。雪穂の動悸が激しくなる。桃ちゃん、桃ちゃん。取り乱しながら娘の名を呼ぶ雪穂の声を聞きつけてか、べつの看護師が駆け付けてくる。あたしの子どもは？　どこ？　日本語が、出てこない。カタコトで狼狽する雪穂にむかって、おちついてください、おちついてください、と、駆け付けた看護師長がなだめる。雪穂が上の子のことではなく失ったばかりのおなかの子のことを思いながら錯乱しているととったのだろう。ついには、医者を呼んできた。桃ちゃんどこなの、と叫びながら涙をながす雪穂にむかって医者が何か言おうとしたそのとき、ママ、と声がした。

　桃嘉が三つになったばかりの頃だ。母親が気を失って倒れ、父親とふたりきりで一夜を過ごしたことは、たぶん桃嘉の記憶にははっきりとは残っていないだろうと雪穂は思う。その後、大家夫妻の家に預けられ、半日を過ごしたことや、大家夫人に連れられておとずれた病院で、半狂乱の母親に力いっぱい抱きしめられたことも、たぶんあの子はおぼえていない。

――兄さんと姉さんたちにはさんざんいじめられたからね。子どものときのぼくは、ひとりっこに憧れたものだよ。親からの愛を独占できるからね。だから桃嘉も……

茂吉がそう言って慰めようとしたとき、愛ならあるよ、と雪穂は叫んだ。愛ならある。あたしいっぱいある。赤ちゃん何人いても、ぜんぶに愛、たくさんあげる。すごくあげる。なのにどうして……うずくまる雪穂の傍らに、茂吉も腰をおろす。あの頃は医者からの残酷な宣告に耐えかねて泣きじゃくってばかりいた。そのたびに、いつまでもこんなふうではいけない、これでは夫に見放されるかもしれないと雪穂は妙に冷静に怯《おび》えていた。台湾にいたのなら、母や姉たちを頼ることもできただろう。けれども日本には茂吉以外につらさをぶつけられる相手がいなかった。たぶん、夫もそれをわかっていた。つらい、は、ふたりで分かち合うしかなかった。いや、雪穂のつらさを茂吉が一緒に請け負ってくれた。それなのにその茂吉の子を産むのを二度も失敗した。茂吉へのもうしわけなさでさめざめと泣く雪穂は、とうの茂吉自身に何度も慰められた。

——ぼくたちには桃嘉という宝物がいるんだよ。

そうにちがいない。空っぽではない。雪穂の傍らには、母親を必要とする小さな娘がいる。それなのに自分は、シアンナ、アイカウ（どうして泣きそうなの）？　と、まだたった三つであるこの子に心配させたりして……桃嘉を抱きしめながらその温もりに励まされるように雪穂は少しずつ立ち直ったのだ。それでも心が軋《きし》むときはある。桃嘉ちゃんも弟か妹が欲しいよねえ、と姑が言ったときはいたたまれなかった。オトウトカイモウト？

祖母に訊き返す桃嘉の顔を雪穂は直視できずうつむく。

——母さんも姉さんも、子ども相手に余計なことを言わないでくれよ。

聞きなれない口調は、その地方の方言らしい。茂吉の剣幕に義母と義姉は目配せを交わしつつも黙る。ふだん、めったに声を荒らげない夫のようすに雪穂はすっかり驚かされたのだった。そんなことがあったのだし、その後も盆や暮れに帰省するたびに茂吉が、ぼくたちは子どもは桃嘉ひとりで充分だと決めたんですよ、と親戚たちにむかって言うことがよくあった。わざわざそのことを宣言するのは不妊の妻を庇《かば》っているからなのだと義母や義姉もさすがに勘づいているはずだと雪穂は思っている。だからこそ余計にいたたまれない。気にしなくていい、と夫は言う。うちのものはみんな田舎の人間だから考え方が古いんだよ、と。きっとそうやって、家族の反対を押し切って茂吉は外国人である自分と一緒になったのだなと雪穂は思う。だからこそ、茂吉のためにもたくさん子どもを産みたかった。乾ききっていない頰に、また涙がつたう。

——ぼくは、きみと桃嘉さえいれば、それで充分幸せなんだ。

しあわせ、と雪穂は呟く。桃嘉を宿したとき、それは続いた。このからだには、今、心臓がふたつ。幸福が、二重に脈打つ。おなかの中にいる赤ん坊の存在は、親きょうだいも知人もない異国で暮らしはじめたばかりの雪穂を勇気づけた。あたしはひとりぼっちじゃない。赤ん坊を含む自分自身のからだが、いとおしくてたまらなかった。赤ん坊は雪穂で、雪穂は赤ん坊。

——この味、台湾っぽいね。

涙がまた、流れる。知らなかった。わたしの一部だった赤ん坊——桃嘉が、わたしのたったひとりの子どもが、わたしから遠ざかっていくということが、こんなにもさみしいのだとは……我不是生氣（あたしは怒ったんじゃない）、我是傷心的（悲しかっただけ）。雪穂は唇を嚙み締め、手の甲で涙を拭う。

「……ねむれないの？」

いつ、目を覚ましたのだろう。夫の声がする。雪穂は顔を天井に向けたまま、もしも、と切り出す。

「もしも、あたしが日本人ならと思う」

沈黙は保たれたままだ。雪穂は唾を呑みこみ、続ける。

「そしたら、あたしはもっと、桃ちゃんと話できるのに。そしたら、桃ちゃんももっと、あたしと話できるのに」

ことばにしてゆくうちに、雪穂は確信を深めてゆく。そうであったのなら、自分の思いをもっとちゃんと桃嘉に伝えられるのに。桃嘉の思いも、もっとしっかり受けとめられるはずなのに。桃嘉が食べたいと思うものをつくって、桃嘉が何に忙しいのか理解して、もっと桃嘉にとって良い母親でいられるのに……もしも、自分が日本人なら何もかもが今よりもずっとうまくいっているはずなのに。

「そしたら、桃ちゃん、もっとしあわせなのに……」

馬鹿なこと言うんじゃないよ、と茂吉は言った。その語気は思いのほか強く、雪穂をびくりとさせた。

「何を言ってるんだよ」

暗がりの中、夫が勢いよく体を起こす。

「きみはぜんぜんわかっていない」

茂吉は興奮をおさえるためか、頭をかきむしる。

「ほんとうにわかっていない」

予想外の茂吉の剣幕に、雪穂は身をすくめながら絶望的な気持ちに襲われる。わたしはわかっていない。ああ、とうとう娘のみならず、夫にまで突き放されるのか。ところが雪穂を見据えた茂吉のまなざしには、怒りというよりも哀しみが滲んでいたのだ。次の瞬間、シュウシエ、と呼ばれる。秀雪《Xiù xuě》。雪穂の、かつての名だ。あいかわらず、Xiuxuě の「雪《xuě》」が「謝《xiè》」と聞こえる発音を茂吉はする。雪穂は茂吉に呼ばれるのなら、「秀謝《Xiù xiè》」でも嬉しかった。そのうち茂吉はかれの恋人を、ユキ、と日本風に呼ぶようになったのだ。懐かしい。まだ自分たちは台湾にいて、恋愛中だった。

「秀雪。ぼくはね、きみを好きになったんだ。きみが日本人だったらよかったなんて、今まで、一度だって思ったことはない」

「……」

「ぼくの好きになったきみが、たまたま台湾人だったんだ。そうだね、たとえばきみが日本人なら、桃嘉の母親も日本人だったはずさ。でも、きみは台湾人だ。だから……」

茂吉は深い息をつくと、雪穂の両肩に手をおいた。

「桃嘉の母親は、台湾人以外にありえないんだよ」

*

新しい炊飯器は、米が炊きあがると音を鳴らして知らせてくれる。ピーという音が鳴るのを待ちながら、蒸気がたちのぼるようすに雪穂は見とれてしまう。どうせなら最新型を買おう、と茂吉は即断し、自分たちを案内中の店員をおおいに喜ばせたのだ。それは、まさにその店の目玉商品で店頭に並んでいたもののうち最も値の張る品だった。むかしとちがっていまのおんなはらくになった、といつしか母も感心していたことがあったと思いだす。

——あたしが子どもの頃は、薪《まき》を割るところからが料理だったんだからね。

雪穂の父が、日本製の電気釜を買ってきたときのことだ。家計にいつも余裕があるわけではなかったのに、父はそういうもののためには大枚をはたく。そんな父のことを、母は呆れながらも最後には笑ってゆるしていた。この最新式である圧力ＩＨジャーの炊飯器には、新しもの好きの父もおそらく目を輝かせるにちがいないと雪穂は思う。前のアパートには、結局一度も両親を招くことができなかった。そう思うと少しさみしい。でもしかたがない。海を越えるのはやはり容易ではない。久々に募った台湾への恋しさをふりはらうように、できあがり、と雪穂は呟き炊飯器の蓋をあける。蒸気の香《こう》ばしさを吸い込みながら、ふっくらとつややかなごはんを、少しの間、惚れ惚れと眺めてしまう。しゃもじでかきまぜると、ごはんはよりおいしそうに感じられる。

炊飯器だけではない。冷蔵庫と洗濯機も新しく買い直した。家電だけでなく、マンション自体が新築である。給湯器と風呂釜が一体になっている浴室など、雪穂には何もかもが眩しい。明るくて清潔なお風呂場には桃嘉もおおよろこびだ。コンセントの位置や数のためか、以前と比べて台所の使い勝手が格段によくなったのが雪穂は何よりもありがたかった。

引っ越してきてから、数日が経つ。

茂吉も桃嘉もあいかわらず忙しい。真新しい家電製品特有の匂いがまだ消えそうにない冷蔵庫から梅干しを雪穂はとりだす。姑のように自分で漬けたら茂吉にも桃嘉にももっと喜んでもらえるのだろうけれど、今の雪穂には市販のものを買ってくるので精いっぱいだ。むしろ、プラスチックの容器に詰め込まれたそれがスーパーに並んでいるというだけでも、ダオ・チヨウ——ありがたく思わなければならない——ぐらいなのだけれど。梅干しが手に入ったおかげで、少なくともここ二日、桃嘉は塾に行くときに持たせたおむすびを残すことなく食べてくれている。雪穂は、まだ湯気のたつごはんをしゃもじで掬う。今は熱すぎるぐらいのごはんも、桃嘉が口にする頃にはすっかり冷えていると思うと少し残念である。できるなら、桃嘉にはあたたかいものを食べさせたいが、しかたあるまい。ひとつめのおむすびができあがったところで雪穂は時計を見る。もう桃嘉が学校から帰ってくるはずだ。ふたつめのおむすびにとりかかる前に、玄関のほうをのぞく。前の家とちがって、新居は全室ともフローリングだ。タタミは布団の上げ下げが大変だからこのほうがいいね、と茂吉は満足そうだが、雪穂は茂吉と桃嘉と、カワノジ、で眠った前のアパートの和室がすでにもう懐かしい。玄関の脇の部屋の前で雪穂は立ちどまる。ドアは開いていて、桃嘉が自分で選んだ机とベッドのほかに、いくつもの段ボール箱が重ねられているのが見える。おそらく、最上段のもの以外はガムテープで封をしたままだ。本人に任せていたら早くても受験が終わるまではこの状態だろう。いちおう桃嘉の許可を得てから、この部屋も自分が片付けてやらねばと雪穂は思う。今朝まではリビングルームの隅にもいくつか段ボール箱が積んであったが、茂吉と桃嘉を見送ったあと昼食もそこそこに半日以上かけてせっせと荷解きした甲斐があり、なんとか見られる状態になっていると雪穂は自負する。引っ越しは大変だったが、新しい暮らしが整いつつあるのを見渡していると言い知れぬ充足感が湧く。そろそろだと思っていると、インターホンが鳴った。玄関脇の電話台の上に設置されているボタンを雪穂は急いで操作する。まだあまり慣れていない。はあい、と声をはり上げると、ただいま、という娘の声が聞こえてくる。

　数秒後、ドアを開いて待っているとエレベーターの扉が開き、桃嘉が姿をあらわす。筒状にまるめた模造紙を抱えた桃嘉がよろよろと雪穂の脇から家の中に入ってくる。おかえりなさい、と声をかけるが反応がない。桃ちゃん、と返事を促すように雪穂は娘の名を呼ぶ。ただいま、とようやく桃嘉は口を開く。あいかわらずか細い声だった。おなかすいた？　と訊くと、すこし、と言う。ファンベーあるよ、と告げたら、食べたい、と返ってくる。桃嘉が洗面所で手を洗っているあいだに、やっぱり茹でておいてよかった、と雪穂は半分に切ったトウモロコシをお皿にのせる。温めはしない。桃嘉はファンベーなら熱々のものよりもひんやりと冷めているぐらいのものを好む。そうでしょ、と言うと、ん、と桃嘉自身も認める。それで雪穂は、ママはあなたをよく知っている、とおどけてみせるのだが、桃嘉は無言でトウモロコシを齧っている。ちらっと時計を見やるようすから、娘が一刻も早く塾に行きたがっているのだと雪穂は悟る。勉強が始まる前に、友だちと会えるのが嬉しいらしいのだ。だからといってそんなに急いで食べていたら喉に詰まる。はたして、もうすこしおちついて、と雪穂が言おうとしたそのとき桃嘉はむせてしまう。リグァ、と雪穂はつい声を漏らす。うつむきながら咳《せ》き込む桃嘉に、ほらお水、と雪穂は差し出す。

水を流し込み顔を上げた桃嘉の歯の間にコーンの粒がはさまっているので、ほら、と雪穂は手をのばす。その指が触れる前に桃嘉は急いで顔をのける。雪穂があっけにとられて見つめると、ごちそうさま、と早口で言って立ち上がる。桃ちゃん、と雪穂はつい声を荒らげる。

「歯に、ファンベーついてる。そんな口したら、友だち笑う。いいの？」

桃嘉はあいかわらず無言のまま口の中をもごもごとさせる。雪穂は日本語に言い換えるのももどかしく、中国語でなじってしまう。

「ママに触られるのがそんなにいやなら、自分で洗面所に行って確認したらどう？　ママはいいの。笑われるのは、あなたなんだからね」

桃嘉はすごすごと洗面所にむかう。まったくもう、と呟きつつも、妙にしおらしい娘の後ろ姿に、雪穂もなんとなく反省させられる。自分の娘とはいえ、桃嘉はひとりの人間だ。勝手に顔を拭おうとしたり口元に触れようとしたら拒むのは当然だろう。

——あたし、もう赤ちゃんじゃない。

幼稚園に通いだした四歳の頃、どこでおぼえてきたのか桃嘉はよくそう言っていた。そうだね、ももかはもうおねえさんだ、と茂吉が言ってやると、幼い桃嘉は自分たちにむかって誇らしそうにすましてみせる。そうよね、と雪穂は思う。

（あなたはもう赤ちゃんじゃない）

桃嘉は、うがいだけでなく歯磨きもしたようだった。戻ってきた桃嘉は雪穂と目が合うと、にっと口を開けてみせる。きれいきれい、と褒めてやってから、ほら、とテーブルの上の弁当箱を雪穂は示す。桃嘉はうなずき、塾用の鞄の中にその包みを入れる。ふたつつくったおむすびの中身はどちらも梅干しだ。

――酸っぱいものなら食べられる、というときはあるよ。特に、疲れてるときなんかはね。

茂吉の言っていた通りかもしれない。あれ以来、帰宅した桃嘉の弁当箱を開けると、おむすびは必ずふたつともなくなっている。そのたびに雪穂は心底安堵する。あの子はやっぱりまだ子どもだ。食べないことがどれだけいけないことなのかまるでわかっていない。母親の自分がきちんと管理してやらなければあっというまにサンピィパになる。それにしても食べる時間も惜しむとは今の小学生は何と忙しいのだろう。自分が桃嘉と同じ年の頃はどうだっただろう、と雪穂は思いだそうとしてみる。少なくとも、ごはんを残すな、と叱られた記憶は一度もない。自分が特に食いしん坊な子どもだったとは思わない。それでも、母がつくる料理ならいつもよろこんで食べていたように思う。末っ子であまり頼りにされていなかったのもあり、少女の頃の雪穂は姉たちほどには母が取り仕切る厨房に出入りしなかった。ただ、茂吉と婚約した頃からはすすんで母の料理を手伝った。八角の香りが匂いたつ鍋の中でぐつぐつと煮える豚肉をかきまぜている雪穂の横で、母は香菜を刻んでいた。

——むずかしいことなんか、ないのよ。あんたたちやおとうさんが、おなかいっぱいになったときの顔を思い浮かべてれば、どんな料理だってうまくできるわ。

数年後、日本行きが決まったあとに実家をおとずれたときも、魯肉飯《ロバプン》にするための肉を煮込むのを手伝った。母は、雪穂に伝授すべき自分の手料理が何なのかよくわかっていた。魯肉飯は雪穂自身の好物でもあったが、それ以上に、婿——茂吉——の大好物だった。

日本の、特に東京には何もかもが揃っていると色々な人から聞かされていたし、実際に日用品や雑貨はどんな些細《ささい》なものでも非常に良質で、来日したばかりの頃の雪穂は感心しどおしだった。ただもどかしいのは、八角や香菜、それに肉燥《バーソー》といった自分にとって慣れ親しんだ味を再現するうえで欠かせない調味料や素材がなかなか手に入らないことである。カレーライス、豚肉の生姜焼き、オムライス……母から教わることのなかったメニューは、茂吉に頼んで買ってもらった「お料理一年生」という本を参考にしてつくれるようになった。日本語がところどころ読めなくても、調理の手順を示す写真があればどうにかなったものだ。今では雪穂は、自分が子どものときに食べていた惣菜よりもこうした日本料理をつくることのほうが得意なぐらいである。雪穂にとっては、桃嘉がよろこんで食べてくれるのならそれが一番なのだ。ただ、ここのところずっと、桃嘉が自分のつくった料理をゆっくり味わう姿を見ていない。塾のない日は母娘でむかいあって食事をするのだが、雪穂があれこれ話しかけても桃嘉の反応は芳しくなく、できれば夕食などさっさと済ませて別のことをしたいといったようすなのだ。

塾用の鞄に弁当箱を入れている娘の細いうなじを見つめていたら、あんまりがんばりすぎないで、という日本語が浮かぶ。それなのにそれよりも早く口から洩《も》れたのは、サンピィパ、だった。桃嘉が顔を上げる。用意できた？　と声をかけると桃嘉は小さくうなずく。ちゃんとオムスビたべるよ、でないとサンピィパよ、と念を押さずにいられない。娘の頬に手を触れたいが、きっとまた顔をのけられるだろうからこらえる。雪穂に見つめられて桃嘉はめずらしく目をそらさない。それで雪穂は、ザイヤァボ？　アナボーインマ、イディン、アイ・チャーミイキャア……と同じ内容を台湾語で繰り返す。桃嘉はうなずいたあと、何か言いたそうに雪穂を見つめるのだ。なに？　と訊くと、あのねママ、と意を決したように切り出す。

「あたしの受験のとき、面接は、ママだけじゃなくてパパにも来てもらったほうがいいよね」

何を言われたのか、よくわからなかった。桃嘉が続ける。

「中学校の先生たちが質問したとき、ママだけだと心配じゃない？」

桃嘉に、こないだの保護者面談でもセンセイ言ってたでしょ、と言われてようやく雪穂は桃嘉の塾の講師に言われたことを思いだす。

――面接は、お母さまが付き添われるんですよね。まあ、そもそも試験の点数のほうが重要で面接は入学の意思確認のためのものなので、それほど神経質になることもないのですが、学校側が生徒の保護者とのコミュニケーションに支障があると判断した場合、万が一のことはあるかもしれません。桃嘉ちゃんの場合は、苗字《みょうじ》でお父さまが日本の方というのは一目瞭然ですし、それではねられるということはないと思いますが。念のために、お父さまのほうは日本語に不自由はないと伝えたほうがよいでしょう。

確かに自分は、かれが話すその内容も部分的にしか理解できなかったと雪穂は思う。でも、桃嘉が説明してくれれば、ちゃんとわかった。

——桃嘉ちゃんはえらいなあ。お母さんの通訳さんみたいだ。

そのことが自分はとても誇らしかった。けれども桃嘉自身は、好きでそうしているのではない。日本語のへたな母親のせいで、この子は嫌々そうせざるを得ないのだ。雪穂は唐突に理解し、愕然《がくぜん》とする。

「パパがいたら、ママも安心でしょ？　だからママ、パパにわたしが受験の日は会社をお休みして欲しいってお願いしてくれる？」

母を見つめる桃嘉はほとんど懇願するまなざしだった。

「……ママ、日本語へた。だから、心配？」

脳裏に、オフクロノアジ、という日本語がよぎる。バーソーじゃなくて、梅干し。ママじゃなくて、パパ。

——この味、台湾っぽいね。

身震いのあと、雪穂はようやく声が出た。

「何？　ママ、不満？　ママ、日本人じゃない。だから桃嘉いや。でもしょうがない。ママ、台湾人。日本人なれない。どうしたらいい？」

話すうちに声は金切り声になってゆく。雪穂は桃嘉がたじろぐのがわかる。けれどもどうしても耐えられなかった。そんなこと……と言いかける桃嘉を、ホオラ（わかったわよ）、と雪穂はさえぎる。

「そんなに日本人がいい。受験、パパとふたり、行きなさい」

「……」

「ママいても、意味ない。桃ちゃん、ママの通訳大変なだけ。パパなら大丈夫。ママわかってる」

頬を涙がつたう。また娘の前で泣いてしまった。桃嘉の視線を感じながら雪穂は顔を伏せる。

「ほら、時間ない。塾、行くでしょ？」

涙声で告げてから雪穂は桃嘉に背を向ける。ママ、と呼ぶ声がする。けれども雪穂は振り返らずそのまま座り込む。

いつもなら、あわただしく靴を履く小さな背中に、ちゃんとたべるのよ、としつこく念を押したことだろう。わかってるってば、と応じる桃嘉の声にかすかな苛立ちが含まれているのを感じつつも、くるまにきをつけてね、と注意を重ねずにはいられなかっただろう。こちらに引っ越してきてからはエレベーターの扉が閉まるまで娘を見送り、その後は部屋の中に戻り寝室の窓辺に立って待った。

この日、雪穂は娘が玄関から出ていったあともうずくまったままだった。雪穂がのろのろと立ちあがって寝室の窓からのぞく頃にはもう、桃嘉はとっくに角の向こうに消えていた。以前とちがって南向きの新居は、西日が眩しい。橙色《だいだいいろ》の光がさんさんと射し込む家の中で雪穂はきれいに整理整頓したばかりの電話台に歩み寄ると、住所録をめくる。探すまでもなかった。裏表紙に茂吉の筆跡によるそのメモは貼り付けてある。「001―010―886―2―×××」。雪穂は受話器をとりあげる。市外局番以降の数字はなじみぶかいメロディーのように暗誦《あんしょう》している。指が最後の数字を押したあと、心臓が早鐘を打つので深呼吸する。耳元で呼び出し音が鳴りはじめる。一回、二回、三回……その音を聞くうちに奇妙なうしろめたさが募り、受話器を置いてしまおうかと思う。雪穂が十四年に及ぶ日本での生活で茂吉に断らずに国際電話をかけるのははじめてだった。四回、五回……雪穂が受話器を耳から離しかけたとき、音は途切れた。

「喂《wéi》（もしもし）？」

今、最も聞きたかった声だ。そう感じたとたん、ことばよりも早く涙が溢れる。喂（も

しもし）？　と訝《いぶか》しそうに繰り返す声が続く。雪穂は声を絞って、

「……ママ？」

一瞬、電話が切れたのかと思った。ちがう。母が息を呑んだのだ。雪穂は覚悟を決めたように告げる。

「ママ、あたしよ」

ふたたび、短い沈黙。秀雪《Xiù xuě》よ、と言いかけたそのとき、

「秀雪？　ほんとうに秀雪なの？」

母が言っているのが聞こえてくる。雪穂は、そうよ、ほんとうに秀雪よ、と繰り返しながらその姿が母に見えるわけでもないのに大きくうなずいてみせる。瞎一跳《xiā yī tiào》（たまげたわ）、と母らしい訛《なま》りのある中国語が聞こえたあと、

「リ、アンツゥア？　シ・シャミダイジ？」

台湾語が聞こえてくる。

（あなた、いったいどうしたのよ？　なにかあったの？）

母の声を聞けた瞬間、雪穂は自分でも呆れてしまうほど急激に力が湧くのだ。受話器を持っていないほうの手で濡れた目尻を拭いながら、

「ボーアンナラ、タンシ……」

特に用事はないんだけどね、となるべくあかるい調子で告げる。

「ママの声を聞きたいと思って！」

電話がまた、一瞬、遠のく。まあこの子ったら、という母の声には笑みが含まれていた。

雪穂はつい、少女のような甘えた口調になる。

「ねえ、ママは？　あたしの声が聞けて嬉しい？」

「……そりゃあ、もちろん。でもほら、あれが、すごくかかるんでしょう。電話代が」

「いいのよ」

口では言いつつも、雪穂も気にしていた。あとで茂吉を驚かせることになったらと思うといたたまれない。けれども、まだ電話を終わらせたくなかった。沈黙している間にも料金がかかる。何か言わなくちゃ、と雪穂は焦る。それで、あたしたち先週引っ越したのよ、と言う。そうだったわね、と反応する母の声が聞こえる。茂吉が家を買ったと知らせる雪穂のエアメールは、一週間ほど前に両親のもとに届いたという。

「お父さん、ずいぶん感心してたわ。日本で自分の家を持つなんて、茂吉さんは立派になってゆくばかりだねって。甲斐性のある夫に恵まれてぼくらの末娘はほんとうに幸運だと。だからあたし、言ってやったのよ。茂吉さんが幸運を授ける女房に恵まれたのよって……」

母らしい言い方と、弾けるようなその笑い声が懐かしくて、雪穂は胸がいっぱいになる。

「お父さんはいないの？」

「きょうもいつものお仲間たちと将棋をさしてるわ。あなたから電話がかかってきたと伝えたら、出かけたことを悔やむでしょうね」

淡水河の畔で近所の老人たちと簡易将棋盤を挟んでむかいあっている父の姿が思い浮かんだとたん雪穂の頰は緩む。

「桃ちゃんは元気？」

そう問われて雪穂は、つい口ごもってしまう。今回は桃ちゃんの手紙がなかったからお父さんがっかりしてたのよ、と母は言う。いつからか——たぶん、桃嘉が小学校に通いだした春頃から、故郷の両親に宛てて手紙を送るとき、雪穂は桃嘉にも一筆書かせることにしていた。日本びいきの父が、日本語による孫娘の手紙を喜ぶからだ。桃嘉もまた、雪穂がさしだす便箋を、このおてがみ飛行機に乗るんだよね、とはしゃぎながら台湾の祖父に何か書くのを楽しんでいた。母娘でそうやって手紙をしたためていたひとときが、今思えば、とても貴重だったと雪穂は胸が痛くなる。

——あたし、今、忙しくて……

お祖父ちゃんにお手紙書かないの？　と雪穂が訊くと、明日書く、と桃嘉は言った。そういうやりとりが少なくとも三日は続いた。それで雪穂はしびれを切らして自分の書いた手紙だけを封筒に入れて両親へ送ったのだった。

「イ、チマァ、チョ・ボーイン……」

あの子は今、とても忙しくて……と母に伝える自分の声がわずかに震えてしまうのを雪穂は感じる。唇を噛む。あいかわらず西日が眩しい。台湾との時差は一時間。あちらは夕焼けにはまだ少し早い。雪穂は受話器を耳に押し当てたまま、瞼を閉じる。茂吉に嫁ぐ日まで暮らした父と母の家の窓辺に降り注ぐ夕日がたまらなく恋しかった。

「秀雪」

母の声が聞こえる。ン？　日本語とも台湾語ともつかない声が出てしまう。

「あなた、つらい思いをしていない？」

「……」

一呼吸のあと、母の声がまた聞こえた。

「シュンベカウ、リ、カウ・ボヤウギン」

母には何もかもお見通しなのだと雪穂は観念する。顔など見なくとも、電話線でかろうじて繋がった声や息遣いだけで、わたしのことがなんでもわかってしまう。

――つらかったら、泣いてもいいのよ。

受話器を握っていないほうの手で、雪穂は口を押さえる。嗚咽《おえつ》する間、母は待っていてくれた。どれぐらい、そうしていただろう？　そう長い時間ではないはずだ。涙とともに張り詰めていた気持ちが解きほぐされるのを感じながらも、頭の片隅ではずっと、母の言うあれが、電話料金のことが、とても気にかかっていたので。それでも雪穂は、あたしね、と母にむかって切り出さずにはいられなかった。

「日本語が、じょうずになれない。桃ちゃんの話すことが、ときどきわからない。そのせいであたし、あの子のことがわかってあげられなくて、もうしわけなくて……」

ふふふ、と笑う声がする。それから、あなたはいいおかあさんですよ、と聞こえてくる。一瞬、日本語だと気がつかなかった。母の声をとおして聞くと、夫と娘が自分そっちのけで交わしあうときにつかっている言語とはぜんぜんちがう感じがするのに雪穂はしみじみと驚く。

「いい？　よく聞きなさい……」

また台湾語に戻っていた。

「ことばがつうじるからって、なにもかもわかりあえるわけじゃないのよ。あなたとあたしだって、そうだったじゃないの？」

ママとあたしが？　と雪穂は母のことばをなぞる。あかるい笑い声が受話器のむこうで弾ける。

「わすれたの？　あなたやあなたの姉さんたちだって、いつもあたしの中国語はへたくそだって笑ってたじゃないの！」

そんなこともあった。父や母が学校に通っていた時代は、自分や姉たちとちがって中国語を教えていなかったのだ。受話器の向こうの母の声が、雪穂に言い聞かせる。

「よく聞きなさい、秀雪。あたしは、今、あなたのそばにいてあげられない。でも、かのじょは片時もあなたから離れることはないわ」

「でもあたし、桃ちゃんがときどきとても遠くに感じるの……」

「ちがうちがう。あたしが言っているのは、桃ちゃんのことじゃない」

「え？」

「あたしが言ってるのは、あなた自身のこと」

「……」

「だれといても、どこにいても、自分のいちばん近くにいるのは自分自身なのよ。だからね秀雪、だれよりもあなたがあなた自身のことをいちばん思いやってあげなくては。自分自身をないがしろにしながらひとさまのことを大事にしようだなんて、そんなのできっこないのよ」

　母と話せたおかげで、雪穂の心はだいぶ和らいでいた。考えてみれば、気兼ねなく母語を話すのはずいぶんと久しぶりのことだった。部屋はもう、半分、暗くなっている。茂吉と自分のための夕食の支度にとりかかる間、

「ベーサイ、ドゥイ・カキ、ボーホー」

自分をないがしろにしてはだめなのよ、とほかのだれかに言い聞かせる調子で、何度か

繰り返した。そうしているだけでだんだんと落ち着いてくる。以前は想像もしなかった。台湾語を口に出してみるだけで、こんなにものびやかな気持ちになれるなんて。自分はやっぱり台湾人なのだと雪穂は思う。

——学校側が生徒の保護者とのコミュニケーションに支障があると判断した場合、万が一のことはあるかもしれません。

桃嘉の塾の講師が言うのももっともだ。

——桃嘉ちゃんはえらいなあ。お母さんの通訳さんみたいだ。

保護者である自分が桃嘉の負担になるぐらいなら、やはり茂吉にも同席してもらうのがよいにちがいない。いやむしろ、自分は行かず茂吉にすべて任せてもいい。きっと、そのほうが学校側からの印象もいいはずだ。

（あたしがへんな日本語話すの、桃ちゃん、かわいそう）

桃嘉が帰宅する頃には、雪穂の気持ちはほぼ決まっていた。インターホンが鳴る。はあい、と雪穂はいつも以上に明るい声を娘に聞かせる。エレベータが開くのを今か今かと待ち構え、

「おかえりなさい」

と言う。桃嘉は桃嘉で、ただいま、といつもよりもはっきりと雪穂に告げるのだ。数時間前のひと悶着《もんちゃく》などなかったかのように、つかれたでしょ、お風呂で温まりなさい、と

雪穂は娘に笑いかける。ほほ笑みはしなかったものの、桃嘉はこくりとうなずくといつになく素直に浴室にむかう。

桃嘉のお弁当箱が空っぽになっていることにひとまずほっとする。洗い物をしながら、

（ベーサイ、ドゥイ・カキ、ボーホー）

と雪穂は呟く。赤ちゃんではないとはいえ、まだ桃嘉は子どもなのだ。あの子があの子自身を大事にしそこねているようなことがあれば、母親であるわたしがちゃんと守ってやらなければならない。

桃嘉がお風呂からあがる。めずらしく、髪をドライヤーで乾かしてある。えらいえらい、と雪穂は心から言ってやる。桃嘉ははにかみ、

「パパ、まだ帰ってこないの？」

「きょうはセタイだから遅くなる」

口にしてしまってからほんとうは、セッタイ、と言わなければならないのだっけ、と雪穂は気づく。接待、と言おうとするたび、どうしても、セタイ、となってしまうのだ。桃嘉は雪穂のまちがいを訂正することもなく、そう、とあたりまえのようにうなずく。母娘の目が合う。

「パパが帰ってきたら」

「パパ、テンライ」

桃嘉は日本語を、雪穂は台湾語でほぼ同時に言う。雪穂は可笑しくなる。桃嘉も笑みを浮かべる。なあに？　と譲ったのは雪穂のほうだ。桃嘉は照れくさそうに続きを言う。

「ママによそゆきのお洋服を買ってあげてって言おうと思うの」

よそゆき、の意味が雪穂はわからない。それを悟った桃嘉が説明する。ふだんとちがって、とくべつなときにつかうもののこと。

「あたしの受験の、面接のときに着る洋服のことだよ。あ、あたしのじゃなくて、ママが着る洋服ね」

それから顔を伏せると桃嘉は、ごめんなさい、と声を震わせる。

「受験のとき、パパに来て欲しいって言ったりして」

「……」

「ママにかなしい思いをさせて」

自分が日本人であったなら、何を言ってるのよ、とか、あたしこそさっきはわるかったわ、といったようなことをちゃんと日本語で言えたはずだと雪穂は思う。けれども雪穂の口から震えながらようやく出てきたのは、ハオグァイ（おりこうさん）、という一言だった。もう娘の前では絶対に泣かないと誓ったばかりなのに、またしても涙が頬をつたう。泣く自分を見て、桃嘉も泣いている。ごめんなさいママ、と涙を流しながら繰り返す娘を雪穂は抱きしめたいと思う。けれども桃嘉がそうされたくないのなら、無理強いをしてはいけないとこらえる。すると桃嘉のほうが雪穂に歩み寄る。雪穂は両手を広げる。桃嘉がまた一歩近づく。雪穂はとうとう娘を抱きしめる。

「桃ちゃん、ハオグァイ。ママ、日本語へた。でも、ママ、がんばる。桃ちゃんのメンセツ、一緒にがんばる」

と、せめて日本語で言おうと努めながら涙声で伝える。

＊

冬が深まる。新居に引っ越してきてから、もう一か月以上が経つ。電話台の前の壁にたてかけたコルクボードには、ピーターパンやウェンディ、フック船長を演じた同級生たちとともにならぶ桃嘉の写真が画鋲《がびょう》で留めてある。小さくはにかむ桃嘉は舞台袖に近い場所に控えめに立っている。けれども子どもたちの背後に堂々と控えるウェンディの部屋の絵はほかでもない桃嘉が手掛けたものなのである。ふつうよりもおおきく引き伸ばしたサイズで現像したその写真は、学芸会の日にほかの保護者たちとまじって茂吉が撮影したものだ。

——あれ、桃嘉が描いたのか？　想像をはるかにうわまわる出来映えじゃないか。ぼくらの娘はやっぱり才能があるよ。

夫の興奮を思い出しながら、オヤバカ、といつかおぼえた日本語を呟く雪穂の頬が緩む。

桃嘉はよくがんばっている。あいかわらず食は細いが、それでも学芸会を控えていた時期よりはだいぶましだ。心配は尽きない。今の自分にできるのは、母親として、桃嘉にとって万全の態勢を整えてやることだと雪穂は思う。

炊飯器の保温機能のおかげでまだ温かいごはんを茶碗によそう。梅干しはすでに種をとりのぞき、包丁で軽く叩いてある。ごはんのうえにそれをのせてから、鍋の中のだし汁を注ぐ。

「いいにおい！」

桃嘉の声がする。タンチレエ（ちょっと待ってね）、と言いながら雪穂は戸棚から海苔をとりだす。オチャヅケのつくり方は茂吉直伝だった。

「いただきます！」

料理というには簡単すぎるものではあるが、自分のつくったものをおいしそうにほおばる桃嘉を見るのはやはり嬉しい。今日は調子がよさそうね、と台湾語で声をかけると、ン、と桃嘉は素直にうなずく。

「さっきね、ずっと手こずっていた図形の問題が解けたの。なんかね、ぱっと閃いたんだ。次、似たような問題が来ても絶対解けるって思ったら嬉しくて……」

雪穂も嬉しかった。一時期よりも娘の頬はふっくらとしている。やっぱりごはんはちゃんと食べるべきなのだ。茶碗を空っぽにしたあと、

「ママ、あたし中学生になったら、思う存分、好きな絵を描くの」

桃嘉は言う。ウン、と雪穂はうなずく。絵を描くガッコウに行く、桃ちゃん毎日絵を描くできるね、と言う。桃嘉はさらに目を輝かせる。

「うん。だから、絶対に合格しないと！」

「でも今夜はあんまり遅くなっちゃダメ。ちゃんと寝ないと、サンタさんがプレゼントあげる、できない」

「……あのね、ママ。あたし知ってるんだからね、サンタさんの正体。今、お風呂に入っているひとでしょ」

媽媽不知道（さあ、どうかな）、ととぼけてみせると、桃嘉は笑った。雪穂も笑う。

翌日、目を覚ました桃嘉はパジャマ姿で颯爽《さっそう》とあらわれると、〝深山桃嘉〟という姓名がキャップの側面に刻まれた万年筆を雪穂と茂吉にむかって自慢げに見せびらかす。茂吉が、センスのいいサンタさんだね、とおどけると桃嘉もまた、サンタさんたちはあたしのことよくわかってる、とおとなびた表情でほほ笑む。書いてごらんよ、と茂吉に促されたとたん、なんだか緊張する、と今度は子どもっぽく照れながらも、桃嘉は書いてみせる。

深山桃嘉

上出来じゃないか、と茂吉に褒められて気をよくしたのか、桃嘉は試し書きを続ける。深山茂吉、深山雪穂。その後、閃いた、という表情を浮かべたあと、やはり父母の見守る中、李秀雪、と丹念に綴ってみせる。雪穂が日本に帰化する以前の姓名だ。いつおぼえたの、と雪穂は驚くが父娘で思わせぶりに目配せするばかり。また自分に内緒でふたりだけでことばを交わしたのにちがいない。それから、ママには名前がふたつもあってうらやましいな、と娘は呟き、桃嘉の言う通りだ、と夫がうなずく。

新居で迎えるはじめての正月が過ぎれば、いよいよ桃嘉の中学受験だ。

「みやまももかさん、ですね」

桃嘉が、はい、と返事をする。隣で雪穂も姿勢を正す。面接官は三名。今、娘の名を確認した年配の女性が、ふかやまさん、と呼びまちがえそうになってしまったわ、と言うと、彼女の両脇にいるふたり――ひとりは茂吉と同年代の男性、もうひとりは三十代前後の若い女性だ――もほほ笑みながらうなずいている。想像していたよりもずっと和やかな雰囲気に雪穂の緊張は少しほぐれる。桃嘉とともに一礼する際、よろしくおねがいします、としっかり言えたことや、おかけください、という日本語をちゃんと聞きとってから椅子に腰を下ろせたことにほっとしていたのもある。教室の窓からは正午過ぎの陽射しが穏やかに差し込んでいた。

　午前中は筆記試験だった。試験を終えた桃嘉の表情は、晴れやかだった。こちらがたずねるよりも早く、やれるだけのことはやったと思う、と頰を紅潮させながら報告する娘を雪穂はその場で強く抱きしめたくなる。パトーヤオボ（おなか空いてる）？と念のためにたずねたら桃嘉は首をふる。受験番号によっては午後まで待たされるが、幸いにも桃嘉の面接の順番はすぐだった。校舎から正門に続く広場には、自分たちのほかにも緊張に満ちた数時間ぶりの「再会」を果たした母子たちが似たような会話を交わしている。どの母親もよそゆきの恰好だ。雪穂が着ているセットアップの濃紺のドレスは、年が明けてすぐに家族三人で百貨店に出かけて新調した。

——ふたりともお似合いだね。

——おにあい？

——ぴったりの洋服が、とても素敵だよってこと。

買ってきたばかりの服を試着した雪穂と桃嘉が顔を見合わせて笑う姿を、茂吉のカメラがとらえる。

　おにあいの紺のブレザーとチェック柄のスカートを身に着けた桃嘉が今、雪穂の隣で真っすぐに背筋を伸ばしている。緊張した面持ちの娘の横顔を見やりながら、雪穂はその手を握ってやりたい気持ちをこらえる。ふたたび口を開いたのは、やはり中央の女性だ。

「それでは深山さん。質問をはじめますね。深山さんはどうしてわたしたちの学校を受験しようと思ったのですか？」

「はい。幼稚園のときから行っている絵画教室の先生に、絵のことが勉強できる学校があると教えてもらいました。去年、文化祭に来てみたら、素敵な絵がたくさんあって、それはみんな、この学校の生徒が描いたものだと知って、とても感動しました。そのとき、自分もこの学校に通いたいと強く思いました……」

人見知りのはずの娘が、大のおとなたちを相手にハキハキと答えている。雪穂はひそかに胸が熱くなる。桃嘉が話し終えるのを待ち、

「深山さんは、絵を描くのがとても好きなのですね」

むかって右側の男性が言う。桃嘉は顔を右に向けると、

「はい、大好きです」

と即答する。男性だけでなく、あとのふたりもほほ笑ましそうにうなずく。左側の若い女性教員も桃嘉にたずねる。

「深山さんは、どんな絵を描くのが好きなんですか？」

今度は桃嘉が顔を左に向けたので、雪穂にもその表情がよく見える。えっと、と声に出してから、あの、と桃嘉は急いで言い直す。

「きれいなおんなのひとの絵を描くのが好きです」

女性教員が、きれいなおんなのひと？　と桃嘉に訊き返す。

「はい。こないだは学校の学芸会のために、ピーターパンのウェンディを描くのがとても楽しかったです。もっと前には、父の会社のひとの結婚式で見たお嫁さんがとてもきれいだったので、その絵を描きました。そういうきれいなおんなのひとを描いているとき、とてもわくわくします……」

娘がそんな気持ちで絵を描いているとは知らなかった。新娘《シンニャン》、と題されたあの絵を思い浮かべながら雪穂はまたもや感動する。

「深山さんの将来の夢は何ですか？」

「はい。みんなが幸せな気持ちになる絵を描くひとになりたいです」

よくわかりました、ありがとう、と若い女性教員が桃嘉への質問を締めくくると、それでは、と面接官たちが雪穂のほうに注目する。はじめに口を開いたのはやはり中央の年配の女性だった。

「お嬢さんは、お母さまの目から見てどんなお子さんでしょう？」

オジョウサン、という日本語は知っている。おかげで雪穂は弾みがつく。トッテモイイコ、と答えた声が思いのほか弾んだ。その場にいる全員の視線が雪穂に集まる。

「ごめんなさい。わたし、日本語、あまりじょうずでない。わたしは台湾人です」

茂吉には頼らない。母親として、桃嘉に恥はかかせない。台湾の母に電話をしたあの日から、正直にそう伝えなければ、とひそかに覚悟していた。そのときがついに来たのだ。

雪穂は面接官たちにむかって懸命に日本語を話そうと努める。

「この子、絵描くの、むかしからすごく好き。わたし、この子、いちばん大好きな学校行くのを応援します」

だいじょぶ。自分の日本語はちゃんと通じている。その証に、真ん中の女性は微笑しながらゆっくりとうなずいているし、両側のふたりの教員も聞き入っているようすだ。雪穂は続ける。

「主人も、応援します。主人は、この子のパパは日本人です。わたしとちがいます。日本語話します。だから心配ありませんです……」

ちらっと横を見やると、桃嘉は唇を一文字にして視線を下のほうに向けている。それで雪穂は、

「この子、とてもいい子。きょう、わたし、すごく嬉しい」

面接官たちにむかって、心の底からそう告げる。

面接会場の教室から出たとき、雪穂は安堵した。何もかもが無事に終わった。朝から続く緊張が和らぐのを感じる。いや、ひょっとしたら数か月ほども続いた緊張からようやく解き放たれたのかもしれない。合否の発表は翌日の朝である。安心するのはまだ早い。それでも娘の言う通り、やれるだけのことはやった。だから少しぐらい肩の力を抜いてもいいはずだ。桃嘉の顔を見る。疲労と、おそらく空腹のせいだろう、心なしか青ざめている。

よくがんばった娘の手を握ってやりたいが、きっと煙たがられるだろうからそうしない。無言でコートを羽織り、マフラーを身に着ける娘の横で雪穂も同じようにする。自分たちと入れ替えに、べつの母子たちが面接会場である教室に入ってゆく。パトー（おなか）、と言いかけて雪穂は呑み込む。

——ほかの子たちにわかんないことばで話さないでよ、恥ずかしい。

いつか、桃嘉に抗議されたことがあった。

——みんなに深山のお母さんはナニジンなのって訊かれたくないの。だからママ、うちの外では日本語だけを話して。お願いだからそうして……

あれは、この子が小学四年生のときの授業参観の帰り道だったと雪穂は思う。桃嘉は涙ながらに雪穂に訴えたのだった。

——なんでママはふつうじゃないの？　せめて外にいるときはふつうのお母さんのふりをしてよ！

ふつうのお母さん。今日の自分はどうだったろう？　少なくとも、桃嘉の通訳に一度も頼らずに済んだ。それだけでも雪穂としては上出来なほうに違いない。面接試験という大仕事を乗り越えた高揚感も手伝って、おなか空いた？　と日本語でたずねる雪穂の声は弾む。桃嘉は、雪穂がふたつに結ってやったお下げをかすかに揺らしながら首を振り、まだそんなに、と呟く。つい先ほど、三人の立派な大人たちを相手に堂々と話していたときとはうってかわって、弱々しい声だった。

母娘で並んで歩きだした昼下がりの通学路は閑散としている。最初の曲がり角を折れると車道を挟んだ向こう側にファミリーレストランの看板が見えた。雪穂は歩く速度を緩め、

「桃ちゃん、おなかは？」

レストランのほうを示す。桃嘉が、え、と顔をあげる。この子ときたら張り詰めていた緊張が緩んだせいで、放心してしまったにちがいない。そんなことを台湾語でからかいたくなるが、桃ちゃん、おなか空いてるでしょ、あそこ行く？　と雪穂はもう一度たずねる。うつむく桃嘉にむかって、食欲はなくても温かいものをおなかにいれなくちゃ、と小声の台湾語で雪穂は説得する。桃嘉は黙り込む。ママもおなか空いたよ、だから一緒に……と言いかけて雪穂は息を呑む。

「カナ・ベ・カウツゥライ（どうして泣きそうなの）？」

桃嘉は、なんでもない、と雪穂から顔をそむける。なんでもないことないでしょ、とやはり母語で言いながら雪穂は娘の顔を自分のほうにむかせる。なんでもないってば、と言いながらも桃嘉の声は震えている。やっとのことで、なんで泣きたいの、という日本語が雪穂の口から出てくる。雪穂に見つめられたとたん、桃嘉の目から涙がぽろぽろとこぼれだす。雪穂は半ば呆然としながらも、溢れ出てしまった涙をなんとかこらえようと必死で

唇を噛む桃嘉のようすが痛ましくて、
「わけはあとで聞くから、我慢しないで泣いちゃいなさい」
と早口の中国語で言い、さらに念を押すように台湾語でも同じことを繰り返す。桃嘉はまたしても首を横に振りながら手の甲で濡れた頰を拭う。人通りは少なかったが、誰もいないわけではない。現に、今、通りかかった近隣の住人らしき女性は、よそゆきの恰好をした自分たちのほうを好奇の目でちらっと見やった。雪穂はハンドバッグからハンカチをとりだして娘に差し出す。風がひどく冷たかった。日本の冬は寒い。雪穂は久々にそのことを痛感する。桃嘉の鼻の頭も赤くなっていた。

——ママ、ラウピー。

鼻水が出ると、桃嘉はよく鼻を指さした。そのたびに雪穂は、ママ、ンーシーピー（ママは鼻水じゃありません）！　と桃嘉が鼻をかむのを手伝ってやるのだ。あの頃は、桃嘉が突然泣き出してもこんなふうに戸惑ったりしなかった。いつも、だいたいの理由をすぐにわかってやれたし、慰めてやることもできた。ママはここよ、と言って頭や背中や胸をさするうちに桃嘉の可愛らしい笑顔は戻った。でも、今は……自分の手渡したハンカチで涙に濡れた目と頰を拭っている桃嘉の傍らで、雪穂は娘の気持ちが落ち着くのを黙って待つしかない。雪穂はいつまでも待つつもりだった。そんな自分たちの横を、やはりたった今、面接試験を終えたであろう母娘が通りかかる。顔を伏せるようにうつむく桃嘉をかのじょたちの視線からかばいたくて、雪穂は自分たちと同じようによそゆきの恰好の母娘に笑みを向ける。母親のほうがまずは笑みを返してくれる。そのまま通り過ぎるかと思いきや、

「あれ？」

と少女は立ちどまる。

「あ」

と桃嘉も声をあげる。少女は桃嘉にむかってにっこりと笑ったあと、

「あたしたち、席が隣同士だったよね」

まあ、と少女の母の表情にも親しみが広がる。

「それは、ご縁ですね」

ごえん。雪穂の好きなことばだ。

「四月に、再会できるといいね」

娘に対して気さくに話しかける少女の溌剌とした雰囲気は好ましかった。人見知りのはずの桃嘉も顔をほころばせて、うん、と応じている。

「ふふ。今夜は、お互いに娘の成功を祈らなくちゃね」

せいこう、ということばなら知っている。成功《chénggōng》。あとは場の雰囲気で、何を言われているのか容易に想像がつく。雪穂は、はいそうですね、と娘の友だちになる可能性がある

少女の母親に応える。母娘が行ってしまうと、雪穂と桃嘉はまたふたりきりになる。

（娘の成功……）

雪穂は思う。たとえ、不合格だったとしてもわたしはそれを失敗したとは思わない。何しろ、桃嘉はとてもよくがんばった。この日のために、やれるだけのことはやった、のだから。ただ、もしも自分が余計なことを言ったせいで、娘が合格できなかったのなら……そう思っていると、ちいさなやわらかいものが雪穂の手に触れる。一瞬戸惑ったものの、すぐに桃嘉の手をぎゅっと握ってやる。桃嘉と手を繋ぐのは、ずいぶんと久しぶりだった。

「ママの手、あったかい」

「……寒い？　桃ちゃん、チュウ、リンキイキイ」

手が冷たくなってる、と台湾語で言ってしまってからすぐに、おててつめたい、と言いなおす。

チュウ、リンキイキイ、と桃嘉はめずらしく雪穂のことばをなぞる。

結局、遅めの昼食は駅前のファミリーレストランで軽くとったが、その分、夜は、たんと食べさせるつもりだった。はたして桃嘉は、雪穂が少々奮発して買ったいつもより上等の肉でつくった魯肉飯《ロバプン》を二杯もおかわりしたのだった。パパの分なくなっちゃった、と言いながらも雪穂は桃嘉が自分のつくった料理をたらふく食べてくれたことが嬉しくてたまらない。ごちそうさま、と両手を合わせる桃嘉に、あなたがおいしそうにごはん食べるところを見てると安心する、と雪穂は言う。中国語と台湾語の入り混じる日本語という、おそらく日本中で桃嘉たったひとりにしか通じない喋り方で。空になった茶碗の前で桃嘉ははにかみ、

「ママ、きょうはありがとう」

ぽつりと呟く。雪穂は一人娘の顔を見つめる。けれども桃嘉は、長い一日——突然泣き出した理由のことなど——についてそれ以上は触れず、

「……なんだか眠くなっちゃった」

と言って目をこするのだ。それでいい、と雪穂は思う。桃嘉には桃嘉の事情がある。

——あなたに何があっても、ママは、どんなときも、あなたの味方よ。

それが、雪穂の心の底からの思いだった。けれども、そう口にしてしまうのは、不合格の可能性もあるとほのめかすようで、憚《はばか》られる。代わりに、ねむい、はやくねなさい、と言う。桃嘉はうなずく。

——ぼくらはもう、桃嘉という宝物を授かった。

雪穂はいつかの夫のことばを思いだす。

「桃ちゃんはママのタカラモノ」

子ども部屋のベッドで寝息をたてている桃嘉の頬にそっと触れながら、雪穂は囁く。

「桃ちゃんはとてもいい子。ママ、しあわせ」

# 第三章　母の源

——二〇〇六年、台北　桃嘉——

台湾にいる。

母方の祖母や、伯母たちのいる台湾は、母のものなのだと思っていた。だから桃嘉は自分だけで台湾に来るなど一度も想像したことがない。

でも、ついに、来てしまったのだ。

ホテルの窓辺で、桃嘉は分厚いカーテンをめくる。傘を差すほどでもない、霧吹きから噴射されるような小雨はまだ降り続いているらしい。ガラスをぽつぽつと打つ雨粒を目で追っていると、幼い頃、伯父の運転する車に揺られながら淡水の祖父母の家にむかったときの記憶がよみがえる。伯母たちと再会した喜びをみなぎらせながらのびのびと母語を喋る母の傍らで桃嘉はいつも車窓に額をあてて、流れ去る台北の夜景に見入っていた。色彩の華やかなネオンが輝く街は東京の大都市の夜景によく似ている。確実にちがうのは看板の文字がどれも中国語で書いてあることだ。天、や、下、といった自分に読める字が目に映ると桃嘉はいつも声には出さず、テン、とか、シタ、と唱えながら遊んでいた。

母にとっては待ちわびていた年に一度の「帰国」でも、桃嘉は何度通っても台湾は特別な「異国」のように感じられる。

――親戚たちもわたしのことを日本からのお客さんとして扱うし、うちのお母さんですら、この子はすっかり日本人になっちゃったの、なんて言うしね。

飛行機の中で、茜にむかってそんなふうに話すと、

――日本人になっちゃった、ってすごくいい表現。ひとは、日本人にうまれない。日本人になるのだ、なんてね。

ところがいざ来てみると、母のふるさとだとばかり思っていた台湾が想像以上に懐かしく迫ってくるのだ。空港からホテルにむかうバスの停留所に並んでいる最中に中国語と台湾語を大胆に混ぜ合わせながら喋っているほかの乗客の声が聞こえたときは、つい笑ってしまった。訝《いぶか》しがる茜に桃嘉は説明する。

――あんな喋り方をするのは、世界中で母ひとりだけなのだと思っていたから。

子どものときも桃嘉は旧正月のたびにそのことを実感した。台湾人は皆、こんなふうに喋る。母だけが特別なのではないのだ。

雨が激しくなってきた。到着早々、夜市に行っておいてよかった。蚵仔煎《オーアージェン》が中国語か台湾語か記憶が定かではなかったが、とにかく言ってみたところちゃんと通じて、茜が

日本にいるうちから食べたがっていた牡蠣《かき》入りオムレツを無事に注文できたのも嬉しかった。

（ずっとここにいたらわたしもいつか、台湾人になる、のかな）

桃嘉はホテルのカーテンを閉じる。出発の二週間前にあわただしく予約したフリーツアーではあったが、旅行会社指定のホテルと案内されたツインルームは値段のわりになかなかよかった。茜は浴槽付きのバスルームからまだ出てくるようすがない。桃嘉は窓側の自分のベッドに腰をおろし、パスポートを入れたポーチの中のメモを広げる。それを傍らに置いてから受話器を持ち上げて、プッシュボタンを押しはじめる。2からはじまる市外局番は、母の長姉である秀琴《シュウジン》伯母の家につながっている。数回もせずにコール音が途切れ、ウェイ、と聞こえてくる。我是桃嘉（わたしは桃嘉です）、と言うが聞こえづらかったのか、ウェイ？　とまた返ってくる。桃嘉は胸をどきどきとさせながら、我是桃嘉、と繰り返す。少しの間のあと、モモカチャン？　とたずねられる。桃嘉はほっとしながら、シー、ウォー・シー・モモカ、と続ける。桃嘉《Táo jiā》を桃嘉《モモカ》と言いかえたとたん、電話の向こうの声が弾みだす……本当にモモカ、モモカなのね、よかった！　もうずっと待ちかまえてたわよ！　台北、ぶじ着いたってこと？　今の時間ならもうホテルよね？　そこまで行くのに問題なかった？……勢いよく喋りだした伯母が言っていることの意味はだいたい理解できた。けれども桃嘉はすぐに反応ができない。それで子どものときに母から教わった通り、

「請慢慢説一點（もう少しゆっくり話してください）」

と言ってみる。哎呀《アイヤー》（あらまあ）、と伯母が小さく叫ぶ。あんたがこの子に日本語で話してやって、という意味の台湾語がしたと思ったら、モシモシ、と聞こえてくる。

「モモカちゃん、ですか。伯父さんです。ようこそ台湾、着きました」

インスァ伯父の声だ。仕事柄、日本人の顧客を接待することが少なくない伯父は日本語が少しできる。

「明日は、わたしたち、モモカちゃんの泊まるホテルまでお迎え行きます」

「いいえ。お迎えは必要ありません。わたしは自分で、捷運《ジェユン》に乗ります。何時に、行くのがいいですか？……」

伯母は必ず伯父を迎えに寄越すだろうと母に言われたときも、その必要はないと最新のガイドブックにある台北メトロ――捷運――の路線図を示しながら桃嘉は母に告げたのだ。

――ほら。台北駅から淡水までは一本で行けるんだよ。

――そうよね。ママがいた頃とちがって、台湾はずいぶん便利になったものね。

桃嘉がうまれる前のことなので、それは少なくとも四半世紀以上も前のことになる。ウラシマタロウ、と母はよく自分のことを笑っていた。受話器の向こうでは伯母が台湾語で何かを話しているのが聞こえる。その後、

「食事は十二時ぐらいからの予定です。しかし、モモカちゃんはいつでも来たい時間に来

てください。わたしたちは非常に期待して、待ちます」

おそらく、伯母が言った通りのことを伯父が一字一句翻訳してくれる。

「はい、わかりました。では、十一時ぐらいに行きます……謝謝《シェシェ》（ありがとう）、姨夫《イーフ》（伯父さん）」

　伯父が控えめに笑った気配がする。ふたたび、伯母が受話器を握ったらしい。モモカ？　ほんとうにひとりで来られる？　遠慮してるんなら強引に迎えに行かせるところだけど、あんたにも予定があるだろうし、そのほうが気楽なのかしらね、とこちらが口を挟む余裕もない勢いで伯母は続ける。沒問題《メイウェンティ》、謝謝大姨《ダーイー》、と桃嘉も中国語に切り替える。桃嘉に合わせて、伯母も喋る速度を落とす。

「你還記得我們家怎麼走過來？」

「沒問題、我従小去過一百幾次……」

「你說得對！　ＯＫ、我們明天見！」

「明天見、謝謝阿姨！」

　受話器を置くと、いつのまにかお風呂からあがっていた茜が、すごい、と感心する。

「桃ちゃんが台湾人になっちゃったかと思った！」

　まさか、と桃嘉は例のメモを茜に見せる。

「喂《ウェイ》？　我是桃嘉《ウォーシーダオジャ》。我已經到了《ウォーイージンダオラ》。您們放心吧《ニンメンファンシンパ》。明天《ミンティエン》上午《サンウ》、我自己坐捷運起找您們《ウォーズージーツォジェユンチーザウニンメン》」

中国語の部分は母が書いた。カタカナは、母が話すのを聞きながら自己流で桃嘉がつけたふりがなだ。

「ウェイ、ウォー、シー、ダオジヤ……」

桃嘉の記したカタカナを指でたどりながら、茜は中国語を話すことに挑戦してみる。しかしそれが桃嘉の耳にはまったく中国語らしく聞こえない。おそらく、抑揚がほとんどないからなのだろう。

――パパ、中国語じょうず。でも、波が少ない。

母が、よくそう言っていた。中国語が、日本語と比べるとかなり抑揚の激しいことばであるためだ。確かにそうかも、と茜は言い、

「英語は別だとして、わたしは日本語しか知らないからやっぱり桃ちゃんがうらやましい」

と桃嘉の隣にぽんっと腰かける。ホテル備え付けのシャンプーか、ボディソープの香りだろうか。シトラスの爽やかな匂いがただよってくる。

「桃ママが来られたら、もっと楽しかったのにね」

桃嘉はにがわらいを浮かべる。茜と台湾に行くと告げたら、母は自分も来たがったのだ。

――ママ、台湾着いたら、すぐ淡水行く。あなたたち、じゃましない。

桃嘉が子どもの頃はせいぜい年に一度きりの帰国だったが、ここ数年、母はわりと頻繁

に台湾に帰っていた。父は、母が家を空けても咎めることはなかった。むしろ、

——お義母さんが元気なうちに、どんどん顔を見せたらいい。

と背中を押すことすらあった。祖父のときとちがって決して後悔することがないように、と。

桃嘉は、母と茜と三人で飛行機に乗ることを想像するとこそばゆかった。でも、なかなか楽しそうな光景でもあった。結局、同じ便のチケットが売り切れていたため、計画は断念したのだったが。

「それに、すぐ旧正月が来るし」

「桃ちゃん、次はママにつきあったらいいのに」

「……茜ちゃんもまた来るならね」

ふたりは顔を見合わせて笑う。

——桃嘉さんは、病院よりも気晴らしが必要だと思われます。

茜の言う通りだ。その証に、めずらしく朝から桃嘉は一度も頭痛薬を服用せずに済んでいる。東京と比べて台北のほうが気候が穏やかで、桃嘉の体調がたまたまいいのもあるのだろう。けれどもやはり、茜といると気持ちが和むのだ。茜との縁は深い。中学の試験会場では席が隣同士だったし、入学後は同じクラスに振り分けられた。

——また会えたね！

入学手続きをした帰り道、先に声をかけたのは桃嘉のほうだ。ふだんなら人見知りするほうなのに、どうしてだかこのときはためらわなかった。茜の顔にもすぐに満面の笑みが広がる。試験の日、茜が桃嘉に声をかけたときと同じ路上での再会だった。茜の母親が笑みをたたえながら会釈すると、母も、ハジメマシテ、モモカノハハデス、とお辞儀する。桃嘉には少しおおげさすぎる母の挨拶の仕方だったが、幸いにも、茜母娘のまなざしは温かかった。

――お母さまは台湾の方なのね。

その後、二組の母子は近くのファミレスに入って腹ごしらえがてら親睦を深めた。桃嘉にとっては画期的な出来事だった。日本語のたどたどしい母が、日本語しか話さない自分の友だちや同級生の母親とまともに交流することなど、それまでほとんどなかった。ふたりの母親はお互いの娘に兄弟姉妹がいないことがわかると、

――ひとりっ子のせいか、なんでも自分中心というのかしら。茜ときたら我儘なところがあって……

――ワガママ？　桃ちゃん、ちがう。桃ちゃん、いい子よ。

あいかわらずの母に、桃嘉はややハラハラしたものの、茜の母親も、何より茜も、そんな母の態度や話し方を訝しがることがない。少なくとも桃嘉にはそれがとてもありがたかった。

――ママ、日本人じゃない。だから桃嘉いや。でもしょうがない。ママ、台湾人。日本人なれない。どうしたらいい？

たぶん、あのときからだ。母がどうしたらいいのかわからないのなら、自分がしっかりしなければと思うようになった。もう二度と、母をあんなふうに泣かせたくないと思った。

――桃嘉がいい子で、ママ、嬉しい。

中学受験に合格した自分をそう言って抱きしめてくれたときの母からは、いつもの母の香りがした。

――ごめんなさい。わたし、日本語、あまりじょうずでない。わたしは台湾人です。

面接試験で、母がそう切り出したときも桃嘉ははじめこそハラハラした。けれども苦手なはずの日本語で懸命に話す母の声を聞くうちに胸がいっぱいになった。そして、日本人でないことで母を責めたことがある自分が恥ずかしくなった。帰り道、日本語で話すときよりも声を小さくしながら台湾語で喋る母に、桃嘉のやるせなさは募った。涙と鼻水まみれの顔を手の甲で拭っていたとき、母が差し出してくれたガーゼ地のハンカチにもいつもの匂いが沁《し》み込んでいた。母がふつうのお母さんとはちがうのなら、自分が母のことを守りたいとあのとき心に誓った。

――ぼくたちとちがって、ママにとって日本は外国なんだ。これからは桃嘉も、パパと一緒にママを支えてあげられるようになるかな？

李秀雪。母のもうひとつの名前を教えてくれたときに父からも言われていた。

「桃ちゃんと桃ママは、本当にずっと仲良しだよね。うらやましいよ。あたしなんかママと顔を合わせたらすぐに喧嘩になる。自分に何の相談もなくあたしがマサトと暮らしはじめたことに、まだ腹を立ててるんだよね……」

桃嘉は茜の個展などでときおり顔を合わせる親友の母親が、あの子はもうあたしの手におえない、とおどけて見せたときのことを思い浮かべて笑う。

桃嘉がシャワーを終えると、茜はすでに寝息をたてていた。

（今、台湾にいるんだな）

桃嘉はもう一度、分厚いカーテンの隙間をのぞく。雨粒が、窓ガラスの表面をつるりと滑り落ちてゆく。母のいない台湾はやっぱりふしぎな感じがする。

——桃嘉、しあわせなる。ママ、すごく嬉しい。

結婚前夜、桃嘉を抱き寄せて囁く母からもなつかしいあの匂いがした。仄かな頭痛の兆しをおぼえる。茜と二泊三日の台湾旅行をさせて欲しい、と桃嘉としては意を決して頼んだつもりだったが、ちょうど連休だし行っておいでよ、と聖司はあっけなかった。

——旅費？　俺たち、夫婦なんだぜ。いちいち気にするなよ。どうしても気が引けるなら、慰謝料だと思ってくれれば……

例の、思わせぶりな夫の微笑をかき消すように桃嘉はカーテンを勢いよく閉めると自分のベッドにもぐりこむ。

*

翌朝は、茜たっての希望で、地元のひとしか行かなさそうな佇《たたず》まいではあるものの、その実、観光客も少なくない小さなお粥《かゆ》屋に入る。葱《ねぎ》と搾菜《ザーサイ》、さらに干しエビと揚げパンを加えた塩味の豆乳を食べたあと、テイクアウトでグァバジュースを買うことにする。給我們兩杯芭樂果汁（グァバジュースを二杯ください）……中国語で注文するとカタコトの日本語が話せる店員が、你的中文非常好（きみの中国語はじょうずだね）と桃嘉を褒めるのでまたも茜にからかわれる。

――桃ちゃんが、台湾人になっちゃった！

ジュースを片手にホテル付近を散策したあと、美術館巡りに出かける茜とは台北駅で別れ、桃嘉は淡水行きの捷運《ジェユン》に揺られる。十一時少し前には赤煉瓦《れんが》の駅舎のプラットホームに立っていた。そこからもう淡水河が見える。戻ってきた、と思いながら桃嘉は深呼吸する。風が、台北市内よりもやや冷たい。でも桃嘉には心地いいぐらいだった。迷子にはならなかった。祖母の家の呼び鈴を鳴らすと、母のすぐ上の姉である秀蓮《シュウリイエン》伯母が出迎えてくれる。プイプイ阿姨《アーイー》、と桃嘉は呼びかける。太っちょを意味するプイプイは、秀蓮伯母の昔なじみの愛称なのだ。にこにこと笑っている伯母が、你來了（よく来たね）、ではなく、好久不見（お久しぶり）、でもなく、オカエリナサイ、と言ってくれたことが桃嘉は思いのほか嬉しい。母と一緒でなくても、伯母たちが自分を歓迎してくれていることに少しホッとする。

　モモチャンが到着したわよ、と秀蓮伯母が声をはり上げる。祖母の家の居間には光が燦《さん》燦《さん》と注がれていた。奥から薄紫色と白の花びらが艶《つや》やかなトルコキキョウを活けた花瓶をもった秀紅《シュウホン》伯母があらわれる。桃嘉は、会えるとは思わなかったからとても嬉しい、と遠方に住む秀紅伯母に言いたかった。けれども、

「秀紅阿姨、你也來了（秀紅おばさん、あなたも来たのね）！」

　と言うのが精いっぱいである。アラ、と秀紅伯母は日本語のような声を上げたあと、

「それはこっちのせりふよ。モモチャンたらあたしがどれだけ遠くから来たと思ってるのかしら？　日本よりはずっとここから近いところなのよ」

　それもそうだ。桃嘉が可笑しそうにうなずくと、あなたときたらちっとも変わらないわねえ、と秀紅伯母は両目を細める。桃嘉ははにかむ。母がいたのなら、イ、チマァ、マシ、カナ、ギンナァ……この子ったらいつまでたっても子どもみたいでしょ、と言うところだろう。そうねえ、と秀蓮伯母も同意する。

「高校生といっても騙《だま》されそうね！」

「そうよね。この子がだれかの奥さんなんて、いったい、だれが信じるの？」

她說、還上高中、人家一定被騙了！　シーア、チレ、シ、ラン・エ・ボー、誰相信？

……いつか父が母に言っていたことを桃嘉は思いだす。

——義姉さんたちといるときのきみは、喋っているというよりはさえずっているような感じがするよ！

台湾語まじりの中国語で語らう伯母たちの声や表情、それに息遣いまでもが母にそっくりに思えて、桃嘉は母が数人増えたようで少し可笑しい。扉が開く音がする。同じ建物の下の階に住む秀琴伯母とインスァ伯父があらわれる。満三歳になる従兄の三男坊も一緒だ。

「ニーハオ！」

男の子にむかって桃嘉は話しかける。柏宇《バイウー》、と秀琴伯母が孫息子の名を呼ぶ。阿姨（叔母さん）と呼ぶのよ、と桃嘉のほうを示す。桃嘉がポケットからミニカーをとりだすと、柏宇は興味深そうに瞳を光らせるのだが、給你（あげる）、と桃嘉が告げてもすぐには手を出さない。祖母である秀琴伯母のほうをうかがっている。想要嗎（欲しいの）？　秀琴伯母がたずねると柏宇は頭をこくりとさせる。そのようすがあいらしく、桃嘉も含むおとなたちは笑う。因該要說什麼（それなら何と言うんだ）？　と今度はインスァ伯父が訊く。謝謝（ありがとう）、と言いながらやっと柏宇は桃嘉からの小さな贈り物を受け取る。不客氣（どういたしまして）、と桃嘉が言い終えるより早く、アツォー！　と柏宇は叫ぶ。桃嘉が振り返ると、いつのまにか祖母がこちらを見守るように立っていた。

——桃嘉ちゃんのアツォーも絵描きだったんだよ。

桃嘉はまだ、誰からも教えてもらっていなかった。台湾では、曽祖父母になると男女の区別はしない。どちらも、アツォー、と呼ばれる。桃嘉と目が合った祖母が口を開く。出てきたのは日本語だ。

「たまげたわ。ほんとうに、ひとりで来てくれたのねえ……」

桃嘉はうなずく。祖母と会うときは、いつも母と一緒だった。母のいないところで、母の母である祖母とむかいあっているなんて。桃嘉は急に、自分だけがここにいて、母は日本にいることに一抹のうしろめたさをおぼえる。そのせいで、オバアチャン、と呼びかけることが遅れる。祖母は微笑しながら、

「ほら、オバアチャンに可愛らしいその顔を見せてごらんなさい」

桃嘉がかがむと、祖母の左手の親指が頬に触れた。おおきくなったわねえ、とまるでこちらがまだほんの子どもであるかのように桃嘉の顔をしげしげと見つめる。祖母にそうされることが桃嘉は思いのほか嬉しくて、つい頬が緩む。あらまあ、と祖母も両目を細めて、

「リ・アネ、チョー、チョ・ゴーズイ！」

可愛い顔で笑うのねえ、と母そっくりの口調で言う。母さんたら日本からの大切なお客様に夢中であたしたちはどうでもいいみたい、と秀紅伯母がほかのふたりにおどけてみせるのが聞こえる。これで、母以外の祖母の娘たちがひとつ屋根の下に勢ぞろいした。厨房

のほうでは八角をはじめとした香辛料とともに肉を煮込む香りがしていて、それが居間の奥の木彫りの祭壇で煙をくゆらす白檀《びゃくだん》の線香と入り混じっている。台湾のにおい、と桃嘉は胸のなかで思いながら懐かしい芳ばしさをそっと吸い込む。

桃ちゃんが台湾人になっちゃったかと思った、と茜には感心されたものの、ほんものの台湾人である伯母たちに囲まれていると自分はやっぱり台湾人とは程遠いと桃嘉は感じる。何しろ、是嗎、アネヨ、對對、シーボ？……と相槌を打つのでやっとなのだ。たとえ、伯母たちが皆とびきりお喋りなのだということを差し引いても。次第に桃嘉は、中国語と台湾語で交わされる会話に無理やりついてゆかなくてもいいような気持ちになる。日本語ならピイチクパアチク、台湾語ならギリグァラギリグァラという擬声語で示すのにうってつけの、伯母たちの会話を音楽のように聴くのはなかなか面白かった。いつもなら、母の声もこの中に混じっていると思うとなおさら特別な心地になる。故郷でのびやかにふるまう母の姿は、父の生家である祖父母の家にいるときとはまるで別人だと桃嘉は子どもながらはっきりと感じていた。そして、どちらの母がより母らしいのかということもなんとなくわかっていた。

——こういうジョーク、外国人にはむずかしいかな？

桃嘉の心にふと影が差す。台湾にいる祖父母とたがわず、父方の祖母も桃嘉にはやさしかった。祖父は早くに亡くなっているので写真でしか知らないが、日本人のほうのお祖母ちゃんはいつも、たまにしか顔を合わせることのない桃嘉をほかの孫たちと比べて、どこか特別扱いしてくれた。祖母だけではない。父のきょうだいである伯父や伯母たちも、都会にはなんでもあるだろうからここにいてもつまらないだろうけど、とか、東京の子にはこんなものめずらしくもないよね、といったようなことを言っては桃嘉をもてなそうとしてくれた。でも、淡水にいるときとちがって、父が十八歳の頃まで住んでいた家で親戚に囲まれていると桃嘉は母のことが気になってしまってつい自分もかしこまってしまうのだ。オカアサンやオネエサンが、台湾はどうなのって訊くたびどきどきする……いつか母が、父にむかってそんなふうにぼやいていたことがあった。姑や小姑《こじゅうと》にあたる祖母や伯母たちの中で母が味わっていたであろう気まずさや居心地の悪さを、桃嘉は聖司の妻として柏木家に出入りするようになるまで、まともに想像したことが一度もなかった。結婚式の前夜、これからは父と母と離れて暮らすのだと思って涙ぐんだ桃嘉の手を握ると、

――ママ、がんばるね。だから桃ちゃん、何も心配しないで。安心して、花嫁さんしてね。

と母は言った。がんばるね、と母が自分にむかって言ったのはそれがはじめてのことではなかったと桃嘉は思う。

――ママ、日本語へた。でも、ママ、がんばる。桃ちゃんのメンセツ、一緒にがんばる。

インスァ伯父がひとり離れて籐椅子《とういす》に腰かけながら柏宇にごはんを食べさせていたので、

祖母の家で格別の存在感を放つ重厚な造りの円卓は女たちばかりが囲んでいた。秀蓮伯母が包んだワンタンのスープには香菜がちりばめられている。香菜とおなじく緑鮮やかなチンゲン菜の炒め物や、ふっくらとしあがった切り干し大根入りの卵焼きこと菜脯蛋《ツァイプータン》――これも、蚵仔煎《オーアージェン》と同じく桃嘉がじょうずに発音できる数少ない台湾語のうちのひとつである――も朝から祖母を手伝っていた秀蓮伯母の手によるものだ。そこへインスァ伯父が淡水老街で買ってきた胡椒餅《フージャオピン》――胡椒をきかせた肉と葱をパイ生地で包んだもの――なども加わりほとんど置き場のないテーブルの中央で堂々と湯気をたてているのは、祖母が一晩かけて煮込んだ豚肉が芳しい煮汁とともにたっぷりと入った鍋と、炊きあがったばかりの白飯がこんもりと盛られた大碗だ。

「……お待ちどおさま。たんと召し上がって」

祖母が日本語で言うのに続けて伯母たちも矢継ぎ早に桃嘉に食べさせようとする。ほら、これが目的で日本から飛んできたんでしょう、と秀紅伯母が言ったかと思えば、あたたかいうちに食べなきゃもったいないわよ、と秀琴伯母は言い、遠慮なんかしてる場合じゃないんだからね、と秀蓮伯母も言うのだ……キン・チャア、都是你的、チマァ、アゴ・ショーショー、快吃快吃……祖母と伯母たちが見守る中、お碗によそった白飯のうえに煮汁の沁み込んだ豚ばら肉をのせれば、秀紅伯母曰く你甚至夢到的魯肉飯（あなたが夢にまで見たロバプン）のできあがりだ。伯母たちがしきりにすすめるので、香菜とたくあんも添える。レンゲで掬って、口にいれる。米粒とこまぎれの肉が口の中でじゅわっとまざりあう。ゆっくりと味わってから呑み込み、好吃（おいしい）、と溜め息をこぼす桃嘉を皆が笑う。祖母もほほ笑んでいる。オイシイ、と桃嘉が日本語で繰り返すと祖母の表情はさらにほぐれる。さあ、あたしたちもいただきましょうか、と秀琴伯母が促すと、イタダキマス、と秀蓮伯母が言い、それをまねるように、イタアキマス、と秀紅伯母も手を合わせる。

「さあ、母さんも早く座って。いつも、あたしたちに食べさせてばかりなんだから……」

「そうよ、自分は魚の頭で充分だからあんたたちで身をたらふく食べなさいとか言って」

　魚の頭で充分、と祖母がしょっちゅう口にしていたことは桃嘉も母から聞かされたことがあった。

――でも、今ならお祖母ちゃんの気持ち、ママわかる。ママも、桃ちゃんがいっぱい食べてるの見てるの好き。桃ちゃん、おいしそうだと、ママもおいしい。

うそぉ、と桃嘉は可笑しがった。なんにも食べてないのにママもおいしいなんておかしいよ、と母に言った。でも、母は案外、本気だったのかもしれない。你這個臉（あなたの顔）、と秀紅伯母が言う。

「モモチャンが母さんの魯肉飯《ロバプン》をおいしそうに食べてるその顔ときたら、モキチサンにそっくりよね」

「ほんとだわ。顔立ちは秀雪《シュウシエ》に似てても、そうやって笑ってるとモモチャンは父親似ね」

子どもの頃からよくそう言われた。伯母たちに見つめられてはにかむと、あらまあそっくり、と伯母たちがまた笑う。

「よくおぼえてるわ。あなたのお父さんとはじめて会ったとき、母さんのこの魯肉飯を三杯もおかわりして……」

「そうそう！　オイシイオイシイ、って連呼してね。あたしたち、妹が日本人の彼氏を連れてくるというからどきどきしながら待ちかまえてたのに、あの食べっぷりを見たとたん、安心したのよ」

「このひとなら、台湾人を女房にしても大丈夫だって！」

いつかの父について語り合う母の姉たちの笑い声が弾けるのを、桃嘉はふしぎな安らぎの中で聞き入る。

——這麼高興得吃ロバプン、ツゥア、タイワンラン・エ・ボー、都沒問題（こんなにうれしそうに魯肉飯を食べるんなら台湾人の女房ができても問題ない）！

祖母も、そう思ったのだろうか？

「あたしたちみんな、あなたのお父さんを深山《シェンシャン》と呼んでたっけ。父さんだけよね。はじめから、モキチサン、と呼んだのは」

「自分は日本語ができるんだと自慢したかったのよ」

「父さんはいつだってそうだった。昔から、輝かしい日本時代の話ばかりして……だからモキチサンは大変だったと思うわ。父さんが何十年も前におぼえた日本語で嬉しそうに喋るのを、延々と聞かされてね」

光《guāng》輝《huī》的《de》日《rì》本《běn》時《shí》、という中国語はいかにも仰々しく、桃嘉にはうまく聞き取れない。それでも伯母たちが懐かしそうに、父と知り合った頃のことを話すのを聞くのはそわそわするような興味深さがあった。

「知ってる？　あなたのお祖父さんはね、秀雪を最もひいきしてたのよ。あたしたちがいくらがんばってもおぼえられなかった日本の文字を、あの子はひとりだけすらすら書けたから！」

子どもの頃、やはり伯母たちから桃嘉は何度も聞かされていた。電機メーカーの社長室に勤めていた母は、日本の大会社からやってきた若手社員である父にお茶を出すついでに、ミヤマモキチ、と正確なカタカナで書いてみせた。

「そのおかげで、取引は大成功した」

「そうよ、だから社長はあの子にもっとボーナスを弾むべきだったんだわ」

「でもまさか、自分のところの秘書が取引先の社員と結ばれて退職するなんて思わなかったでしょうよ……」

何度となく繰り返されてきた話なのに、何度めであろうと伯母たちは楽しそうに語り合うのだ。

「……父さんも、秀雪がモキチサンと結婚することはあっさり許したものね」

「そうよ。あたしのときなんて、あのひと、相当、苦労させられたんだからね！」

秀琴伯母がインスァ伯父のほうを示す。妻やその妹たちの会話はインスァ伯父の耳にも入っていたらしい。うとうとしている柏宇を抱きなおしながら伯父は、

「そんな大昔のことなど、忘れたよ」

「うそよ。あたしはよくおぼえてる。父さんはね、初対面でひどく緊張していたこのひとに言い放ったのよ。〝きみは台湾語が理解できるんだろうね？〟」

ごちそうが少なくなりつつある円卓を中心に、また笑い声が弾ける。桃嘉も笑った。

──リ・ドンレン、エヒャン・ゴン・タイグゥ？

祖父は、ほかの三人の婿には言ったことを、父にだけは言わなかった。祖父にとっての父は特別だった。台湾人のほうのお祖父ちゃんとお祖母ちゃんは、父のことがはじめから好きだった。桃嘉の目にも、父はいつも母の家族の中に穏やかに溶け込んでいるように見えた。少なくとも、日本のお祖母ちゃんたちに囲まれているときの母よりもずっと。祖母が一晩かけて煮込んだ魯肉飯《ロバプン》はちゃんと八角の風味が効いている。父を魅了した味だ。

──こういうの日本人の口には合わないよ。

桃嘉の心にまた影が差す。誰にでも好き嫌いはある。ましてや八角のような独特の風味のものならなおさらだ。でも、日本人の誰もがこの味を受け付けられないわけではないの

だ。

おかわりは？　と祖母がたずねる。桃嘉はうなずき、空っぽになったお碗に自分で二杯めの魯肉飯をつくる。

「オカワリ、オカワリ。ほら、モモチャンもお父さんみたいに三杯でも四杯でも食べたらいいのよ」

伯母たちの、けたたましいさえずりは食事のあいだじゅう、ひっきりなしに続く。母は、年に一度ここに帰ってこられることを待ち望みながら日本での一日いちにちを過ごしていたにちがいない。そう思うと胸が締めつけられる。祖母が、菜脯蛋《ツァイプータン》を箸で千切ってお皿に載せてくれる。

「モモカ、チンギン、カキ・チエ・ライ・チタァ、グァ・チョ・ファヒイ」

桃嘉が目を細めると、チマァ、チョシン、イー、と伯母たちがまた可笑しがる。

――桃嘉が、ほんとうにひとりであたしたちに会いに来てくれるなんてね、こんな嬉しいこともそうそうないわ

――その表情はあの子似ね。

桃嘉は、祖母や伯母たちの話す台湾語が理解できることがしみじみと嬉しい。ずっと母が喋るのを聞いてきたおかげだ。

＊

ひとりで大丈夫だというのに、三人の伯母たちはゆるしてくれない。姉妹揃って淡水駅まで見送ることが、見送られる桃嘉をよそにたちまちと決められてゆく。インスァ伯父が、你要説サヨナラ、と柏宇に言う。柏宇は祖父に教えられた通り、サヨナラ、と桃嘉に挨拶する。

「あなたの日本語、とってもじょうずね」

桃嘉が声をかけると、照れくさいのかインスァ伯父の陰に隠れてしまう。祖母とも玄関先で別れる。シュンベ・テンライ、デョ・テンライ、と台湾語で言ってから、来たくなったらいつでもおいでなさいね、と日本語で同じことを繰り返す祖母に桃嘉はうなずく。

——エタンアネ、ワ・チョ・シュンベ・アネ……

桃嘉はおぼえている。旧正月を過ごしたあと台北の空港で自分とふたりきりになると母は、少しの間だけ無口になる。一度、桃嘉がそばにいるのを忘れたかのように、できるなら、そうしたいものだけれどね、を意味するその台湾語を呟いていたこともあった。桃嘉も、出国ゲートのところで祖母や伯母たちと別れたあとは、空港がどれだけ賑わっていて、周囲が騒がしくても、母と自分のまわりだけが急に静かになった気がした。母はひょっとしたら祖母の手のぬくもりの余韻を味わっていたのかもしれないと桃嘉は思う。今、両手で桃嘉の手を包む祖母の手は、桃嘉の記憶よりも小さいけれど温かさは同じだった。ワ、イディン、コベライ……台湾語で答えようかと桃嘉は一瞬悩むが、結局、

「また来るからね、おばあちゃん」

と言う。先に手を離したのは祖母のほうだった。遠いところをはるばる帰るんだものね、気をつけるのよ、と母よりも流暢《りゅうちょう》な日本語で念を押したあと祖母は微笑を浮かべる。来たときにはまばゆかった祭壇と食卓のある祖母の家の居間が、今はもう薄暗いほどだった。

幸いなことに、祖母の家を背にしたあとも桃嘉が感傷的になる暇はない。傾きつつある太陽によって茜色に染まった空の下でも、三人の伯母たちがぺちゃくちゃと喋り続けていたからだ。伯母たちとともに歩きながら桃嘉は心の中で口ずさむ。

（ギリグァラギリグァラ……）

数分も歩かないうちに、このあたりではもっとも大きな廟《びょう》にたどり着く。廟の前をそのまま通りすぎて街の中から駅にむかうこともできるが、一同は、淡水河の畔に続く緩やかな石の階段を下ってゆく。秀琴伯母、秀紅伯母、秀蓮伯母、そして桃嘉の順だ。水べりから吹き上げる風に、さむいさむい、と伯母たちは背中を丸めたりコートの前を合わせるのだけれど、桃嘉には頰をさする風の冷たさが快かった。それに、背後の廟にただよう香りを含むその風のおかげで、まだ、祖母の家から遠く離れていない感じがするのもよかった。

子どもの頃は、淡水河を見おろすようにそびえるその廟の奥に進んでゆけば、祖父母の家

の祭壇に出てゆけるのだと半ば信じていた。おおかた、秀紅伯母にそう吹き込まれたのだろう。そんなはずはないとわかっている今も桃嘉は、媽祖《まそ》を祀る廟にたちこめている線香の匂いや仄かな神々しさと、曽祖父母と教えられた人たちの肖像画のそばに今では祖父の遺影が加わった祭壇の奥はひそかに繋がっているような錯覚を抱きそうになる。

桃嘉が母方の祖父と最後に会ったのは、卒業制作のことで頭がいっぱいになっていた中学三年生の旧正月だった。

——桃嘉さん。とうとうあなたも、高等学校に行く年齢になりましたか。光陰矢の如しですね……。

その頃にはとっくに、自分はずば抜けた才能に恵まれていないと悟っていた桃嘉は、あいかわらず達者な日本語で話す祖父の肩越しに見える「新娘《シンニャン》」と題した自分の過去の大作と向きあうのがひどくいたたまれなかった。

——あなたのお祖母さんのお父さんは、絵描きだったんだよ。

わたしはアツォーとはちがう。将来の夢を無邪気に言っていた頃の自分の絵から目を逸らしながらも桃嘉にはわかっていた。色とりどりの花束を抱えた花嫁が描かれたその絵は、桃嘉が描いたというだけで祖父にとっては自慢なのだ。何かと日本びいきだった祖父にとっては、日本人に嫁いだ末娘も日本人の父親を持つ孫娘も、このうえない自慢の種だった。

——あなたのお父さんは、実に立派なひとだ。

それから一年もしないうちに祖父は亡くなった。母は、祖父の最期を看取ることができなかった。葬儀場では、祖父の旧友だと名乗る老人たちが次々と父にむかって、祖父とよく似た調子の、古めかしいながらも達者な日本語で話しかけていた。父のそばで桃嘉は、少女のように泣きじゃくる母を伯母たちがなぐさめるようすを見つめていた。

淡水河の畔に続く階段を下りながら、年齢順にならんだ伯母たちのそれぞれに機嫌のよさそうな後ろ姿を眺めていて、桃嘉はふと母がうらやましくなる。姉が、母には三人もいる。母は、ひとりだけ伯母たちと年が離れていた。子どもの頃、あなたのママはわたしたちのタカラモノだった、と伯母たちが口々に教えてくれたことがあった。少女の頃の母はどれほど幸せだったのだろうかと思う。茜色に染まった空と夕日を反射してキラキラと輝く淡水河に臨む遊歩道を少し歩いたところで、ちょっとやすませてよ、と秀蓮伯母が言う。太っちょにはきついわね、と秀紅伯母がからかう。モモカチャン時間足りてる？　と秀琴伯母にたずねられた桃嘉がうなずくと、一同は水べりのベンチに腰をおろす。それにしてもあなたが人妻だなんてね、と秀琴伯母が繰り返す。まったく信じられないわよ、と秀蓮伯母も同意する。これでおどろいちゃいけないわ、と秀紅伯母。あと数年もしたらあの秀雪だってお祖母ちゃんなのよ、ねえそうでしょモモカチャン……同じような話題を舅や姑が口にすると身の縮まる思いがするのに、母の姉たちのことばは台湾語で聞くからか、どことなく現実味がなくて、それほど桃嘉を苦痛にさせない。

「秀雪から、あなたの結婚式の写真を見せてもらったわよ。なかなかハンサムな新郎じゃないの」

「……」

「いつかあたしも、あんたのご主人のご尊顔を直接拝みたいものだわ」

「ふふ。父さんが生きてたら、また日本語で得意げに話しかけたことでしょうね。モキチサンの二の舞よ」

　伯母たちの笑い声が弾ける。淡水河の水面も撥《は》ねたと思ったら、白鷺《しらさぎ》が水を飲みに降り立ったのだ。祖母や伯母たちを結婚式と披露宴に招けない分、桃嘉の新郎を紹介するためのささやかな宴を台湾で設けようという話も母とはしたが、具体的な計画をせずに今まで来てしまった。今では母も、カシワギさん忙しいなら無理しないでいい、と言っていた。

波打つ河を見やりながら桃嘉は聖司が台湾に来たとしたら、と考える。

——あらいやだ。魯肉飯《ロバプン》をこんなに残して。あなた、それでも台湾人を女房にした男？

　さすがの聖司も、この伯母たちにこてんぱんにやられるにちがいない。

（ツゥア、タイワンラン・エ・ボー）

　台湾人の女房を持つ、という意味の台湾語を思い浮かべてから桃嘉は、母とちがって自分は、正真正銘の台湾人ではないと気づく。

——あんた、ますます日本人めいてきたわね。

ほかでもないこの伯母たちに、数えきれないほど自分はそう言われてきたではないか。桃嘉に対してだけではない。伯母たちは母にも、あんたったら日本人みたいね、と言っていたことがある。

——媽媽《ママ》不是日本人《ブーシーリーベンレン》、媽媽《ママ》是台灣人《シータイワンレン》。

桃嘉は、伯母たちに反論したのだ。ママは日本人じゃないよ、ママは台湾人だよ。めずらしく口を挟んだ桃嘉の顔を、母を含めた四姉妹が見つめる。短い沈黙を破ったのは母だった。

——そうよ、うちの娘が証明してくれてる。日本にずっといるけど、あたしはいつまでたっても日本人にはなれないの。

姉たちにむかって、母は桃嘉の頭をくしゃくしゃと撫でまわしながら言った。

——我永遠不能成日本人（わたしは永遠に日本人にはなれないの）。

そのとき、白鷺かねえ、どうかしらねえ、と言いあう日本語が聞こえてくる。桃嘉たちの脇を、観光客と思《おぼ》しき日本人夫婦が通り過ぎてゆく。空港やホテルも日本人ばかりだったと桃嘉は思う。秀琴伯母が白髪の夫婦が遠ざかるのを目で示しながら妹たちに言う。

「やっぱり、日本人のほうが台湾人よりずっと上品だわね」

「秀琴姉さんたら。そんなの、ひとによるでしょうよ」

「ほんとよ。父さんの偏った教育に毒されてる証拠だわ」

「あら、あんたたちはそう言うけれど、品のない日本人と品のない台湾人をくらべたら、ましなのはやっぱり日本人のほうなのよ。ねえ、モモカチャンもそう思わない？」

桃嘉は苦笑する。日本人なら品のあるひともそうでないひとも知っているけれど、台湾人となると自分が知っている人間はごくわずかで、そのうちの大半はみんなここにいるの、と伯母たちに伝えたかったが、そう言えるほどの語学力が桃嘉にはない。伯母たちは桃嘉におかまいなしに、自分たちで続ける。

「姉さんたら！　それこそ、父さんの言いそうなことよ」

「そうよ、父さんは不公平だったわね。いいものは、なんでも日本のものにしたがるの。ねえ、おぼえてる？　陳《ちん》さんの時計事件」

「忘れるわけないじゃない、あんな面白い事件！　モモカチャンにも聞かせてあげなきゃ……」

祖父には、古くからのつきあいである陳という友人がいた。その陳が祖父の口添えで事業のための集金がうまくいったとかで、長年の友情の印も込めて祖父に最新式の腕時計を贈ったことがあった。友人から貰った自分の腕時計がいかにすばらしいものなのか、祖父は嬉々として妻や娘たちに語って聞かせた。何しろ日本製だからね、と強調しながら。後日、陳の妻が祖母に告げた。

——実はあれ、台湾製だったのが判明したのよ。うちのひとはすごく落ち込んでる。あなたのご主人に、本当のことを打ち明けたら絶望されるのではないかって。

祖父はほんとうのことを知ったあとも、友人を責めることはなかった。台湾製でありながら日本製にもみまがう立派なものをくれただけでも充分嬉しい、と。伯母たちがこぞって話し終えると桃嘉は笑った。母からも何度か聞かされたことのある話だったが、やっぱり可笑しかった。

「とにかく、陳さんにしろ父さんにしろ、あの世代の男連中は輝かしい日本時代が忘れられなかったのよね」

「まあね。父さんは中国人になるぐらいなら日本人に戻りたかったんでしょう」

「今となれば、父さんに賛成だわ。あたしたちは台湾人なんだもの、中国人とはちがう……」

話が込み入ってきたとたん、突然、霧が出てきたかのように伯母たちの言おうとしていることが桃嘉には見えなくなる。

「そうよ、あたしたちはずっと台湾人だったわ」

「あら、きょうの秀蓮はずいぶん政治的じゃないの」

「からかわないで。あたしはほんとうのことを言ってるだけだわ」

桃嘉は河のほうに目をやる。光を撥ねながらたゆたう水面と夕焼けは美しかった。母はこの町で育ったのだと桃嘉はあらためて思う。きのう、飛行機の中で、淡水、と茜がガイドブックを開いて見せてくれた。

——桃ちゃんのお祖母ちゃんのおうちって、ここのこと？　夕日がきれいなことで有名なんだね。

茜のガイドブックにあった通りだ。この夕日を拝むのが目的で台北市内から郊外の淡水まで足を延ばしたであろう観光客で河の畔はなかなかにぎわっている。茜は今頃、大学院の先輩にあたるアーティストたちと会っているはずだ。もう一日あればあたしも淡水に行きたかったな、と言っていた茜にもいつかこの夕日を見せてあげたいと桃嘉は思う。

——桃ちゃんが台湾人になっちゃったかと思った！

今夜、茜に報告しなければと桃嘉は思う。ほんものの台湾人である伯母たちの前では、わたしはやっぱり日本人でしかないのだ、と。視線を戻すと秀蓮伯母が、つまらない話をしちゃったわね、と桃嘉を気遣ってくれる。秀紅伯母と秀琴伯母も桃嘉のほうを見ている。伯母たちの、それぞれのちょっとした表情や、ふとしたはずみの言葉遣いは、つくづく、あらゆる瞬間の母に似ている。我媽媽、と桃嘉は思い切って母の姉たちにたずねてみる。

「我媽媽要離開台灣、你們覺得這麼樣？」

幸いなことに、桃嘉の中国語はちゃんと通じた。わたしのおかあさんが台湾を離れることになって、あなたたちはどう思いましたか？　最初に口を開いたのは秀紅伯母だ。

「占いが外れたって笑ったわね」

占卦《ヂァングァ》という言葉が、桃嘉には理解できなかった。きょとんとする桃嘉にむかって秀蓮伯母が、未来の運命を見てもらうのよ、と解説する。

「いつだったかな。家族みんなで見てもらったことがあるの。そのときに秀雪は、一生海外旅行をすることがないだろう、って言われたのよね」

「それなのに、あの子がこんなに長く外国で暮らすことになるなんて！」

「秀紅姉さん、あなた言ってたわよね。あの占い師は一昔前の人間だから、内地は海外に含まれなかったんじゃないのって。まったくうまいことを言うんだからって感心したわよ……」

桃嘉を置いてけぼりにしながら盛りあがっているふたりの妹をよそに、秀琴伯母が教えてくれる。

「あたしたちはね、モキチサンのほうが台湾に永住すると思ってたの。いいえ、もともとそのはずだった。ところがあなたのお父さんが予定よりもだいぶ早く本社に栄転するのが決まったものだから、あなたのお母さんは日本に行くことになった」

はじめて聞く話だった。我不知道（知らなかった）、と呟く桃嘉を秀琴伯母は可笑しがる。

「そりゃそうよ。あなたがうまれる前の話だものね。まあ、あなたの最初の質問に答えると、あのときはそりゃあびっくりしたわ。いつもどおり、あたしたちはあなたのお祖父さんとお祖母さんの家に集まっていた。みんなでごはんを食べてるときにあなたのママが、自分は来年日本に行くと言いだして――」

「はじめは、旅行にでも行くかと思ったわね！」

「そうよ。あらうらやましいわね、あたしたちも一緒に連れてってよ、なんて」

「そしたらあの子、生活が落ち着いたら姉さんや父さんと母さんにもいつか遊びに来て欲しい、とほほ笑んだものだから、みんなで仰天しちゃってね」

「さすがの父さんも動揺が隠しきれてなかったわよね。日本人に嫁がせたのだから、そういう可能性もなくはないとはじめから覚悟していた、なんてあとになってから言ってたけど」

「母さんのほうは落ち着いたものだったわよね」

「よくおぼえてるわ。あのとき、母さんはこう言ったのよ。あたしもあなたたちの父さんを信じて、南部からはるばるこの台湾の北の端までやってきた。今のあんたは、あのときのあたしと同じ気持ちでしょうね」

伯母たちが懐かしそうに話すのを聞きながら桃嘉は、母に対して畏敬の念のようなものが湧きあがるのを感じる。

――我明年要去日本（あたし、来年、日本に行くわ）。

ことばが通じない異国で暮らすことを、母はどうやって覚悟したのだろう。日本と台湾は近いようで、やっぱり遠い。少なくとも母にとっては、自分が望めばすぐにでも駆け付けられるというわけにはいかなかった分、遠く感じたはずだ。

「あたしにだってできたんだから、あんたも大丈夫よ、と父さんの前で母さん、はっきりとそう言ったわよね。秀雪は秀雪で、モキチサンがいるから大丈夫です、だなんて」

「昔からずっとそう。なんだかんだいって、あの子がいちばん母さんに似ているのよ。何しろ、ふたりとも末娘だからね……」

伯母たちが顔を見合わせて笑う。茂吉さんがいるから大丈夫。母にとっての父は、はじめからそれほどの存在だったのだ。桃嘉は軽い眩暈をおぼえる。

「……でも、秀雪はモキチサンから逃げ出そうとしたことはないはずよ」

桃嘉は伯母たちの顔を見る。

「あのね、モモカチャン。あなたのお祖母ちゃんは家出をしようとしたことがあるのよ」

秀琴伯母がいたずらっぽく目を輝かせる。

「あなたのお祖父ちゃんを捨てようとしたの！」

秀紅伯母も面白そうに身を乗り出す。

「姉さんたちはいつもそう言うけど、ちょっと誇張しすぎなんじゃないの？」

秀蓮伯母は苦笑を浮かべる。ところが秀琴伯母は自信たっぷりだ。

「あんたは忘れてるだけなのよ。あたしはちゃんとみんなおぼえてるの。あれは、ぜんぶ、ほんとうの話なのよ」

　母からも、桃嘉は何度か聞かされたことがあった。母がうまれる前に祖母は、幼かった三人の伯母を連れて、家出をしかけたことがあった。台湾を南北に貫通する鉄道に半日ほど揺られながら北回帰線を越えてきた道のりをそのまま遡って、親きょうだいのいる南部に帰ろうとしたのだ。淡水から台北まではバスを乗り継いだ。祖母は、祖父が長年愛用していた男物の旅行鞄にできる限りのものを詰め込んだ。秀琴伯母は、ほんとうならまもなく一歳を迎えるはずの弟の位牌《いはい》を、自分は託されていたと言う。秀紅伯母も、たったの八か月しかこの世にいられなかった弟について教えてくれる。

「あたしたちよりもずっと色白で、目もぱっちりしていてね。どこに連れていっても、女の子にまちがわれた……」

　母に兄がいたことは、桃嘉にとってはじめて聞く話ではない。子どもの頃、祖父母の家の祭壇に、長い鬚《ひげ》をのばした曽祖父と曽祖母の肖像のほかに、赤ん坊の白黒写真があるのを見つけたことがある。あとになってから、あれはだれなの？　と母にたずねた。母は、自分がうまれる前に死んでしまった兄とは教えてくれたものの、お祖母ちゃんたちにとってはとても悲しいことだから、と詳しい話はしてくれなかった。夕日に染まった淡水河の畔で伯母たちはもっともらしく声を潜めながら、医者を呼ぶのが遅れたせいよ、と桃嘉に教えてくれる。なじみの医者たちは、戦後のごたごたで日本に引き揚げてしまった。だれを頼ったらいいのか、祖父母はすぐに見当がつかなかった。そのせいで、自分たちの弟は高熱を出したその日にあっけなくこの世を去ったのだ、と。祖母が家出を決意したのは、赤ん坊の葬儀が済んで、数週間もしない頃だった。めずらしく祖父が祖母に声を荒らげるのを、秀琴伯母も秀紅伯母もおぼえていると言う。

「あとで、母さんが教えてくれた。あのとき母さんは、どこで、だれが聞いているのかわからないのに、役人の悪口を軽々しく言うのはよして欲しいと父さんに頼んだのよ。ひどい時代だったからね。突然連行されたり、行方不明になったまま戻らないというひとたちが絶えなかった。母さんは、父さんが余計なことを言って変なことに巻き込まれるのをすごく心配してた」

「実際に、父さんの知り合いにもそういう目に遭ったひとがいたしね。まあ、あたしたちは皆、あとから聞かされたのだけど」

母も、そのようなことを言っていたことがあると桃嘉は思う。日本がそうであったように、台湾も、戦争のあとはとても混乱していた。

「とにかくあのとき、父さんは母さんが懇願するのに耳を貸さなかったばかりか、逆に、おまえになにがわかるんだ、と母さんをなじった。軽々しいとはよく言ったものだな、おれやおれの仲間たちがどれだけ台湾を思っているのか、所詮、女のおまえにはわからないんだな、と言った。台湾を思うだなんて、と母さんは言った。たいそうなことを言わないでよ、もしもあなたに何かあったら、子どもたちはどうなるの？　あたしにも闇煙草を売って生きろというの？」

「それで、闇煙草という言葉が神経に触ったんでしょうね。父さんは声を荒らげた。そういうひとたちのためにもおれたちは戦ってるんだ。どうしてわからないんだ。母さんが黙っていると、おまえはもっと賢いひとかと思ったよ、とそっぽを向いた。そのときに母さんは腹を決めたのよ。家族のことよりも、そういうひとたちのために生きたいと父さんがほんとうに思ってるんなら好きにさせてやろう……」

祖母は何年も経ってから、べつに、祖父と永遠に別れるつもりではなかった。少し、頭を冷やして欲しかっただけ、と母を含む自分の娘たちに言った。

——父さんに、自分の心を直視して欲しかったの。そうね、あたしやあんたたちが自分にとってどれほど大事なのか、目を覚ますのを待っていたんだわ。

祖父が心を入れ替えて自分たちを迎えに来るまでは戻らないほどの覚悟だったが、結局、その日のうちに祖母は淡水河の畔の家に戻る。

あの日、ほとんど半日をかけてやっと到着した台北駅で祖母は、いちばん早く出発する南行きの列車の切符を買おうとした。売り場は想像以上に混雑していて、最後尾まで行くのにも一苦労だった。大荷物なうえに、三人の幼い子どもを抱えながら人波をかきわける祖母をみかねたのか、ひとりの紳士が声をかける。

——奥さん、こちらへ……

日本語である。夫の古い知り合いかと思って立ちどまったものの、どこで会ったひとなのか一向に思いだせない。身なりのこざっぱりとした背広姿の紳士は祖母に目配せすると、やっと会えましたね、と自分の前に立つように指示する。知り合いのふりをして行列に割り込ませてくれたのだと祖母は気づく。後ろに並んでいたひとたちには申し訳ないながらもありがたいことだと思った。しばらくして祖母は、自分と子どもたちが日本人にまちがわれているのだと気づく。

——あなた方も来週の船に乗るのでしょう？　もはや台湾は、我々がいられる場所ではなくなりつつありますね。

紳士が言う来週の船とは、基隆《ジーロン》港から出港予定の日本行きの船のことなのだ。戦争に敗《ま》けた日本が台湾という植民地を手放すと、それまで台湾に大勢いた日本人たちは、次々と日本に引き揚げた。もはや台湾は我々のものではなくなった。祖母は、同胞をいたわるまなざしで自分たちを見つめる紳士の顔を見つめ返す。彼の目には、自分と子どもたちも、身ひとつで、台湾から追われるように見えたのだろうか。そのとたん、ワ、シュン・タイワン（おれは台湾を思っている）、という夫の言葉がよみがえったのだ。ふつふつと滾《たぎ》るものを感じながら、

——わたしは日本人ではありません。

祖母はきっぱりと言った。

——ご親切にどうもありがとうございます。しかし、わたしは日本人ではありません。台湾人です……いいえ、この子たちの父親も台湾人です。

「母さんは確かに日本語でその親切な日本人にわざわざ宣言したのよ。今でもはっきり思いだせるわ。ええ、あたしにだって、それぐらいの日本語はわかるんだからね」

と秀琴伯母は言うと、アタシハニホンジンジャアリマセン、アタシハタイワンジンデス、と言ってみせる。秀琴伯母に変わって、秀紅伯母がその話を締めくくる。

「結局、その親切な日本人のおかげで、あたしたちはその日のうちに淡水の家に戻った」

その後、祖母の思惑どおりに祖父は心を入れ替えたのだと伯母たちは口を揃える。祖母の家出未遂事件から五年後、一家は思いがけないタカラモノに恵まれる。赤ん坊は八か月だけ生きた彼女の兄とよく似て色白だったので、秀雪、と名付けられる。

淡水が遠ざかってゆく。台北メトロ——捷運《ジェユン》——の片隅の席で、桃嘉は窓に頭を凭《もた》れかけさせている。外はもう夜だった。祖母の家に燦燦《さんさん》と射し込んでいた正午の陽射しや、淡水河の水面を照らしていた夕日を思い返していたら、唐突に絵が描きたくなる。油絵がいい。雲を縁どる茜色など、あの光の感触を油彩で再現してみたい。次の瞬間、絵筆を画板に撫でつけながら、今、描きつつある部分にとって、もっともふさわしい色味を探求するときの興奮がよみがえってくる。桃嘉は自分の思いがけない衝動に驚く。絵を描こうと心が高鳴るなんて、いつ以来だろう。窓ガラスに映る自分の顔が微笑している。

（わたしって、こんな顔だっけ……）

メトロは一駅ごとに混み合ってゆく。あちらこちらで、中国語と台湾語が飛び交っている。母だけが特別なのではない。台湾人は皆、こんなふうに喋ると思いながら桃嘉はこっそりと微笑する。

――わたしは日本人ではありません。この子たちの父親も台湾人です。

と見知らぬ日本人にぴしゃりと言い放った祖母の声を想像するうちに、

――わたし、日本語、あまりじょうずでない。わたしは台湾人です。

中学受験の面接試験のときの母のようすも思い出す。わたしだって、という思いがこみ上げてくる。

（わたしだって、半分、台湾人だ）

台北市内に近づくにつれて、桃嘉は自分が日本にも近づきつつある気がしてくる。実際に、明日のこの時刻には、もう東京にいるのだ。

――俺、桃嘉ちゃんの笑ってる顔が好きなんだ。

東京では、聖司が待っている。母が父と出会ったように、あるいは祖母が祖父と出会ったように、自分も聖司と出会ったのだと桃嘉は思う。

――作爲一對夫婦最重要的是妻子想說的話都說出來！

伯母たちが、きょうも繰り返し言っていたではないか？　夫婦としてやっていくのに最も重要なのは、妻が言いたいことをなんでも言えること。煌めきながら遠ざかってゆく台北の夜景とそこに映る自分自身の顔を見つめながら桃嘉は誓う。日本に戻ったら、ここ数か月の思いをちゃんと聖司にぶつけるのだ。そう、ちょうど聖司がユカリさんと再会した翌日に魯肉飯《ロバプン》を食べてもらえなかったときのさみしさや、シティ・ホテルの宿泊料が記されたレシートを見なかったことにしてでも聖司を信じようとした自分の意地を……わたしのことを聖司さんがほんとうに大事に思っているのなら耳を傾けてくれるはずだと祈るような気持ちで桃嘉は考える。

――あのひとにとって、あたしがどれほど大事なのか、気づいて欲しかったの。

遠いむかし、祖父の目を覚ますために家出を試みた祖母と、今の自分は大して変わらないのかもしれない。画数の豊富な漢字のネオンサインが次々と桃嘉の目の前をよぎってゆく。夜の台湾もきれいだ。とてもきれいだけれど、台湾に溢れていたあかるい光が描きたいと桃嘉は思う。

# 第四章　娘の選択

――二〇〇六年、東京　雪穂――

姉たちによれば、桃嘉の中国語はなかなかわるくないらしい。それどころか、台湾語もなかなかのものだそうだ。雪穂には意外なことだった。ふだんの桃ちゃんはこちらが何語で話しかけても絶対に日本語でしか返事しないのに、と言うと、

――そりゃあ、あたしたちとはちがって、あの子の母親は日本語がわかるからじゃないの。

姉たちは当然のように言う。

旧正月の里帰りから日本に戻ってきて数日ほど経った頃だ。出がけに雨が降っていることに気づかず、傘をとりに戻ろうと身をひるがえした瞬間、水に濡れたタイルに足を滑らせた。転倒こそ免れたが、そのせいで雪穂は左の足首を捻《ひね》ってしまう。一日半経っても腫れと痛みがおさまらないので外科をたずねたら捻挫と診断される。べつに大したことではなさそうで雪穂はほっとした。ちょうど翌日から夫はマレーシアとシンガポールへの出張

を控えていて、二週間ほど留守になる予定だった。少しばかり足をひきずることにはなるけれど骨を折ったわけでもないしなんとかなるだろう、と雪穂は思っていたが、自分が不在の間、雪穂をまったくのひとりにしておくのがよほど心配だったのか夫はいつのまにか娘に連絡していたのである。

「何か必要なものある？　きょうはバイトがないからすぐに行けるよ」

桃嘉が深刻な声で電話をかけてきたときは、パパったらどれだけ大袈裟に話したの、と可笑しかったが、桃嘉が自分を気にかけてくれていることはやっぱり嬉しかった。しかも桃嘉は、なんなら泊まってゆくよ、とまで言いだす。そこまでしなくても、とためらう雪穂に、

「いいの。聖司さんも、いいって言ってくれてる。それにね、あの人もちょうど今夜、出張なの。うん、一泊なんだけど……」

そういう話なら、雪穂も娘の申し出を受け入れることにする。

二時間ほど後、玄関のドアを開けたとたん、サンピィパ、と雪穂は呟く。もっとごはん食べて、といつも言っているのに桃嘉の頬はさらに肉が落ちたようだ。バイト忙しすぎない？　大変じゃない？　とたずねても、ぜんぜん忙しくないよ、週にたった二日だもん、と桃嘉は否定する。ナ、シアンナ、アネ、じゃあなんでそんなに、と言う雪穂をさえぎって、

「それよりママ、足大丈夫なの？　ほら見て、フォーを買ってきた。知ってる？　ベトナムのミーよ」

ミー（麺）、は、桃嘉がつかいこなす数少ない台湾語のうちのひとつだ。

「それにしてもあそこ、こんな半端な時間なのにサラリーマンやOLさんたちでけっこう混んでた。場所がすごくいいもんね。ママが、李媽媽的魯肉飯《リーママデロバプン》を開いても繁盛したんじゃない？」

冗談とも本気ともつかない口ぶりの桃嘉に、我没有那麼能幹（あたしには無理よ）、と雪穂はつい真面目に答えてしまう。雪穂の捻挫が大したことないとわかったものの、桃嘉は予定どおり一泊してゆくことになる。ひとりでもなんとかなるとは思っていたが、桃嘉がいてくれることで、雪穂は助かることだらけだった。湿布を貼り直すのも桃嘉は思いのほか器用な手つきで手伝ってくれた。

――桃ちゃんは、人妻にはまるで見えない。まるで学生みたいよ。

姉たちはそう言っていたけれど、そんなこの子でも今ではそれなりに家事を切り盛りしているのだなと雪穂は感慨に浸る。

（でも、あんなに痩せちゃって）

雪穂はふたたび心配になる。

年明けから桃嘉が月曜日と水曜日の二日間アルバイトをするようになった「仕事場」は、

かつて桃嘉の作品が展示されたこともあって雪穂も一度だけ行ったことがある。元々は美容室だか床屋だったビルの一階部分を改築したというそのギャラリーは、小さいながらも人の出入りが激しく、ひとりしかいない若い女性のスタッフが忙しそうに動き回っていたのが印象に残っている。

「それは特別なときだけ。ふだんは、暇なことのほうが多いぐらいなの」

　雪穂を安心させるためなのか、桃嘉は言った。旧正月の少し前のことだ。

「ママだって、パパと結婚する前は働いてたでしょ。わたしにだって、できるよ。アルバイトとはいえ、せっかくのチャンスなんだし、がんばってみようと思ってるんだ」

　そういうことなら、雪穂が応援しないはずはない。けれども、わたしは一年以上も怠けていたんだもん、と続けて呟く桃嘉のやや自嘲めいた口調が引っかかった雪穂は、だれがそんなこと言うの、と口を出さずにいられなかった。問い詰めるつもりはなかったが、雪穂に見つめられた桃嘉は怖気づいたかのように、べつにそんな、と弱々しく笑って、

「自分でそう思っただけだよ」

　と言う。

（怠けてたなんて……）

　雪穂は胸が痛む。シューカツ、ということばをおぼえた頃のことを思い出す。前の年の終わりに準備したスーツのスカートが夏の頃にはウエストが余るほど、桃嘉はあの時期、

だんだんとやつれていった。新聞には、就職難《jiù zhí nán》、とか、氷河期《bīng hé qī》といった言葉が躍っていて、雪穂はその厳《いか》めしい字面を眺めては娘の心身を案じるばかりだった。やっとのことで、とある小さな会社の最終面接まで進んだときも、贅沢は言えないからね、と桃嘉は言った。やりたかったこととはぜんぜんちがうけれどわたしの実力ではこれが精いっぱいなの、と消え入るような声で桃嘉が呟いたとき、ジツリョク、という響きが「實力《shí lì》」のことだと雪穂はわからなかった。あとになって雪穂は考えた。桃嘉のジツリョクは母親である自分がよくわかっている。どこに勤めたって、それは変わらない。桃嘉自身にとっては第一志望の職場でなくとも、桃嘉を必要としてくれる場所であの子がのびのびと働けるのなら、それはとてもよいことなのではないか。しかし、結局、その会社から届いたのも不採用通知だった。

――もう、疲れた……

憔悴《しょうすい》しきっている桃嘉に雪穂は、あんまりがんばりすぎないでね、と繰り返すしかない。

雪穂はもどかしかった。

（がんばっても、がんばっても、どうにもならないこともある）

茂吉は、いざとなったら自分がだれかに頼んで桃嘉の働き口を世話してもらうことも考えていたようだ。でも、と雪穂は夫に言う。桃ちゃんずるい言われたらかわいそう。茂吉は、あとでがんばれば同じじゃないか、と低い声で呟いたきり黙り込む。あたしたちの娘は今だって充分がんばっているのに、と言いたかったが雪穂も黙る。

その矢先に桃嘉は、結婚を申し込まれた、と言ったのだ。

――あたし、柏木さんと結婚しようと思う。

カシワギ。

桃嘉が大学三年生のときだ。いつもどおり娘の部屋で掃除機をかけているとき、コルクボードに画鋲で留めてあるその写真を雪穂は見つけた。桃嘉が自分で描いた絵や、アカネちゃんたちとの卒業式の写真、大学のサークルの友だちと思われる数人の女の子たちとテニスのラケットをかまえて笑っている写真とともに、娘が男の子とふたりでうつっているその一枚はあった。休日のたびに必ずどこかへ出かけてゆくようすからそういう気配は感じていたが、写真の中の桃嘉のはにかんだ表情をしげしげと見つめながら雪穂は確信した。桃ちゃんカレシいるのね、と言うと桃嘉は否定しない。女の子を育ててきたのだ。いつかはこういう日が来ることを、自分はとっくに覚悟していたと雪穂は思う。たぶん、恋人がいると認めたからには母親から質問攻めにあうのを桃嘉も覚悟していたのだろう。雪穂がたずねることを特に嫌がることなくぽつりぽつりと教えてくれる。名まえは？　と訊いたときは、柏木聖司、とわざわざ紙にその名を書いてみせてくれた。漢字を見ると Bǎi mù Shèng sī とつい言いたくなるのだが、茜のことをアカネちゃんと呼んでいるように、かれのことも娘のことばでおぼえたい、呼びたい、と雪穂は思う。カシワギ、カシワギ、カシワギ、と練習する自分の傍らで、そんなに連呼しないでよ、と桃嘉は苦笑していた。

――カシワギさんは、桃ちゃんのこと、大好き？

あのとき、雪穂は確認せずにいられなかった。そのひとが桃嘉を――自分の娘を――どれだけ本気で思っているのか。母語でなら、もっとほかの言い方ができただろう。でも、自分の日本語力では桃ちゃんを好き？　と訊くのが精いっぱいだった。桃嘉ははにかみ、照れくさそうに答える。

――カシワギさんのほうから、わたしとつきあいたいと言ってくれたの。

つきあう、という表現を知らなかったので雪穂は桃嘉の言わんとすることがすぐには呑み込めない。桃嘉はといえば、雪穂がわかっていないのは察しているはずなのに、照れくさいのかあるいは億劫なのか、それ以上説明しようとしない。それで雪穂は言い方を変えてみる。

――カシワギさんは、やさしい？

――……やさしいよ。

ならよかった、と雪穂は言った。娘に恋人がいると知ったあの日、雪穂は半ば自分に言い聞かせるように、ならいい、ならよかった、と心の中で唱え続けていた。その一方で、一抹のさみしさを拭いきることはできなかった。

（いつかは桃嘉にも好きなひとができて、自分から巣立つことになるのだろう）

でも、まさか、そのいつかが、あんなにも早くやってくるとは。

就職活動に苦戦していた桃嘉が〝贅沢は言えない〟と言っていた会社でも不採用となって数日が過ぎた頃、パパとママに話がある、と桃嘉は切り出した。

――卒業したら結婚しようと言われたの。それを、受けようと思ってます。

隣で、結婚とはずいぶん急な話だなあ、と平静を装いながらも動揺を隠せずにいる夫の代わりに雪穂は娘に確認する。

――相手は、カシワギさん？

桃嘉は、ほかにだれがいるの？　と苦笑いを浮かべる。

――そういうの、ひとむかしまえは、永久就職と言ってたのよ。

雪穂にそう教えたのは料理教室の常連のひとりだった。桃嘉が高校を卒業し、大学に進んだ年の春から、雪穂はときおりカルチャーセンターで「料理講師」をするようになった。主婦たちに台湾のお料理を教えて欲しいの、と話を持ってきてくれたのは、以前住んでいたアパートの大家である山口さんだ。恩人ともいえる人の頼みに、台湾料理なんて、とはじめ雪穂はためらった。あたしのはべつに手のこんだ本格的なものではなくて、そのへんのスーパーで買える素材や調味料で適当につくった日本風台湾料理なんです、と言ったところ、むしろそういうのがいいのよと山口さんは盛り上がり、山口さんの古くからの友だちだというカルチャーセンターが入っているビルのオーナー夫人も、あたしも教わりたいわね、と興奮する。雪穂としては、そんな料理でよいのなら、という気持ちで試しに三か月だけやってみたところ、「簡単！　台湾風お惣菜のつくり方」はなかなかの好評を博し、山口さんたちもおおいに喜んでくれた。茂吉も、大学生になった桃嘉も、カルチャーセンターの料理講師として頻繁に出かけてゆく雪穂に協力的だった。元々、夫と娘が、雪穂の腕前なら料理の「先生」をしてもふしぎはない、と背中を押したから踏み出せた一歩でもあった。ママの日本風台湾料理は最高だもんな、と夫が言えば娘もまた、

――そのうち、レストランも開けるかもよ。「李《リー》媽《マ》媽《マ》的《デ》魯《ロ》肉《バ》飯《プン》」ってね。

と言ってくれたのだった。夫と娘の欲目ではなく、雪穂の献立のうち魯肉飯は特に人気があった。料理教室にやってくる生徒の九割以上は女性で、雪穂と同世代であったり、母親ほどの年齢である彼女たちは、雪穂のことを「李先生」と呼んだ。カルチャーセンターでは、そのほうがらしいからと勧められて、「深山雪穂」ではなく「李秀雪」と名のっていたためだ。講師と生徒とはいえども、子どもの受験についてはらはらしたり、里にいる親との距離を嘆いたり、姑との関係をぼやきあうなど、同じ主婦同士、話は尽きなかった。とりわけ年頃の娘を持つ母親として、日本のベテランお母さんたちが聞かせてくれる話はおおいに雪穂の参考となった。こちらではボーイフレンドができると結婚の約束をしていなくてもそういう関係になることがあるのはわりと普通で、ちゃんとしたひとが相手とわかっているなら少々帰りが遅くなってもそう目くじらをたてることはない、などといった

ことも雪穂は彼女たちのおかげで納得させられたのだ。むろん雪穂は、それでもよほどの理由がなければ桃嘉が外泊することだけは許さなかったのだが。

雪穂の受講生たちは、シューカツに苦しんでいた先生の娘さんが三年間つきあってるカレシから結婚を申し込まれたと聞くと、

——確かお相手の方、××商事につとめてるんでしょう？　李先生の娘さんは、よい就職先を見つけたわよ。

と言うのだ。

しかし茂吉は桃嘉が結婚に逃げようとしているのではないかと危ぶんだ。夫の言わんとしていることもわからなくはなかったが、不採用通知を受け取るたびやつれてゆく桃嘉のようすに胸を痛めてきた分、ふさわしいひとがいるのであれば永久就職は必ずしもわるい選択ではないと雪穂は思った。いや、その相手が自分たちの娘を心から愛していて、桃嘉のほうもまたそうであるのなら、それで充分ではないか？　それに、と雪穂は夫に言う。

——がんばってもがんばっても、不採用ばっかり。とてもつらい。逃げたい、あたりまえ。逃げるは、どうしていけないの？

感極まって興奮する雪穂の背中をさすりながら茂吉は、

——とにかくまずは、そのカシワギくんという子に会ってみないとね。

それからすぐに、正式な結婚の申し込みをするためにカシワギはたずねてきた。茂吉が

どのような話題を振っても柏木は巧みに話を盛り上げるので、雪穂は娘の恋人の如才《じょさい》なさにすっかり感心してしまう。その横で桃嘉のほうがよほど緊張しているように見えるぐらいだった。頃合いをみはからったかのようにカシワギは背筋をのばすと、

——先日、桃嘉さんにプロポーズし、結婚の承諾をもらいました。精いっぱい、桃嘉さんを幸せにします。結婚をお許し頂けるでしょうか。

茂吉と雪穂にむかって深々と頭を下げる。テレビドラマのような一場面だった。

娘の婚約者と夫はこの日がまったくの初対面だったが、雪穂は一度だけカシワギと顔を合わせたことがあった。桃嘉が中高時代の仲間たちと作品展をしたときのことである。雪穂ははじめ、受付にいる女の子と親しそうに談笑している背の高いその若い男が娘の恋人だとは思わず、そこのスタッフかと思った。桃嘉の絵を眺めているときに、すみません、と声をかけられた。

——桃嘉ちゃんのお母さんですよね。ぼく、カシワギと言います。

そう言われると、確かに桃嘉の部屋のコルクボードに画鋲で留めてあった写真の顔である。桃嘉ちゃんがきょうはお母さんも来るというからお会いできるんじゃないかと楽しみに思ってたんです、と微笑をたたえながら話すカシワギは非常に感じがよかったものの、雪穂は内心、その気軽さに面食らってしまう。それは、ガールフレンドの母親とはじめてむきあうにしては、あまりにも軽い態度に思えたのだ。でも、とあとで雪穂は考える。そ

んなふうに思うのは自分が古い人間であるからにちがいない。恋人の母親だからといって、べつに、かしこまりすぎる必要はないのだから。

娘の婚約者としてカシワギが自分たちに会いに来た日の夜、一人娘を託すことになる青年に対して、茂吉もだいたい同じような感想を抱いたと言う。

——あれは、出世が早いだろうな。

さらに茂吉は続ける。

——まあ、桃嘉自身がかれと結婚したいのなら、あえて反対する理由はなさそうだね。

茂吉には言わなかったが、娘がその婚約者に対して始終気を遣っているふうなのも雪穂はやや気になっていた。柏木が堂々としている分、余計にそう感じられたのだ。とはいえ柏木とはほとんど初対面のようなものなのだし、なんでもないように自分の目には映ったけれど、あれでひょっとしたら内心ではそれなりに緊張をしていて、そのことをよくわかっているからこそ桃嘉はかれを気遣っていたのかもしれないとも考えられる。自分だって、父と母だけでなく、口うるさい姉たちも今か今かと待ち構える淡水の実家に茂吉をはじめて連れて行ったときはきっとあんなふうだったはずだろうし、とも雪穂は思う。

桃嘉の結婚話は、トントンビョーシで進んでいった。

茂吉や雪穂とほぼ同世代の柏木夫妻から、おたくは一人娘ですしうちの聖司は長男でしかも唯一の息子なのだから、と結婚式と披露宴はそれなりの規模のもので進めるべきだという話をされ、そうするのであれば会場はかれらが約四半世紀前に結婚披露宴をとりおこなった都内のホテルはどうかと提案された。この件についても夫は、桃嘉たちがそれでよければ特に反対する理由はないだろう、という意見だった。結婚式では、母が譲ってくれたものをあたしは着るので、と柏木夫人が言うので新婦の母親である雪穂も既婚の女性が身に着ける礼服でも最も格式が高いという五つ紋が入った黒留袖を着ることになる。きみは和服を着慣れているわけじゃないし無理にあちらにあわせなくてもいいんじゃないかなあ、と茂吉は言ったものの、それが日本式のマナーならば可能な限り尊重したいと雪穂は思っていた。それに、この機に乗じて着物をたしなんでみたいという気持ちもあった。

――畳で正座する日本の女性は、とてもうつくしい。

遠い昔、父からさんざんそう聞かされてきたことも影響していたにちがいない。娘の結婚式ではクロトメソデを着るの、と言うと料理教室の受講生たちは、ぜったいにお似合いよ、とか、写真見せてちょうだいね、などと盛り上がる。式場付属貸衣装屋の試着室で、うまれてはじめて和服を着た雪穂を見ると桃嘉は瞳を輝かせながら、

――ママ、すごくきれい。とても似合ってる。

鏡に映る自分自身の姿を見て雪穂は思わず、あ、あたし日本人みたい、と呟いてしまう。ママったら、と可笑しがる桃嘉と鏡越しに目が合う。母娘で少しのあいだ笑い合ってから桃嘉は雪穂のほうに向きなおる。

――あたしのママは、ママだけよ。

娘から自分への最大の賛辞だと思った。涙ぐむ母親の手を桃嘉は握る。その手を力いっぱい握り返しながら雪穂は、

――ママ、がんばる。

と言う。ほんとうは、こんな立派な恰好をしておきながらへたな日本語を喋って宴の席で花嫁のあなたに恥をかかせることがないようにするね、と言いたかったが、それで精いっぱいだった。桃嘉はほほ笑み、ママとてもきれい、と繰り返した。

結婚式の日の夜から、桃嘉はカシワギと暮らしはじめた。料理教室の主婦たちは、出ていったとたん娘や息子の部屋ってのはすぐさま物置状態になるわよね、などと言い合っていたが、あれから一年半近くが経つ今も深山家の「子ども部屋」は桃嘉がいたときとほぼ同じ状態を保っている。もののついでに、頻繁に掃除機をかけるし、窓を開けて換気をすることもある。雪穂は、桃嘉が結婚式と引っ越しの準備をすすめている最中、かつての自分が母親から言われたことをよく考えていた。

――あんたももう、茂吉さんの女房なんだから覚悟を決めるのよ。安易に帰ってこようなどと思っちゃだめ。でも、よっぽどのことがあれば、あたしはいつだってここにいるから、いつでも帰ってきなさい。

雪穂は、母の教えに従った。もっとも日本に来てからは、帰ろうと思ったからといって

簡単に帰れるわけでもなく、一度だけ、高い料金がかかることを心配しながら短時間の国際電話をかけたのがせいぜいだったのだが。自分がそんなふうだったので、桃嘉は帰ってきたくなればいつだって帰ってくればいいと雪穂は思う。ただ、母親である自分のほうからけじめをつけるべきだと思ったのだ。

――桃ちゃんも、これからはカシワギさん最優先よ。

桃嘉も、今のところ雪穂の教えに従っている。帰ろうと思えばいつでも帰ってこられる距離にもかかわらず。ひょっとしたら茂吉は自分がしばらく留守をすることもあって、雪穂の捻挫を口実に堂々と里帰りする機会を桃嘉に与えたのかもしれない。あるいはそれは雪穂のためでもある。

なんなら泊まってゆくよ、と言う桃嘉に雪穂はつい心を弾ませながら、桃ちゃん何食べたい？　とたずねてしまったのだが、ママったら、と受話器の向こうで桃嘉は呆れていた。

――足をネンザしたママが心配で行くのに、ママにごはんつくってもらったら本末転倒じゃないの。

ホンマッテントー？　と復唱する雪穂にはかまわず桃嘉は、途中で何か探すから、と言い、鶏肉《とりにく》のフォーを買ってきたのだ。台湾はミーだけどベトナムはフォーなんだね、と桃嘉は言い、日本はメンと雪穂は応じる。ミー、フォー、メンと桃嘉が唱えるように言うものだから雪穂も、ミー、フォー、メンと唱えてみる。ママより贅沢だね、と桃嘉が言うので何の話かと思いきや、麺には三つも名前があるもん、などと言い出す。雪穂は笑った。三つ？　三つどころではぜんぜん足りないでしょうよ、とつい母語になる。台湾語とベトナム語と日本語を話さないひとたちも麺を食べるのだから、と。そっかそっか、と桃嘉も笑う。そんな他愛のない話をしながら、生のもやしと唐辛子と鶏肉とミントがのっているフォーに搾ったレモンをたらす。なかなかおいしい夕食だった。サラダと生春巻きも少々冷たすぎたものの、味はわるくない。桃嘉が、おなかがいっぱいになっちゃった、と生春巻きをひとつしか食べようとしないので、だからサンピィパなのよ、と雪穂は嘆く。これならあたしが無理にでも魯肉飯《ロバプン》をつくればよかった、前にあなたが泊まったときは、そりゃあ気持ちのいい食べっぷりだったからね、とぶつぶつ言う雪穂に、ちがうよ、と桃嘉は訂正する。

「あの日は、泊まらずに帰ったの」

「そうだっけ？」

「そうだよ。泊まった日は、米粉《ビーフン》と排骨湯《パイコータン》だったもん」

「よくおぼえてるね」

「それもおいしかったなあ。でも、次は、また李《リー》媽媽《ママ》的《デ》魯肉飯《ロバプン》が食べたいや」

雪穂は可笑しがり、ハニ・アイチャヤア・ロバプン（そんなに好き）？　と言う。ワ、チヨ・アイチャヤア・ロバプン（魯肉飯大好きよ）、と桃嘉はめずらしく台湾語で応じる。そ

れからふと思い出したように、

「パパは、お祖母ちゃんの魯肉飯をいきなり三杯も食べたんでしょ」

そうだった。雪穂は懐かしくなる。姉たちが桃嘉に何を聞かせたのか、だいたい想像できる。次々と話しかけられて、桃嘉も桃嘉なりに姉たちのわかることばで返事をしたのだろう。姉たちが言うには、桃嘉は台湾語もなかなかのものらしいが、雪穂は知っている。この子は、中国語と台湾語をときどき区別できていない。まあ、それもしかたがないことだろう。日本人同然に育った桃嘉に、ちゃんと中国語を教えなかったせいだ。そんな桃嘉がふいに、パパってすごいよね、と言う。

「アイーたちと、ちゃんとことばがつうじるもん」

娘の言う通りだ。そのことで、どれだけ夫に感謝したことか。しみじみとそう思っていると、何を誤解したのか桃嘉は、

「ママのほうが、もっとすごいか」

とりつくろうような娘の言い方が可笑しい。自分の日本語は夫の中国語にはまったく及ばないことぐらい、雪穂はよくわかっている。

「ママの日本語へた。でも、日本のみんな、慣れた。でしょ？」

おどけてみせるのだが、桃嘉は真剣な顔つきで首をふると、ママはすごいよ、と繰り返す。

「ずっと外国で暮らしているんだもんね」

とはいえもう四半世紀以上も日本にいるのだ。日本での暮らしに不自由を感じることはもうめったにないし、もちろん自分が日本人になったとは思わないけれど、右も左もわかっていないガイコクジンだとも思わない。それどころか雪穂は近頃では台湾にいるときのほうが自分を外国人《wài guó rén》のように感じることすらある。それでも日本人同然の桃嘉からしてみれば、あいかわらず自分はガイコクジンのようなものなのかもしれない。

「ママの占いは外れたんでしょう」

桃嘉の瞳がいたずらっぽく輝く。何の話かすぐに思いだせなかった。桃嘉がアイーたちが教えてくれた、と説明するのを聞き、そうだった、そうだった、と雪穂の記憶はよみがえる。いちばん上の姉である秀琴《シュウジン》が婚約したときに、一家で占い師に見てもらったことがあり、雪穂は、外国に一生行くことはないだろう、と〝判断〟されたのだった。でも、と雪穂は桃嘉に言う。

「パパに会わなかったら、占い、当たってたかも」

桃嘉は雪穂を見つめる。

「パパがいた。だからママ、日本に来た」

そうでなかったら、自分は今も台湾にいたかもしれない、と雪穂はふと思う。茂吉がいたからこそ、わたしは日本に来た。そして、あなたを、桃嘉を産んだ。

——桃嘉の母親は、台湾人以外にありえないんだよ。

いつかの茂吉のことばがよみがえる。日本語がへたで、日本の習慣にも不慣れなせいで、桃嘉にとって自分は完璧な母親ではなかったかもしれないが、それでも桃嘉はこうして立派に育ってくれた。雪穂は急に感慨深くなる。

「桃ちゃん、もうすぐ二十五歳になるね」

桃嘉はそれには答えず、ゴチソウサマ、とまるで雪穂がベトナムのミーをつくったかのような調子で両手をあわせると空になった容器を片付けはじめる。心なしか、その顔色がわるい。次の瞬間、立ちあがった桃嘉の足元がふらつく。だいじょぶ？　とつい声が鋭くなる。ごめんごめん、と桃嘉は、

「さっき、ハオポンヨウになったばっかりで……」

と下腹部を示す。好朋友《hǎo péng yǒu》。姉たちや女友だちとは、いつもこの言い方をした。桃嘉も、ずっとこれで通じ合っている。ナプキンある？　とたずねると、ん、と桃嘉はうなずき、それよりもくすりあるかな、と言う。雪穂は戸棚の引き出しの奥にしまってあった使いかけの市販の頭痛薬を一箱どうにか見つけだす。桃嘉が水で小粒の錠剤を飲みこむのを見届けてから、最近も桃ちゃん頭痛？　と雪穂は訊く。ときどきね、でもきょうのはセイリツウだと思うけど、と桃嘉は言う。セイリ、という響きを娘が言うのを耳にしたとたん雪穂はいたたまれなくなり、とうとう訊かずにはいられなくなる。

「……桃ちゃん、なにか、悩みある？」

娘の顔を雪穂がじっと見つめると、あきらかに桃嘉は動揺しはじめる。やっぱり悩んでいるのだ、と雪穂は確信しながら、赤ちゃん、とたたみかける。

「赤ちゃん、できない。悩む？」

桃嘉は無表情になる。重苦しい沈黙のなか、雪穂は自分の懸念はあたっているにちがいないと思う。娘夫婦が結婚してもうじき一年半になる。

——もし、もしもそうなら、真っ先にママに相談するよ。

そうだ。あれは確かに魯肉飯《ロバプン》ではなく米粉《ビーフン》と排骨湯《パイコータン》をつくった日のことだ。雪穂は桃嘉が痩せたのはつわりの初期症状のせいかと思ったが、あとでひょっとしたらあの子はまったく逆のことで悩んでいるのかもしれないと考えたのだ。

——桃嘉ちゃんも弟か妹が欲しいよねえ。

もう子どもができることはない自分のからだをやっとのことで受け入れられるようになった頃、姑からそう言われて落ち込んだときに茂吉は慰めてくれた。

——ぼくらは桃嘉がいれば充分なんだ。

桃嘉がいれば充分。ほんとうだ。雪穂は、あのときよりも強くそう思っている自分に気がつく。孫は可愛いと人は皆言うけれど、孫の顔が見てみたいという気持ちに雪穂はまだなったことがない。それよりも、今、目の前にいる自分の娘が苦しんでいるほうが、雪穂

にはよっぽどつらかった。娘に対して、次のことばをどんなふうに続けるべきか言いあぐねている雪穂に、

「ちがうよ、あたしは……ううん、あたしたちは、もう少しの間、ふたりきりで過ごそうと思ってて……」

と桃嘉は笑ってみせるのだが、それが心からの笑みというよりはこちらを安心させるためのもののように雪穂には感じられる。

「余計な心配しないで。ほら、早くお風呂に入らないと遅くなっちゃう。ママ、十時には電気を閉める時間でしょう……」

次はわたしね、と桃嘉が浴室に入るのを見届けてから雪穂は寝室に引き上げる。茂吉がいないせいで、ベッドがやたらと広く感じられる。茂吉は真っ暗でないとぐっすり眠れないので、いつしか夫婦の寝室の常夜灯がつけられることはなくなった。捻挫した足をのばしながら、電気は、閉める、じゃなくて、消すって言わなくちゃだめなの、と小学生だった桃嘉にしょっちゅう訂正されていたことを雪穂は思いだす。

——そうか、中国語では電気を消すことは关电《guān diàn》と言うからママは、電気を閉めるってまちがえちゃうんだなあ。

茂吉の言う通りだ。雪穂はつい、母国語をそのまま直訳することがある。桃嘉は茂吉の

発見がよほど面白かったのか、それ以来、部屋を暗くする前はわざと、電気を閉めるよ、と言うようになった。

タタミのある家に住んでいた頃は、カワノジ、で家族三人並んで眠った。ただし、真ん中は雪穂だ。夫と娘に挟まれて、あの頃の自分はとても幸せだったと雪穂は思う。桃嘉が大きくなりふだんはひとりで眠るようになっても、茂吉が出張で家を空けるときがあれば、ママさみしくない？とタタミの部屋に帰ってくることもあった。パパのお布団おおきいね、とはしゃぎながら桃嘉は、ママきょうはあたしがいるからパパいなくてもさみしくないでしょ、と真面目な顔で言ったこともあった。ここに引っ越してきてからは、桃嘉が「子ども部屋」を抜け出して雪穂と眠りたがることはなくなった。雪穂や茂吉の目の届かない自分の部屋であの子は、中高生時代を送り、大学生になって、結婚したのだった。頭痛薬を飲み込むときの、桃嘉のほっそりとした首を雪穂は思いだす。

——きょうのはセイリツウだと思う。

ほんとうにあの子の言う通りならいいのだけど、と雪穂は考える。雪穂のおぼえている限り、あたまがいたい、と訴える日々が続くときの桃嘉は、たいてい、何かを思い詰めて悩んでいた。幼稚園で毎日気の強い女の子に連れ回されていたときも、中学受験と学校生活を両立させるために無理していたときも、思う存分好きな絵を描いていいはずの環境で理想どおりの絵がまったく描けずに落ち込んでいた高校生のときも、報われない就職活動に追われていたときも……雪穂にはやはり、桃嘉が、だれにも——少なくとも母親である自分には——打ち明けられないような悩み事を抱えているのではないかと思えてならなかった。赤ちゃんのことについて触れたときの桃嘉が、あたし、と、言いかけて、あたしたち、と言い直したことも妙に引っかかっていた。

（もしかして、あの子の夫が子どもを望んでいないとか……）

ふだんなら茂吉が寝息を立てているはずの枕をさすりながら考える。そのほうが気楽でいいかもしれないわよね、と言ったのは雪穂の料理教室の常連のひとりで桃嘉と同い年の娘を持つ母親だった。

——兄夫婦は子どもができなかったんだけど、あたしたちが娘たちのことでいっぱいいっぱいだった頃もふたりきりで優雅に暮らしてるふうに見えたものよ。おととしに兄が退職してからは豪華客船に乗って世界一周したりして。そんなものだから娘も言うのよ。伯父さんたちみたいな生き方は自由であこがれちゃうって。でも、まったく失礼しちゃうわよね、自分の両親はだれのせいで不自由だと思ってるのよって……

その場にいた者の全員が不自由な人生を送っていたため、皆で笑った。雪穂も笑った。あのときは他人事《ひとごと》のようにその話を聞いていたけれど、今風の軽やかさを持つあの婿なら、そういう自由を重視していてもふしぎはないような気が雪穂はしてくる。そして、それを受け入れられない桃嘉が人知れず苦しんでいるのならあまりにかわいそうだ……産めるものならば何人でも茂吉の子を産みたかった自分と同じように桃嘉ならきっと愛する人の子どもを持ちたいと願うはずなのだから、と。それから雪穂は憶測であれこれ考えてもしかたがないと眠りにつこうとするのだが、すっかり目が冴《さ》えてしまってなかなか寝つけない。時計を見ると十一時少し過ぎである。

コップ一杯分の水をゆっくりと飲んだあと、「子ども部屋」の扉から薄明かりが漏れていることに雪穂は気づく。すり足――捻挫のせいでそうなってしまうのだ――で「子ども部屋」の前を通るときドアの向こうで声がする。だれかと電話でもしているのだろう。こんな時刻だ。相手は出張先のあの子の夫なのかもしれない。雪穂は、つい聞き耳をたてる。

以前なら、こんなことはしなかった。中学にあがると「絵を描くのが好きな仲間たち」と言って桃嘉は小学校の頃よりも同級生の話をしてくれるようになった。とりわけ、受験の日に席が隣同士になり、入学手続きをする日にも一緒になったアカネちゃんとはずいぶん気が合うようで、週末の夜になると子機を自室に持ち込んでは長々と話し込んでいた。

――毎日会ってるのに、電話で話すことがよくもまあそんなにあるもんだ。

と茂吉は呆れていたが、桃嘉に良い友だちができたのならよかったと雪穂は思っていたし、それなりに身におぼえもあった。

――まったく。そんなくだらないお喋りをするためにおまえたちはわざわざ学校で中国語を習わされているのか……

三人の姉たちと同様、雪穂もまたそうやって父に呆れられたものである。桃嘉が中高生の頃なら耳をすまさなくとも、ときどき弾けるような笑い声が聞こえたものだった。でも、今の娘の部屋からは、途切れがちな低い声しか聞こえない。やっぱり盗み聞きはよくないという思いが頭をもたげて、その場から離れようとしたとき、聖司さんは、と聞こえて雪穂はふたたび動けなくなる。

「出張だって言ってるよ……うん。でも、なんだかわたしも、もう、どっちでもいいやと思ってる。ううん、ゆるすとかじゃなくて……」

ユルス？　雪穂は動悸が速まる。桃嘉の声が途切れ、しばらくしてから、アカネちゃんもそう思う？　と聞こえる。娘の電話相手は婿ではないようだ。そうなの、と桃嘉の声は続く。正直、あのひとと離れてられるのにほっとする気持ちもあって、もしかしたらわたしはすごく無理してるのかな、と聞こえてくる。ムリシテル？　雪穂は断片的に聞こえてきたその響きに不穏なものをおぼえる。とはいえ、何の話なのかさっぱりわからない。わかるはずがない。

（だってあの子は、あたしに話してくれてるわけじゃないんだものね）

不毛な立ち聞きを切り上げて、雪穂はのろのろと寝室に引き上げる。だがその後も、なかなか寝つけなかった。

翌朝、いつもより少し遅れて起床すると、意外にも桃嘉はすでに起きていて、トーストしたパンにハムと卵を挟んだサンドイッチと、レタスとプチトマトのサラダふたり分をつくってくれている。おはようママ、とほほ笑む娘の顔を雪穂はしげしげと見つめる。朝日が射し込む部屋で見る桃嘉の顔色が、ゆうべよりましになっていることに少しだけほっとする。

（あなたときたら、いったい、なにを悩んでるの？）

　喉元まで出かかるのだが、桃嘉が自分に打ち明けるつもりがないのなら、無理に聞き出すわけにはゆかないと自分を制する。サンドイッチを一切れ食べたきりで、あとはママ食べて、と桃嘉は雪穂に押し付ける。ダメ、と雪穂は言う。

「桃ちゃん、ぜんぶ、ちゃんと食べなさい。これだけ、朝のごはん、足りないよ。いつもこう？　だからサンピィパなのよ……」

　つい、なじるような口調になってしまう。以前の桃嘉なら、きっとうっとうしがっただろう。けれども、今、雪穂の目の前にいるやせっぽちの桃嘉は、素直に二切れ目のサンドイッチにも手をのばす。そう、好乖《hǎo guāi》（いい子）、と呟く雪穂に、子どもじゃないんだから、と桃嘉は苦笑する。朝食を済ませると桃嘉は当然のように頭痛薬を服用する。錠剤を二粒、手のひらに載せた桃嘉に、きょうも頭痛い？　と訊くと、

「あらかじめ飲んでおいたほうが、あとでひどくならないから」

　そんなに薬に頼り切りだとは。雪穂はまたもやいたたまれなくなる。

「ねえ、桃ちゃん。薬より、ごはんのほうが大事。ごはん、ちゃんと食べて。もっと食べて。でないと、ずっとサンピィパだよ」

錠剤を水で流し込んだあと口元を手の甲で拭うと、

「それよりママ、足はどうなの？　あたしのことばっかり言ってないで、自分の心配をしてよ。あたし、そのために帰ってきたんだからね」

とおどけてみせる。その後、なんかあったら絶対連絡してね、と桃嘉は出て行った。以前と同じように、エレベーターの扉が閉まるのを見届けた一分後にはマンションの出口にあらわれた桃嘉の姿を雪穂は窓辺で見おろしている。桃嘉のほうもこちらを見上げて、小さく手を振る。

（いっぱい食べて、ちゃんと食べて）

雪穂の心の声が聞こえたかのように桃嘉は何度かうなずくと、駅のほうにむかって歩き出す。ゆっくりと遠ざかってゆくその後ろ姿を見つめながら、

「次、サンピィパはダメよ」

と呟く。

昼過ぎ、クアラルンプールにいる茂吉から電話がかかってきたときも、あの子がやせっぽっちで心配、と雪穂はぼやく。受話器の向こうで夫は、きみのほうは元気そうでよかった、と可笑しがっている。

「ママ、きょうもそっちに帰っていいかな?」

あとになって思えば、その電話を受けたときにはもう異様な気配を感じ取っていたのだ。雪穂は胸騒ぎをおぼえながら受話器の向こうの娘の声を聞く。どこかの駅のホームにいるのだろうか。桃嘉の背後は騒がしく、次の電車がくるというアナウンスの音声も聞こえる。もしもし、桃ちゃん、どこにいるの、と雪穂の声は大きくなる。桃嘉も声をはり上げる。

「今ね、聖司さんが名古屋でもう一泊することになったって連絡があったの。それならわたしも、もう一晩、ママと過ごしたいなと思って……」

その声がわざとらしいほどあかるいせいで、かえって雪穂は、いったい何があったの、と聞きだせない。

雪穂のもとに舞い戻った桃嘉はどちらかといえば上機嫌な調子で、帰ってきちゃった、とはしゃいだ声を出す。つとめてあかるくふるまおうとしているのはあきらかだ。

小腹が減っちゃった、とも言うので雪穂はお茶漬けをつくる。箸とレンゲを両方用意しておいたが、桃嘉はほとんど迷うことなくレンゲを手にし、イタダキマス、と言う。いつか、義母が、

——桃ちゃん、あなたはもう幼児じゃあるまいし、お茶漬けはお箸で食べなくちゃあ。

と言ったことがあった。

――まあ、台湾の方はそうするのかもしれませんけど、ここは日本ですからね。

姑は、孫娘をなじったのではない。その母親である自分を咎めているのだと雪穂が落ち込んでいると、

――おふくろの言ってる日本の伝統なんざ、ばかばかしいよ。家の中でオチャヅケを食べるときぐらい、好きにしたらいい。な、桃嘉。

茂吉になぐさめられて、ずいぶん、ほっとしたものだ。

「やっぱりママのオチャヅケはおいしい」

ほほ笑む桃嘉の表情からようやく痛々しさが和らぐ。雪穂も顔をほころばせ、明日は？と娘にたずねる。

「桃ちゃん、忙しい？」

「……ううん、明日は何もないや」

青白い顔で桃嘉は答える。その頬に触れたい気持ちをおさえながら、

「桃ちゃん、とても疲れてるママ思う。きょう、いっぱい休んで。あしたもずっと休んで……」

雪穂は娘に語り掛ける。桃嘉が顔を伏せる。その目が潤んだように見える。雪穂はかまわずライツォン（寝坊）して、と続ける。

「いっぱい休んだら元気なる」

桃嘉はゆっくりと顔を上げると、ありがと、と呟いてから、あとかたづけはしておくからママは先に休んでてね、と言う。雪穂はうなずく。

（シュンベカウ、リ、カウ・ボウヤウギン）

つらかったら泣いてもいいの、という意味の母語が喉元までこみ上げてくるのを雪穂は呑みこむ。桃嘉はふたたびうつむくと残り少なくなった碗の中をレンゲで掬いはじめる。雪穂は娘をひとりにしてあげようと思う。今夜はまだ気持ちが整っていないのだろう。明日、ここにいるあいだに何か話したくなったら、そのときにこそ話してもらおう。あるいは、こちらからだって……。

あくる朝、足をひきずりながら洗濯などの家事をひと通り済ませると、雪穂はいつもどおりお茶を入れて一服する。前日とちがって、「子ども部屋」の扉は閉まったまま、しんとしていた。せっかくだから好きなだけ寝かせてあげようと雪穂は思う。湯呑《ゆのみ》に口をつけたところで電話が鳴る。朝の支度が一段落した茂吉がかけてきたのだろう。ところが発信番号を通知するディスプレイには、モモカノオウチ、とある。雪穂はとっさに「子ども部屋」のほうに目をやる。まさか、あの子が夜中のうちに自分に黙って出て行った？　震える手で受話器を持ち上げると、もしもし、と若い男の声がする。雪穂は一瞬、反応が遅れる。深山さんのお宅ですよね、と声が続き、

「カシワギセイジです。お義母さん、ごぶさたしております」

やっと合点がいった雪穂は、ああ、と自分でも頓狂だなと思う声で応じる。カシワギさんだね、と少々まのぬけた言い方になってしまう。

「……あの、捻挫なさったとか」

「え？」

「足を怪我したとうかがいました。具合はいかがですか？」

　アシ、ケガ、という音で、かろうじて雪穂は相手が言わんとしていることを理解するのだが、すぐにはことばが出てこない。

「……もしもし、聞こえてますか？　あのお義母さん、足は大丈夫ですか？」

　ダイジョウブ、と聞こえてきてやっと雪穂は、

「ありがとう、だいじょぶよ」

　と返事することができる。ふたたび短い沈黙がおとずれたあと、婿はいよいよ本題に触れた。

「桃嘉は、そちらにいますよね？」

「……はい」

「そうですよね。そう言って、出かけて行きましたから。あの、でも、お義母さんの足の具合はどうかと思って、お電話しました。ええ、朝早くから失礼しました。桃嘉には、あとでまた連絡すると伝えてください」

はい、ありがとう、と雪穂が繰り返すと、では失礼します、と言ってカシワギは電話を切る。桃嘉は夫の出張が一泊延びたと言っていたけれど、どうもそうではないようだ。それに娘婿のあの口ぶりはあきらかに桃嘉がここにいるかどうか確かめるふうだった。ツーツーツーという音を数秒ほど聞いてから受話器を下ろしたあとも、雪穂はしばし呆然とした。やっと湯呑を手にしたとき、お茶はすっかり冷めている。

桃嘉が部屋から出てきたのは、それから半時間も経ってからだった。いっぱいライツォンしちゃった、と照れたように桃嘉は笑う。その顔を見たとたん、雪穂は切なくなる。桃嘉が起きてくるのを待っているあいだじゅう、娘夫婦の間にいったい何があったのかとやきもきしていたのに、やっぱり自分から問い詰めるのはかわいそうな気がする。それで、なるべくさりげない調子で、

「カシワギさんから電話あったよ」

桃嘉の表情が翳る。

「いいひとだね。ママの足、心配で、電話した」

桃嘉が顔を伏せる。雪穂はすぐにでも、あなたたちなにがあったのよ、と問いただしたくなるのだが、そうすることでただでさえ憔悴しているふうの娘を追い詰めることになると思うと、できなかった。

「……おなかすいた？　味噌汁あるよ。ごはんも」

桃嘉が顔を上げる。目に涙が溜まっていた。

「ママ、何も訊かないの？」

雪穂は一人娘の潤んだ瞳を見つめ返す。

「桃ちゃん、訊いて欲しい？」

桃嘉はうなずき、昨日の夜かれの同僚たちとごはんを食べたんだけど、と話し始める。

「そういうのは苦手だと何度も話してるのに、聖司さんは何かあるとわたしのことを呼び出して……わたし、あのひとの知り合いの前でいい顔をするのに疲れちゃった」

雪穂は拍子抜けする。それぐらいのことなら、夫婦喧嘩としては大したものではない。まったくこの子ときたら、と思う。

「桃ちゃん、いつもこう。いっぱい我慢して、爆炸《bào zhà》ね」

バオヂァ、と爆発を意味する雪穂の中国語を復唱した桃嘉の声が震える。

「わたし、ずっと我慢してたのかな」

真っ赤な目を不安そうに泳がせて、

「もう無理かも……」

と桃嘉は呟く。ムリ？　聞きおぼえがあった。

――もしかしたらわたしはすごく無理してるのかな……

雪穂は一昨晩、「子ども部屋」の前で感じた不安がよみがえるのを感じる。桃嘉の目からとうとう涙が溢れる。サンピィパで、血の気もほとんどない娘のようすが痛ましく、どうして、と雪穂は思う。いや、いつから、という思いのほうが先だったかもしれない。娘にたずねたいことが次々と押し寄せてきて、いつから我慢していたの？　どうしてずっと黙っていたの？　なんで何も言ってくれないの？　という意味の中国語と台湾語で雪穂は畳みかけてしまう。桃嘉は両手で顔を覆い、肩を震わせる。

（何も話さないから。桃嘉のこと、ママ、何にもわからない。どうしたらいいの？　心配なのに……）

　桃嘉にそう伝えたくて、桃嘉のことばでそう言おうとして、雪穂は必死になって日本語を探す。

「言えば、いい。桃ちゃん、つらい。かなしい。ママに、言えばいいのに。どうして桃ちゃん、ママに、何も、言わない？」

　やっと出てきた日本語だった。すると、桃嘉はまたしてもつくったような弱々しい笑みを浮かべる。

「言えないよ。ママを心配させたくないもの」

「あたしに、心配させたくない？」

　桃嘉がうなずくと、雪穂はいよいよ耐え切れず、母語が堰《せき》を切ったように出てくる……

どうしてよ、心配ぐらいさせてよ、娘を心配しない母親がこの世のどこにいるというの、あなたがひとりぼっちでつらいほうがあたしはよっぽど悲しいんだからね、ねえ何があったのよ、どうしてそんなにつらいの、何を我慢してるの、頭が痛いのもずっと治らないんでしょう……まくしたてながら雪穂は、この子が小さかったときからずっと、こんな喋り方でしか自分の気持ちを伝えられなかった、と思う。日本語では、まにあわないのだ。

「カシワギさん知ってる？」

やっとまともな日本語が出てくる。うつむいていた桃嘉が、顔をあげる。雪穂は続ける。

「桃ちゃん、こんな苦しい。カシワギさんにちゃんと言った？」

つかのま、ためらう気配はあったが桃嘉は首をふる。その頬を、また涙がつたう。雪穂は娘を抱きしめた。あなたがこんなふうに悩んでたらあなたの夫だってきっと胸を痛めるわよ、と囁く自分のことばが何語だったのかはもうおぼえていない。雪穂の胸の中で嗚咽しながら桃嘉はいやいやをする子どものように首をふる。雪穂は狂おしくなる。この子ときたら、自分の夫に余計な心配をかけまいとひとりで何もかも抱え込んでいるにちがいない。

——精いっぱい、桃嘉さんを幸せにします。

あの日、カシワギに何かと気を遣っていた桃嘉のようすを雪穂はうら哀しい気持ちで思い出す。

「……さっき、カシワギさん、桃ちゃんにまた連絡すると言った」

桃嘉はしばらくの間、返事をしなかった。

「桃ちゃんのこと、心配してると思う」

桃嘉はやはり長い間、返事をしない。自分だって身におぼえはあると雪穂は思う。茂吉の優しさに甘えるしかない自分が情けなくて、いっそ茂吉から距離を置こうと思ったことはある。もっとも、どこにも行くあてがなく、実行はしなかったけれど。だから雪穂にはよくわかる。今の桃嘉には自分の気持ちを整理する時間が必要なのだろう。

「桃ちゃんのほうから連絡したら？　きょうは、ママのところ泊まる。カシワギさんに、そう言ったら？」

ようやく桃嘉が、いいの？　と反応してくれる。

その夜、雪穂の湿布を貼り直しているときに、桃嘉はさりげない調子で切り出す。

「聖司さんが話をしたいと言うの。それで色々考えたのだけれど、明日かあさって、かれにうちに来てもらってもいいかな？」

うちに？　思いがけない提案に雪穂は驚く。桃嘉は顔をあげると、ここがいちばん安心だから、と懇願するような目で言う。

「べつにいいけど。そしたら、その間、ママは出かけてたほうがいい？」

「ううん。ママも家にいてほしい。聖司さんとはわたしの部屋で話をするから……」

カシワギは、その翌々日の土曜日にたずねてきた。結婚式や桃嘉が新居に引っ越しする準備をしていた頃は頻繁に顔を合わせていたが、思えば一年以上も雪穂は婿と会っていない。ごぶさたしております、と雪穂に会釈するカシワギはあいかわらずだったが、さすがに若干の緊張が見える。それもそうだろう、と雪穂は思う。何しろ、妻が「家出」したのだから……桃嘉は一泊の予定で帰ってきた日も含めれば、雪穂のところですでに四泊もしていた。カシワギと一緒に桃嘉があの子たちの家に帰ることになるのなら、母親としては胸を撫でおろせると雪穂は思う。お茶を、とカシワギに言いかける雪穂を桃嘉はさえぎる。

「ママ、いいの。聖司さん、こっちへ」

ずいぶんな口調である。雪穂は自分の娘がカシワギに失礼を働いているようではらはらする。が、とうのカシワギはふたたび雪穂に一礼すると桃嘉に促されるまま「子ども部屋」へと入っていく。

カシワギがはじめてこの家をおとずれた日も、結婚前提とはいえどカレシを自室に招き入れる娘を奇妙なこそばゆさとともに見守った。あのときのふたりは数分もせずに雪穂と茂吉のいるこのリビングに戻ってきた。今回はどうなることやら。時計を見やると、十一時を少し過ぎたところである。カシワギさんのお昼は？　と前の晩にたずねたときも桃嘉は、いらないよ、とにべもなかった。でも、と雪穂が言うと、かれもいらないって言うと思う、と断言する。

（だからってお茶も飲ませないなんて）

雪穂は戸棚から客用の湯呑を取り出し、桃嘉の分とともにお盆に置く。急須にお湯を注ぎながら、わたしはずるかったの、と言っていたときの桃嘉の妙に思い詰めた顔つきを思い出す。ずるい？　雪穂が訝しがると桃嘉は言った。

――就職、ぜんぶ、失敗して、みじめだったの。だけど、そんな自分でも結婚ならできるんだって。聖司さんが相手なら、誰に対しても恥ずかしくないって。だからわたし、結婚を急いでしまったんだと思う。パパの言う通りだったの。

雪穂が、パパ？　と聞き返すと、

――パパ、言ってたじゃない。そんなに結婚を急ぐ必要があるのかって。桃嘉は結婚に逃げようとしてるだけなんじゃないかって。

おそらくそれが、母親の前で泣き崩れたあとにあの子がひとりで考え抜いたとりあえずの結論なのだろう。雪穂は何も言えなかった。いや、急ぎすぎた結婚だったとしても、今、幸せならそれで充分じゃないの、と言ってやりたかったのだが、サンピィパの娘の青白い顔を見ていたらそうは言えなかった。

（夫婦の問題はふたりで乗り越えなくちゃ）

「子ども部屋」のほうを意識しながら雪穂はテーブルにつくと自分の湯呑にお茶を注ぐ。聞き耳を立てたところでここからでは何も聞こえない。それでも雪穂はテレビなどをつける気にはなれず、しんとした家の中でお茶を啜る。どれぐらいそうしていただろう。急須が空になり、もう一度お湯を沸かそうとしたときだ。「子ども部屋」のほうから、大きな音が響く。次の瞬間、なんでだよ、という婿の怒鳴り声が聞こえてきて驚いた雪穂は持っていた湯呑をシンクに落としてしまう。ひびが入ったかもしれないがかまわずそのままにして、「子ども部屋」のほうへと急ぐ。閉まったドアのむこうでどたばたと音がするのを聞きながら雪穂の心臓は早鐘を打ち始める。ためらいながらノブに手をかけると、はなしてよ、という娘の声がする。雪穂はたまらずにドアを開ける。ベッドに押し倒されてもがく桃嘉の姿をまのあたりにし、一瞬、頭が真っ白になる。なにしてるの、と雪穂が叫ぶと、娘のうえにのしかかっていたカシワギの動きがぴたりと止まる。なにしてるの、と雪穂は繰り返す。カシワギは体勢を整えると、ゆっくり立ち上がる。桃嘉も桃嘉でベッドに座り直す。雪穂は呼吸が浅くなるのを感じる。不穏な沈黙を破ったのは娘の低い声だ。

「……とにかく、きょうはもう帰って」

　桃嘉というよりは雪穂の視線を意識する調子でカシワギも、

「そうしたほうがよさそうだね」

と乾いた声で言う。そそくさとコートとマフラーを手にするカシワギを雪穂は半ば呆然と眺める。

「お義母さん、失礼しました」

雪穂はとっさに身をよけてカシワギが桃嘉の部屋から出てゆけるようにする。桃嘉を見やると顔を伏せたまま、夫のほうを見ようともしない。娘と婿を交互に見やったあと、雪穂もよろよろと「子ども部屋」から出る。すぐにしゃがんで靴を履いているカシワギの後ろ姿が目に入る。いつのまにかコートもちゃんと羽織っている。雪穂の気配を感じたのだろう。カシワギは立ち上がるとこちらを振り向き、

「きょうはおじゃましました、あの……」

雪穂は一瞬、先ほどの信じがたい光景について娘の夫が何か言い訳でもするのかと身がまえた。しかしカシワギはまるで何もなかったかのように、

「捻挫、お大事になさってくださいね」

口元だけで笑う。

ドアが閉まって数秒後、ようやく娘も部屋から出てきて雪穂の隣に立つ。

「……話しあいに失敗しちゃった」

ひきつった笑みを浮かべる桃嘉の目が充血している。雪穂はまったく笑えなかった。

「よくする？」

「え？」

「カシワギさん、喧嘩のとき、よく、ああする？」

桃嘉の顔から笑みが消える。雪穂は唐突に、ここがいちばん安心だから、と言っていた

桃嘉のことばが意味することを理解して眩暈をおぼえる。

――よく聞くのよ、秀雪《シュウシェ》。どんなに立派そうにしていても、あなたのことを大きな声で脅したり、叩いたり殴ったりすることで従わせようとする男のひとを好きになったらだめよ。

遠い昔、雪穂の母は言った。

――守ることと、力でねじ伏せることは全然ちがうことなのだから。

母は、四人の娘が順番に初潮を迎えるたび、とくとそう言い聞かせた。それなのにわたしは、たったひとりの娘にそれを教えるのを忘れていたようだ。喧嘩なんて、と暗い声で桃嘉は言う。喧嘩でしょ、と雪穂の声も暗くなる。つかのまの沈黙のあと、あのね、と桃嘉は切り出す。ん、と雪穂が促すと、わたし離婚したいの、と娘は言った。リコン、という響きが、雪穂の耳には母国語の離《lí》婚《hūn》よりも軽やかで、涼やかにすら感じられた。

「聖司さんにそう言ったら、興奮させてしまって、それで……」

わたしの娘にあのような乱暴なふるまいをしたというのか。雪穂は次のことばが出てこない。

「……ママも、離婚なんてよくないと思う?」

雪穂は桃嘉の顔を見る。

「また逃げるのかって呆れてる?　結婚も、離婚もそんなに簡単にしちゃいけないかな、やっぱり……」

それでも雪穂がまだ口を利けずにいると、

「わたしが離婚なんかしたら、ママ、かなしい？」

この期におよんで、まだそんなことを言っている。

——とてもつらい。逃げたい、あたりまえ。逃げるは、どうしていけないの？

チレ・ギンナァ（なんて子なの）、と嘆く自分の声が震えていた。桃嘉の表情もこわばる。雪穂はぽろぽろと涙を流しながら、なんであたしがかなしいの、苦しんでいるあなたを見るのがあたしはかなしいの、ママはあなたのしあわせが一番なんだからね……日本語で言いたいのに興奮のあまり中国語と台湾語が混じってしまう。いつのまにか桃嘉も、ママごめんね、ごめんなさい、と泣いている。母娘でひとしきり泣いたあと、

「パパはどう思うかな」

「え？」

「わたし、パパの反対を押し切って、さっさと結婚して、それで、離婚しようとしてて……パパ、呆れないかな」

なにいってるの、と雪穂はまたしても先に母語が出てしまう。いったいいつ、あなたのパパがあなたがやろうとすることに反対したことがあるっていうのよ、と娘をなじる口調になる。あなたのパパはそんな父親ではない。わたしの夫は、茂吉さんは、そんなひとで

はない。桃嘉が自分で決めたことなら、驚きこそすれ、責めたりはしない。

（だいじょうぶ）

数日後、娘夫婦はふたたび自分たちの今後に関する話し合いの場を持った。カシワギが予約したレストランの個室で、どうにか結婚生活を継続したいとカシワギは訴えたが桃嘉の決意は揺らがなかった。場合によっては裁判にもつれこむのも桃嘉は覚悟していたようだが、レストランでの話し合いから二日後、カシワギは桃嘉のギャラリーをおとずれて捺印済みの離婚届を置いていったという。

こちらも証人がいるとは知らなかったね、と茂吉が呟く。前回――婚姻届――は、両家の父親が保証人になったが、今回はカシワギの父親の代わりに雪穂が茂吉とともに署名する。両親のサインが入った離婚届をタカラモノでも手に入れたかのように桃嘉は抱き留め、その日のうちに役所に提出してくるといって出かけてゆく。数時間後に帰宅すると、やっと自分自身に戻れた、と満面の笑みで言う。雪穂は夫と顔を見合わせる。

「柏木桃嘉、ずっと他人みたいだった。わたしの名前はやっぱり深山桃嘉なんだな」

# 第五章　あるがままのわたしたち

——二〇〇六年、東京　桃嘉——

　小春日和だ。予定よりも早く倉庫の整理を終えられたので、一駅分歩くつもりで桃嘉は最寄りの地下鉄駅には寄らず、堤防のほうへとむかう。川沿いに小さなスタンドがあったので、コーヒーを一杯買う。焙煎《ばいせん》中の芳《こう》ばしい香りの中で少し待たされたあと、砂糖もミルクも不必要だと伝えると店主らしき白髪の女性が魅力的な微笑を浮かべる。

　空が、すがすがしいほど輝いていた。この季節がいちばん好きだ、と思う。子どものときからずっとそうだった、とも思う。それから、一年前はこんなふうに感じる余裕もないほどだったのだ、と思いいたる。いや、もっとさかのぼれる。桃嘉と聖司が結婚式を挙げたのも、この季節だった。

(俺、桃嘉が奥さんでよかったよ)

　わたしはもうあのひとの妻ではない。

「我姓深山、我的姓不是柏木」

風がそよぐ。飛行機雲が延びてゆくのが見える。やはりこんなふうによく晴れた日に、ほら桃ちゃんはママとあれに乗って台湾に行ったんだよ、と父が空を指さしながら言ったことがある。フェイジー、フェイジーと桃嘉ははしゃいだ。桃ちゃんは飛機《fēi jī》の発音がうまい、と母が褒める。飛行機《ひこうき》、とおぼえる前に、飛機《fēi jī》のほうを桃嘉は先に知ったのだ。そういうことばは、ほかにも色々ある。

タンツ、ツァオツ、マオダン、ベイツ……食べ物なら、ヤーダン、ルオボウ、それにファンベー。こないだ、日中辞典をめくりながら、音でしか知らなかった中国語の「答え合わせ」をするのに夢中になったばかりだった。

汤匙《tāng chi》（スプーン）、叉子《chā zǐ》（フォーク）、毛毯《máo tǎn》（毛布）、被子《bèi zi》（布団）、鸡蛋《jī dàn》（卵）、萝卜《luó bo》（大根）。ファンベーがみつからないのでふしぎだと言ったら母に笑われた。

――ファンベー・ンーシー、テョンブン！

ファンベーは、中国語ではない。台湾語だった。母の話すことばのどこまでが中国語でどこからが台湾語なのか区別をしないまま、二十五歳にもなってしまった。そのことで母とひとしきり笑い合ったのだが、ママのせいじゃないの、とにらむと、

――あら。だって、桃ちゃんが中国語を勉強するなんて、ぜんぜん想像していなかったもの。

母は嬉しそうに言った。考えてみたら、母は一度も、中国語もちゃんと話せるようにな

りなさいと言ったことがないと桃嘉は思う。近頃の桃嘉はよく想像する。伯母たちによれば母の国に永住するつもりだった父の〝栄転〟がもう少し遅ければ、自分は台湾でうまれたかもしれない。そう思えば思うほど、中国語の辞書をめくったり、発音の練習にいそしむのが楽しくなってくる。一連の作業が、桃嘉の中に半分あるはずの台湾人の部分を徐々に目覚めさせることと繋がっているような気がする。

——桃ちゃんが、台湾人になっちゃったかと思った！

今さら、台湾人になれるとはさすがに思わない。それでも、自分の中国語が少しでもましになれば、台湾に行ったときにほかのひとたちとの意思疎通がもっと楽になるはずだ。桃嘉は、淡水河の畔で伯母たちと散策するあいだ、ギリグァラギリグァラとさえずるように喋り続ける伯母たちの話が、半分もわからなかったことがもどかしかった。台湾語はさておき、せめて中国語がわかるのなら、父と母が出会った頃の話も、母がうまれる前の祖母の家出の話も、もっと細やかに理解できたはずなのに、とくやむ思いもあった。

（まあ、あの伯母たちのことだ。喜んでいくらでもまた話してくれるだろう）

——父さんに、自分の心を直視して欲しかったの。そうね、あたしやあんたたちが自分にとってどれほど大事なのか、目を覚ますのを待っていたんだわ。

風が吹く。木漏れ日の中で、桃嘉は少しだけ足を速める。まだ時間はたっぷりとあるが、マサトの遠い親戚——確か、大叔父の孫娘の配偶者とかいっていた——にあたるギャラリーのオーナーが夕方に顔を出す予定だった。最初の一度こそマサトに頼まれてピンチヒッターのつもりで展覧会の会場案内をつとめたギャラリーだったが、茜との台湾旅行から戻ってまもなく、桃嘉は週に二回から三回ほどアルバイトをするようになり、この秋にはとうとう、契約社員に昇格した。今では、来客の応対や設営の手伝いにとどまらず、展示に関する企画の段階から立ちあわせてもらえることもある。ちょうど次の春には、台湾の若手アーティストの作品を展示することが決まったばかりだった。オーナーのその決断には、少なからず桃嘉の意見が反映されていることも自負している。桃嘉が通訳や翻訳を担当するわけではないが、遠からず台湾のアーティストたちを迎えるのなら、それに備えておくに越したことはない。以前から気になっていたギャラリーの近くにある中国語専門学校の入門講座に通うことを決めたのは、そんな理由もあった。

「我姓深山、叫深山桃嘉……」

　自分の名前なのに、Shēn shān Táo jiā と呟くたび、例の、台湾人になっちゃいそうなあの感覚が募るようで楽しくなる。

　離婚について報告したとき、これからも柏木さんと呼んだほうがいいかな？　とオーナーに訊かれた。いいえ、と桃嘉はきっぱり宣言した。今ではギャラリーでも、深山、と呼ばれている。今となれば、自分も「柏木」と名のっていたことがあるのは嘘みたいだと桃嘉は思う。

――バイムー、ションスー……

母が呟いていた。柏木聖司《Bǎi mù Shèng sī》。聖司から告白されて、そのことがサークルのメンバーたちにも周知となって数週間ほど経った頃のふたりが写ったポラロイド写真を、桃嘉は部屋のコルクボードに飾った。それだけだとあからさまなので、ほかの人たちとうつっている写真や、中高時代の仲間たちと作っていたミニコミのために描いた絵をポストカードに仕立て上げたものなどにまぎれこませた。掃除機をかけるために「子ども部屋」に数日おきに入ってくる母に、気づいてもらいたい気持ちと気づかれたくない気持ちがせめぎあっていたのをおぼえている。

――桃ちゃんカレシいるのね。

母にたずねられたときは、覚悟は決めていたものの、緊張した。それでも平静を装いながら、母が浴びせる質問に答えていったのだ。いつから？　大学の人？　年はいくつ？　名まえは？　一か月ぐらい前かな、そう、大学のサークルの先輩でわたしより二歳とうえなの。カシワギ、カシワギセイジ。

――カ、シ、ワ、ギ……

母のために桃嘉はメモ用紙に、柏木聖司、と書いてみせる。そのとき母の口から聞こえたのが、Bǎi mù Shèng sī だった。わたしの夫だったひとを、母は最後までカシワギさんと呼び続けたと桃嘉は思う。

――カシワギさん、喧嘩のとき、よく、ああする？

殺風景な役所の窓口で、深山茂吉の「長女」に戻った自分の戸籍を目にしたときは、「柏木聖司」の「配偶者」でなくなることで、柏木家との縁も切れたことを意味するのだとあらためて気づき、見えない鎖が突然外れた気がした。

（あのひとたちとも二度と会わなくていいんだ）

中高時代の友人たちには、一年五か月で終止符を打った結婚生活の短さを驚かれたものの、

――桃ちゃんがそう決めたんなら、あたらしい門出だね。

とばかりに、おおいに祝してもらった。

――それに、今のほうが元気そうに見える。実はあたしたち、ちょっと心配してたんだ。桃ちゃんなんだかやつれちゃったねって。

茶目っ気たっぷりに、今だから言えるんだけどね、と友人たちが口を揃えるので、やっぱりそうだよね、と桃嘉は苦笑する。

――あんなひとでしょ？　わたし、運命のひとだって思いこもうとして、無理してたの。それが失敗の原因。

皆が声をたてて笑う。茜は皮肉めいた苦笑を浮かべていた。

桃嘉は自分の言おうとしていることが聖司に何ひとつ伝わっていないと突きつけられる

ときの絶望感を今もまざまざと思い出せる。

――お金のことは気にするなよ。奥さんと子どものために稼ぐのは、男にとってあたりまえのことなんだからさ。

聖司は、自分にとってのあたりまえは、誰にとってもあたりまえなのだと信じて疑わないひとだった。聖司を知る大学時代の知り合いたちの反応は、茜たちとはやはりちがった。

――聞いたよ。大変だったね。

大変？　同情を寄せるそぶりの知人たちに、桃嘉は、あのまま自分をだましながら生きてゆくほうがよほど大変だったはずだとはいちいち説明しない。

（あんなひとと離婚するなんて、もったいない）

どんなふうに噂されているかは、だいたい予想がつく。だれにどう思われようが、桃嘉はべつに気にならなかった。自分は、人生に躓《つまず》いたのではない。むしろ、躓きそうになっていたところをどうにか立ちあがったのだ。

桃嘉が聖司と別れた時期と前後して、茜もマサトとの同居を解消するための準備をしていた。今のふたりはもう「恋愛関係」にはない。きらいになったわけじゃないの、と茜は言う。そのほうがお互いのためだと判断したんだ、とマサトも言う。

――自分たちは距離が近すぎた。最後は、顔を合わせれば不毛な口論ばかりしていた。他人になった今のほうが、よっぽど有益な対話ができている。

桃嘉には、あいかわらず眩しいふたりだった。自分と聖司は対話どころか、口論すらほとんど成立したことがなかったと桃嘉は思う。台湾旅行から帰宅した日の夜もそうだった。桃嘉を迎えた聖司は、嫁の不在を知った義母が息子のために真純だか愛実だかに届けさせたおかずをたいらげながらすでにほろ酔い状態だった。上機嫌の夫が桃嘉はむしろこわくなる。はたして、シャワーを済ませてから寝室に戻ったとたん、会いたかったよ、と息を荒くした聖司に抱きつかれる。待って、と桃嘉がもがいても、すこしだけ、と言って桃嘉のパジャマをたくしあげようとする。聖司の指が下着にもぐりこむ寸前、桃嘉は自分に覆いかぶさろうとする相手を全力を振り絞って押しのける。聖司は一瞬、あっけにとられる。その隙をつき桃嘉が大急ぎで電灯をつけると聖司は眩しそうに、なんだよ、と眉間に皺を寄せる。今しかない、と桃嘉は覚悟をし、話したいことがあるの、と夫に懇願する。できるなら、台北の夜景を眺めながら覚悟したひとつひとつのことを順番に話したかった。ほんとうならば、そうするべきだった。でもあのときは、聞くからなるべく手短に済ませてくれ、と言わんばかりの態度である聖司にむかって、乱暴なのはいやなの、と訴えるので精いっぱいだった。クリスマスの夜お風呂場で無理やりされたときはこわくてたまらなかった、と説明するあいだじゅう聖司は神妙な顔をしていたが、ことばに詰まった桃嘉が思わず涙ぐむと、ごめんな、と呟いた。桃嘉は聖司を見る。聖司はほほ笑み、桃嘉を抱きよせると囁いた。

――これからは、ちゃんと優しくするから……

ちがう。桃嘉はまたもや絶望をおぼえる。放心していると、聖司は桃嘉の首筋にゆっくりと唇を這わせはじめる。まるで、そうすることが優しいことなのかのように。電灯がつけっぱなしであるのを気にしながら桃嘉は、きょうは失敗だ、とあきらめて聖司のされるがままになる。次こそ、たとえ口論になったとしても自分の気持ちをしっかりこのひとに伝えよう、と誓う。しかしその後、ギャラリーで働かせてもらえることがばたばたと決まり、結局、あの日までずるずると過ごしてしまったのだ。

――カシワギくん御自慢の奥さん、どんな子だろうって思ってたけど、想像通りだね。

母のもとに一泊した翌日の夜のことだ。名古屋から東京に戻ったばかりの聖司に呼び出された桃嘉は、気がすすまないながらも聖司の会社の人たちと食事をすることになった。ギャラリーから駆け付けたので少し遅れたのだが、到着したとたん、注目を浴びてしまった。

――うわあ、噂どおりの女の子じゃん。

――いいなあ、こんな奥さん、あたしも欲しい。

それまでも聖司につきあって、中高一貫の私立高校を出たかれの友人たちや同級生が主催するバーベキューや、花見、大小の規模のクラス会などに参加することは何度かあった。人見知りもあり、よく知らない大勢の人々が集うような場所に出入りするのが桃嘉は元々あまり好きではない。それでも、聖司が望んでいるとわかるので、かれの彼女——結婚してからは妻——として、極力、場になじむ努力をした。

あの夜も、はじめこそ桃嘉は、夫のためになるべく愛想よく、にこやかにふるまおうと努力していた。

——あーあ、あたしもこんなふうにうまれてたら、すぐ結婚できたのに。

今思えば、義妹だった真純と少し似た雰囲気の女性だった。聖司の上司にあたる彼女は、はじめからどこかつっかかるような調子で接してくるところがあったと桃嘉は思う……お酒が弱いって顔してるもん。そうそう絵を描くんでしょ、かわいい趣味だよね。そりゃあカシワギくんも夢中でしょ。お似合いでうらやましいな。むかしからあたしは男の中にまじってるほうが楽な気質でさ。ううん、ぜんぜんモテないよ、だってあたしはつい男のひとを論破しちゃうから。男のひとに愛されるカシワギくんの奥さんみたいな女の子が羨ましい……桃嘉は内心辟易《へきえき》した。

（こんなことの、いったい何が楽しいんだか）

それでも、はじめは軽蔑の念を顔には出さないようにしていた。傍《はた》から見たら自分もそれなりに楽しそうに見えるのだろうと思った。いつも、こうだったと思った。いつも、聖司の彼女として、妻として、大勢に囲まれると桃嘉は無理をしてでも楽しそうにふるまってきた。笑顔をつくりすぎて、頬の筋肉が痛むことすらあった。けれども聖司の古くからの友人や知人のうちのたったひとりでも、ほんとうに親しくなれた人がこれまでいただろうか？　むなしさは、唐突におとずれた。そのときだった。

——そうそう、カシワギくんの奥さんってハーフなんでしょ？

甲高い声が響く。桃嘉は、自分の目の前にいる聖司の上司であるその女性を見つめ返す。

——えっと、韓国だっけ？　あ、台湾か。でも、ハーフっていってもアジア系だと見た目が同じだからちょっともったいないよね。

桃嘉は自分の耳を疑った。しかし相手はまったく悪気がないようなのだ。

——ほら、アメリカとかフランスとかとのハーフの子って、目鼻がくっきりしてて美人が多いもんね。やっぱ遺伝子の力ってすごいよね。まあ、カシワギくんの奥さんも可愛いけれど！

彼女がそう言うと、聖司の同僚である男たちや、聖司がふだん女の子たちと呼んでいる女性たちも笑った。はすむかいにいる夫のほうを桃嘉は見る。名古屋での仕事がうまくいったのか、上機嫌の聖司はワインを片手にいつもよりも頬を赤く染めていた。桃嘉と目が合ったとたん、満足そうにほほ笑みながらうなずいてみせる。その瞬間、何かがぷつりと途切れた。

（耐えられない）

人目を気にしていられなかった。突然立ちあがった桃嘉を、聖司の上司にあたる女性は驚いたように見あげる。その顔を品定めするように数秒ほど見つめてから、あなたの話すことは何ひとつ面白くありません、と桃嘉は言った。場が凍りつくのがわかった。慌てて腰をあげる夫の顔を見る気もしなかった。店の入り口で聖司をふりはらったときの、自分の指先が凍ったように冷え切っていたのをおぼえている。視界の端で、かれの上司や同僚たちが自分たちのようすをうかがっている。桃嘉、と夫だった人の声が懇願するよりは命令に近い口調だったのも忘れていない。もう無理、と小さく叫ぶ自分の声がどんな調子だったのかは忘れた。逃げるように、雑踏の中にまぎれこみ早足で歩きだしたことは覚えている。鞄の中で断続的に携帯が震えていた。聖司からの着信に決まっているので無視し続けた。駅に着いたあとは、聖司と住んでいるマンションの方向ではなく、実家にむかう路線のホームを目指した。人の少ないホームの端にたどり着いてから、やっと立ちどまり、電車を数本見送りながらしばらく泣いたあと、母の待つ家に帰った。

　聖司が、母に電話を寄越すとは驚いたが、よく考えてみたら元夫にとってわたしの行き先の心当たりはそれぐらいだろうと桃嘉は思う。共通の友人など皆無に等しかった。母によれば聖司は母の捻挫のことも気遣ったという。かれらしい、と暗い気持ちで桃嘉は思う。

　母は娘婿に同情的だった。

　――桃ちゃん、子どもの頃からこう。いつも、なんにも言わずにずっと我慢して、突然、爆炸《bào zhà》する……そんなふうではあなたの旦那さまも戸惑うはずよ。だから桃ちゃん、心理を準備したら、ちゃんと話をするの。あなたたちは夫婦なんだからね……

心《xīn》理《lǐ》準《zhǔn》備《bèi》。母がよくする言い方だ。日本語に台湾語と中国語を織り交ぜるというおなじみの話し方で自分を説得しようとする母の声を桃嘉はほとんど上の空で聞いていた。

――カシワギくんの奥さんみたいな女の子が羨ましい……

このままでは、聖司や、聖司を取り囲む世界に呑み込まれて自分は消えてなくなるだろうと桃嘉は考えた。もっと正確に表現すれば、自分が望ましいと思う自分自身をいつまでたっても取り戻すことができないと思った。桃嘉は、とうとう認める。わたしがずるかったんだ。聖司のような男なら、職に就くことのかなわなかった自分の結婚相手として申し分ないと誰よりも思い込もうとしていたのは、ほかでもない桃嘉自身だった……離婚という文字が浮かんだときは、夫よりも先に両親――母の顔のほうが浮かんだ。あなたたちは夫婦なんだからね。母の目には翳りがなかった。桃嘉は母に言えなかった。自分の夫が聖司であることが苦しい。これからの人生も、聖司の妻やかれの子どもの母親としても生きてゆかなければならないのなら、自分は幸福というよりも、幸福なふりをしながら過ごすしかなくなるだろう。そしてそれはどちらかといえば不幸なことなのだ。

このままやっていく自信がないの、と告げると聖司は、急にどうしたんだよと口の片端をあげて笑った。桃嘉はまた悲しくなる。急じゃないの、ずっと考えてた、と応じるとようやく聖司の顔から笑みが消える。桃嘉は心理の準備をする。きっとこのひとは色々わたしに訊ねてくるはずだと覚悟する。そしたら桃嘉は、ふりかえってみれば年末から台湾旅行も経て、特にこの二晩で充分に考え抜いたつもりのことをひとつひとつ、聖司に洗いざらい打ち明けるつもりだった。聖司はしばらくうなだれていたあと、意を決したように口を開く。

――あの子に、何か言われたのか？

桃嘉は何のことかわからずきょとんとする。聖司が顔をゆがませ、桃嘉が台湾にいて不在だった休日にインターンに来ている大学生とふたりきりで食事をしたと告白しはじめる。あまりに予想外な展開で、桃嘉はあっけにとられる。聖司はぺらぺらと説明を続ける。その女の子は、桃嘉が「家出」するきっかけとなった食事の席にもいた。その場にいた女性たちの顔を思い出そうとして、桃嘉の呼吸は浅くなる。

――でも、信じてほしい。キスをしただけなんだ。それ以上のことはしなかった。

聖司の声色が真剣味を増すのとはうらはらに、桃嘉は自分の感情が急激に冷え込んでゆくのを感じる。

――あの子が何を言ったかわからないけど、信じないでくれ。俺のほうは何とも思っていないんだ。ただ、一回だけ会ってもらえたらあきらめるからと泣きつかれて、しかたなく食事をおごることにして……

桃嘉は首を横に振る。聖司はなおもとりつくろうように、

――あんな子に惑わされるなよ。俺には桃嘉が一番なんだから。俺が幸せにしたいのは桃嘉だけなんだよ。

あんな子。桃嘉はとうとう耐え切れなくなる。妻の顔色をうかがう顔つきの聖司にむかって、そうだね、と桃嘉は言う。自分の反応によって聖司の表情に希望のようなものが兆すのが桃嘉は心底腹立たしかった。

――そうなんだよ。あの子はなんでもないんだ、だから桃嘉は……

もう、うんざりだった。

――聖司さんは人気者だものね。

さすがの聖司も皮肉と気づいたらしい。なあ怒るなよ、と懇願するような声になる。桃嘉はそっぽを向き、わたしと別れたら、と呟く。

――みんな大喜びするんじゃないの。

もしも、それまでにたったの一度でも、言いたかったことが聖司にまともに通じたと感じられる経験があったのなら。あるいは、こちらの言わんとしていることをより正確に理解しようと努める姿勢を聖司に感じたことがあったのなら。おそらく桃嘉は、もっと聖司の話を聞いてみようと思ったかもしれない。けれども聖司の話を理解しようと努めるのはおろか、自分の本心を伝えるという気力を桃嘉はもはや失いかけていた。祖母が祖父と出会ったように、母が父と出会ったように、わたしも聖司と出会った。

（夫婦としてやっていくのに最も重要なのは、妻が言いたいことをなんでも言えること）

だからわたしも思いの丈をきちんと夫にぶつけよう。妻がそう誓っていた頃、聖司は、妻ではない女性に言い寄られ、一緒に食事をしキスまでしていた。そう思ったとたん桃嘉は、もう聖司に何も言いたくなくなった。

――なあ、こんなつまらないことで離婚とか言うなよ。

つまらないこと？　桃嘉はいよいよ聖司が信じられなくなる。それなのにこの期に及んで聖司は、例の思わせぶりな目つきになるのだ。

――わかってるだろ？　俺が愛しているのは桃嘉だけなんだよ……

愛している？　軽々しく言わないで欲しい。桃嘉は聖司をにらむ。なあ、と言いながら聖司は中腰になり、桃嘉の肩に手を触れようとする。その瞬間、そとにだすから、とねじ伏せられたときのことがよみがえり、桃嘉は聖司の胸を渾身《こんしん》の力で殴る。そのせいで体勢を崩した聖司は半ばベッドに上半身が倒れ込む恰好となった。桃嘉は立ちあがり、もう無理、と呟く。もうあなたにわかってもらおうとは思わない、もうあなたに話したいことはない、もうあなたとは一緒にいたくない、もうあなたが何も信じられない……それを声に出して言ったのかどうか実は記憶があいまいになっている。言った部分と言わなかった部分があるのだろう。いずれにしろ気が付いたときには桃嘉のほうが聖司に組み伏せられていた。

空っぽになった紙コップを駅のゴミ箱に捨てると、桃嘉は地下鉄の階段を駆け降りてゆく。ほかに乗客がいない構内に自分の靴音がリズミカルに鳴り響くのを聞くのが面白かった。二十分後には、いつものオフィス街に戻っていた。この街では、いかにも仕事のできそうなビジネススーツに身を包んだ男性が闊歩《かっぽ》する姿をよく見かける。

――お金のことは気にするなよ。俺は、桃嘉に甘えられるのが嬉しいんだよ。

今も、夫だったひとの寛大さや余裕、優しさといったもののことごとくが偽りだったとは思っていない。ただ、それをありがたく受けとめねば、と言い聞かせてばかりだった自分はやっぱり少々卑屈だったなと思う。

「守られていることと、力でねじ伏せられることは全然ちがう」

木漏れ日の舗道《ほどう》を抜けてギャラリーに戻ると、夕方に来るはずだったオーナーがもう来ていた。待ってたよ、と笑いかけられる。いつもながら、その表情は彼の遠縁にあたるマサトにどこか似ている。

「午前中の打ち合わせがひとつ、キャンセルになったんだ。それで、たまには皆と昼ごはんを食べようかと思ってね。そっちも早かったね」

「はい。図録の在庫は充分なので、週明けにはこちらに三十冊届くよう手配しておきました」

「安心した。さて、台湾料理と行きたいところだけど、この近くでいい店なら中華しか思いつかないな……」

スタッフのひとりが、餃子のおいしい店なら知ってます、と言うので皆で連れ立ってそこにむかうことにする。空はあいかわらず雲ひとつなく、風もさわやかだった。思いがけず餃子を食べられることになって桃嘉はうきうきとする。深山さん嬉しそう、とからかわれてしまう。

「深山さんがいるとやっぱり和むわね」

ここ数か月は、あれほど悩まされていた頭痛もほとんどせず快適に暮らしていた。桃嘉の人生はふたたび、動きはじめた。

*

日常業務とはべつに、台湾のアーティストたちを迎える準備でも忙しくしているうちに秋が深まってゆく。土曜日なのでオフィス街はふだんよりも人がまばらだったが、車窓から夕日が射し込む電車の中にはいそいそとした雰囲気が漂っていた。母には、あかるいうちには帰れるはず、と言って出てきたが改札を出る頃にはもう空がうす暗かった。顔を上げると冴え冴えと光る星が目に入り、妙に心が弾む。玄関を開けると、夕刊片手の父に出迎えられる。

「歓迎、歓迎」

とおどける顔が上機嫌そのものなので、有什麼好事兒（いいことでもあったの）？と桃嘉も中国語で応じる。

「李媽媽在做魯肉飯（ママがロバプンをつくってる）！」

父が言うのと同時に、玄関先まで漂ってくる芳ばしい匂いが桃嘉の鼻先をくすぐる。父と揃ってダイニングに入ると、鍋をかきまわしていた母がふりかえる。

「チョ、シン・エ、ペアキャア！」

　あなたたち父娘はほんとうにそっくりね、を意味するおなじみの台湾語が母の口からこぼれる。桃嘉と顔を見合わせた父の目が三日月のように細くなる。自分もたぶん、今、同じ表情をしているのだろうと桃嘉は思う。

「我甚至夢到的魯肉飯（ぼくが夢にまで見たロバプン）」

　淡水の祖父母の家をたずねるたび、父はそう言ったのだろうと桃嘉は想像する。桃嘉、父、母の順番で、それぞれ碗によそった白飯に、まだ湯気をたてている鍋の中の豚ばら肉をのせてゆく。別皿には茹でたチンゲン菜ではなく、パクチーが盛られている。桃嘉は母が香菜《xiāng cài》と呼ぶこの野菜のことが子どもの頃はクラスメートにつうじなかったと思う。香菜すらそうなのだから、八角など手にしようもなかったのだ。それが今ではどちらも、少し大きめのスーパーに行けば、八角どころか、クコの実や竜眼などといった、日本では買えないと母が嘆いていたものたちがずらりと並んでいる。

八角を一度使ったきりで処分してしまって以来、中華食材のコーナーを桃嘉は故意に避けてきた。ところが中国語の初回の授業を受けた日、母以外の人たちと中国語――といっても、まだ発音練習の段階に過ぎないのだけれど――を話したという新鮮さに後押しされるがまま、桃嘉は約一年ぶりに八角を購入したのだ。ほら、と桃嘉は買い物袋からややもったいぶって取り出したそれを母にむかってかざす。ああ、と母はことなげに言う。八《bā》角《jiǎo》ならママもよく買うよ、と予想とは異なる母の反応に桃嘉はがっかりする。なーんだ、ママも日本で八角が買えるの知ってたんだ。そりゃあね、教室でつかうし。そこではじめて桃嘉はとっくのとうに八角入り「魯肉飯《ロバプン》」のつくり方を料理教室の生徒たちに教えていたのだと知る。

――それなら、どうしてうちではいつも八角抜きのものをつくるの？

母は数秒ほどまじまじと桃嘉を見つめたあと、どうしてって、と苦笑いを浮かべて、あなたが台湾っぽい味がすると拒んで食べたがらなかったからじゃないの、と言った。そうだっけ？　そうよ。そんなことほんとに言った？　ほんと言ったよ。そっか。そうよ。あったほうが台湾っぽくておいしいのにね。ふふふ、よく言うよ。

「桃ちゃんの買ってきた八角たくさんあるから、毎週末、魯肉飯になっちゃう」

「ぼくは大歓迎だけどね」

「あたしもパパと同意見だな」

母の顔がほころぶ。桃嘉はふと思いつき、モキチサンとモモカチャンは李媽媽的魯肉飯《リーママデロバプン》が大好きです、と唱えてみせるのだが、桃ちゃん秀蓮《シュウリイエン》姉さんみたいな話し方すごくじょうず！　と母が大袈裟に感心するのでかえって照れくさくなる。

——モモチャンが母さんの魯肉飯をおいしそうに食べてるその顔ときたら、モキチサンそっくりよね。

伯母たちは誇らしげに語っていた。父は、淡水河の畔にある母の家をはじめておとずれたとき、祖母のつくった魯肉飯を三杯もおかわりした。

——あたしたち、あの食べっぷりを見たとたん、安心したのよ。このひとなら、台湾人を女房にしても大丈夫だって！

こういうの日本人の口には合わないよ。桃嘉はふと、聖司のことばを思い返し、うらさみしくなる。父だって、れっきとした日本人なのに。それから母のことがうらやましくなる。

——パパがいた。だからママ、日本に来た。

このふたりの子だから、わたしは結婚すれば自分も幸せになれると思いこんだのだろう。けれどもわたしとわたしの夫だったひとは、母と父のような夫婦ではなかった。

「ん？　どうしたんだ、桃嘉。ママの魯肉飯は涙が出るほどうまいのか」

桃嘉は、パパありがと、と目尻を押さえる。

「あのとき、ここはもともと桃嘉の家だ、桃嘉がここにいたければ、いつまでもいたらいいって言ってくれて……」

涙を拭いながら、両親がそっと顔を見合わせる気配を感じる。父が口を開く。

「そんなのあたりまえじゃないか」

父の声には揺らぎがなかった。

――いったいいつ、あなたのパパがあなたがやろうとすることに反対したことがあるっていうのよ。

母の言う通りだった。なぜ、母と父はこんなにもお互いを信じあえるのだろう？　父が、ここはきみの家だもの、と繰り返す。ん、と桃嘉はうなずく。安心して帰ってこられる家がなければ、聖司と別れることを自分はもっとためらっただろう。母がティッシュペーパーを箱から二、三枚ほど抜き取って桃嘉に手渡す。ありがと、と呟く自分の鼻声が情けない。そんな桃嘉にむかって、それに、と父はわざと声をひそめる。

「パパははじめからきみの結婚に反対だったんだ」

冗談とも本気ともつかない、父のおどけた口調が可笑しくて桃嘉は笑ってしまう。何もかもを、聖司のせいだったとは思わない。そんな聖司を選んだ自分のせいでもある。それらすべてを父はあえて呑みこんでくれる。思いがけず感極まってしまったことへのこそばゆさもあいまって、あたしったら、と言う。見る目がなかったな、と言いかける桃嘉をさえぎって、よかった、と母が呟く。

「桃ちゃん、帰ってきてよかった。ママ、安心した……」

母の声も涙ぐんでいた。やだママ泣かないでよ、と今度は桃嘉があわててティッシュペーパーの箱を母に差し出す。おいおい今度はきみか、と父は口では呆れた調子だったがほとんど迷わずに母の肩を抱きよせる。

「桃ちゃん、リコンする前、サンピィパだった。ママ、すごく心配。桃ちゃん、どんどん痩せる。でもいつもだいじょぶと言う。桃ちゃん、無理してた。サンピィパで無理するをやめて、ここに帰ってきてくれて、よかった。ほんとうによかった……」

父に背中をさすられながら、母は両手で顔を覆う。

——あなた何も言わない。何も話さない。桃嘉のこと、気持ち、ママ、なんにもわからない。どうしたらいいの？　心配なのに……

ずっとむかしも、母をあんなふうに泣かせたことがあると桃嘉は思う。学芸会の準備にかまけすぎて、バーソーのおむすびを食べ損ねてしまったときのことだ。あの頃も自分は痩せっぽちだった。父と目が合う。父娘で微笑み合ってから、ママ、と桃嘉は呼びかける。

「泣かないで。李《リー》媽《マ》媽《マ》的《デ》魯《ロ》肉《バ》飯《ブン》が冷めちゃうよ。あたし、おなかぺこぺこなんだから……ほら、パパもおあずけになってる」

「オアズケ……」

そんな状態でも、耳新しい日本語を聞くと反射的に復唱する母が可笑しい。きっと父も同じことを考えている。

「ほら見て。ぼくらの大事な娘はちっともサンピィパじゃないよ。どちらかといえばプイプイになってきた？」

　母の顔にも笑みが戻る。両親に見つめられながら桃嘉は頬を撫でる。

「やだなあ。ちょっと気にしてたの。こっちに帰ってきてから、体重が増える一方なの」

「サンピィパよりいいよ。だって桃ちゃんはプイエだった。すごく可愛かった。パパも、おぼえてるでしょ？」

　母に同意する父の満面に笑みが浮かぶ。桃嘉はひとりで淡水をたずねたときに祖母が見せてくれた大判の写真を思いだす。母が航空便で祖父母に送ったその写真には、親になったばかりの頃の父と母が写っている。母の膝のうえにはまるまると肥った赤ん坊がいた。子どもは女の子で、茂吉さんが「桃嘉」と名づけた、と祖父母に知らせる母の手紙と一緒に祖父の書斎だった部屋にある文机《ふづくえ》の引き出しに仕舞われていた。

　――可愛らしいでしょう。わたしもあなたのお祖父さんも、この子に会えるのを首を長くして待っていたわ。伯母さんたちも、この可愛らしいプイエにいつになったら会えるのかしらって……

　まるまるとした赤ん坊を意味するプイエは、台湾語だ。ファンベーと同じ。日中辞典のどこを探しても見つかるはずがない。そう思って桃嘉は可笑しくなる。

月曜日と木曜日の夜に、入門講座に通いはじめて二か月が過ぎる。

この日、桃嘉は一番乗りだった。予習をするつもりで仕事を早々に切り上げて来た。教室の前の壁には、日本列島ではなく中国大陸が中心にある「世界地図《shì jiè dì tú》」が画鋲で留めてある。黒板の右端には、その日の日付と曜日が記されていた。「星期一《xīng qī yī》」は「月曜日」のこと。火水木金土は、「星期」のあとにそのまま、二、三、四、五、六とつければいい。ただし日曜日は「星期七」ではなく「星期天《tiān》」である。曜日のことを母は「星期一、二、三……」ではなく「禮拜《lǐ bài》一、二、三……」と言っていたが、それは台湾人特有の表現なのだと桃嘉はここに来てはじめて知る。中国語の教科書に出てくる表現と、自分が母や伯母たちが話すのをとおして知っていた中国語には、そのような違いがけっこうあるのだと桃嘉は知る。それでも、どちらも中国語ではあるのだ。ただ、英語にイギリス英語とアメリカ英語があるように、中国語にも台湾中国語やそうではない中国語があるのだな、と桃嘉は考える。何年か前、父の出張に同行して三泊の観光旅行から帰ってきた母が、上海は台北とそっくりで驚いた、と言ったときは母がなぜそんな感想を抱くのかよくわからなかった。桃嘉にとっては台湾も中国も中国語が話されている国なので、はじめから似ているはずだと思っていた。でも、ひょっとしたら母にとっての中国は、イギリス人にとってのアメリカや、その逆のようなものなのかもしれない、と桃嘉はあらためて思う。それからまだ誰も来そうにない教室で、星期一、と呟いてみる。大学生のとき以来、こんなふうに席に着いて授業を受けることも楽しかったが、中国語を習おうと思い立たなかったら、たぶん知らずにいたかもしれない台湾にまつわることを知るのも桃嘉は楽しかった。ミヤマ、ではなく、Shēn shān、と中国語で名前を呼ばれるのも新鮮だった。

——あたしたちみんな、あなたのお父さんを深山《Shēnshān》と呼んでたっけ。

父が呼ばれていた響きだと思うとまた格別な思いがあった。

中国語を、まったくの外国語としてあらためて勉強するようになってからは、伯母たち曰く、とてもじょうずだけれどすぐに日本人だとわかる中国語で、父が、母と話していたときのことを想像することも増えた。母はその頃、日本語がほとんどできなかったのだから、お互いに会話を交わそうと思うならそうするしかなかった。別々の言葉で生きていたふたりが、二十五年以上も一緒にいる。どうして、そんなことが可能なのだろう？　考えれば考えるほど桃嘉は、それはちょっとした奇跡だったのではないかと思えてしまう。

授業開始時刻が近づくにつれて、同級生たちが集まる。といっても、十人にも満たない。桃嘉のように近隣のオフィスに勤めている人たちと、年金生活者と口々に自称する快活な人たちが半々。語学学校全体の受講生には大学在学中の学生も少なくないそうだが、このクラスには大学生はいなくて、桃嘉が最年少だった。

「いや、ひょっとしたら百瀬老師《バイラオシー》のほうがお若いかもしれない」

と年金生活者である同級生のひとりが言う。そうね、と別の同級生が同意する。

「ほんとね。百瀬老師は、ぱっと見だけなら大学生といっても騙されちゃいそう」

「いや、まさか大学生ってことはないでしょう」

「とはいえ、せいぜい二十代半ばにしか見えませんね」

　中国語で「先生」は「老師《lǎo shī》」と言うのだが、桃嘉たちの老師はその字面とあまり釣り合わない若い青年だったのだ。そんなふうに噂していたものだから、授業開始のベルが鳴る寸前に教室にやってきた百瀬を皆が好奇のまなざしで迎える。

「どうしたんですか、みなさん。ぼくの頬にお米粒でもついていますか？」

　百瀬は教室を見渡す。最前列にいた同級生のひとりが、我有问题（質問があります）と挙手をする。百瀬が、请（どうぞ）、と促すと、

「您多大岁数了？」

　つい先日、練習したばかりのフレーズだ。百瀬が、中国語とはまったく関係のない質問ですね、と顔をほころばせる。そこで、秘密です、とごまかすこともできるはずなのに、

「我今年已经三十岁（わたしは今年でもう三十歳です）」

　百瀬は律儀にも自分の年齢を公表する。

　教室中がざわめく。もっとずっと若く見える、と誰かがその場にいる全員の意見を代弁すると、

「貫禄がないのが悩みです」

百瀬はひかえめに笑う。

「老師」という立場にもかかわらず、人生経験豊かな手ごわいシニアの受講生たちに、若く見えるのは日本では褒め言葉ですよ、とか、姿勢がいいから若々しく見えるんですね、と口々に言われながら頭をかく百瀬のようすはほほ笑ましかった。

「うちの甥っ子なんかまだ二十代半ばだけど、先生よりもずっとオジサンみたいよ」

母と同世代の同級生が言うのを聞きながら、確かに百瀬はちっともオジサンらしくはないと桃嘉も思う。

(聖司さんのほうがよっぽどオジサンっぽいや)

そう思っていたところ、教壇の百瀬と目が合う。百瀬ははにかみ、开始上课(授業をはじめます)、と皆に告げる。

百瀬から中国語を教わるようになってすぐの頃、桃嘉はやはり予習をしようと授業開始時刻よりも半時間ほど早いうちから教室にむかおうとしていたところを百瀬に呼びとめられて、台湾に住んでいたことはありますか、と訊かれたことがあった。ありませんが、と答えたものの、台湾になら何度も行ったことがあります、と桃嘉は言い添える。それだけではない。なんとなくその理由を説明する義務があるように、

――母が台湾人なんですよ。

とも続けた。そのことを打ち明けるたびによくもわるくも好奇の目で見つめ返された記憶が数知れないので、次にどんな反応をされるのか桃嘉はやや緊張した。ところが百瀬は桃嘉が予想していたようなこととはぜんぜん別のことを言った。

──ああ、やっぱりそうでしたか。どうりで、はじめて習いに来たとおっしゃるわりには発音がなめらかだし、それに、なんというのか……

つかのま言いあぐねたようだが、台湾風のイントネーションなので、と慎重な口調で説明する百瀬に、わかるんですか？　と桃嘉は訊き返さずにはいられなかった。

──桃ちゃんの中国語はモキチサンの中国語と似てきたねえ。

伯母たちはたぶん思ったままを口にしているだけなのだろう。父には申し訳ないながらもそう言われるたびに桃嘉は、自分の中国語はそんなに日本人っぽいものなのかと少しがっかりした。桃嘉は、できるなら中国語は母が話すように話したい気持ちがあった。だからこそ自分の中国語が百瀬の耳には台湾人っぽく響いているらしいことが嬉しかった。百瀬は、自分も台湾に一年ばかり住んでいたことがある、と言った。大学在学中に約一年間、交換留学生として台南《たいなん》にある大学にいたそうだ。

──こじんまりとした町で、ぼくには合ってました。たまに台北に行くと、都会すぎて目が回るんです……

その夜、中国語の先生は台南に留学してたんだって、お祖母ちゃんのところだよね、と母に話すと、お祖母ちゃんは台南ではなく高雄《ガオシオン》よ、と訂正された。きょとんとしていると、桃ちゃんの台湾地図には台北と台南しかないのね、と母がからかう。それでやっと桃嘉は、台湾の南半分が台南という名称で呼ばれているわけではないと気づく。高雄は高雄、台南は台南で別々の町なのか……と呟いていると、桃ちゃんときたら台湾のことをなーんにも知らないんだから、と母が笑う。だって、と桃嘉は口をとがらせる。ママがなーんにも教えてくれなかったんじゃないの。

＊

クリスマスが近づく。「祝你新年好（よいお年を）」という表現を百瀬から教わったところで、年内で最後となる中国語の授業が終わる。この日は、世話好きの同級生のひとりが、親睦の宴、といって刀削麺《とうしょうめん》がおいしいと評判の店を予約してくれていた。気のいい老若男女の同級生たちと円卓を囲むのは楽しかった。骨付きの鶏を丸一羽茹でた白斬鶏《バイジャンジー》——正確には、bái zhǎn jī、と老師である百瀬が皆に教えてくれた——との相性が抜群だというので、お酒にめっぽう弱い桃嘉も紹興酒《しょうこうしゅ》をほんの少しだけいただくことにする。蒸留酒は白《bái》酒《jiǔ》、醸造酒は黄酒と言います、と頬がほんのりと赤く染まった百瀬が説明する。白酒、黄酒《huáng jiǔ》、老酒《lǎo jiǔ》、紹興酒《shàoxing jiǔ》……中国語の響きはまるで詩のようだと桃嘉は思う。それでつい、お酒は、オサケ、と言うよりも、jiǔ、と言ったほうが酔っ払いそうな感じがしますよね、と桃嘉としては思ったままに呟いたつもりが、深山の発想はいつもユーモアがある、と皆に面白がられる。和やかな歓談が続くうちに、自分の母親は台湾出身なのだと桃嘉が打ち明けたのは自然な流れだった。すすんで中国語を勉強しているだけあって、台湾がどこにあるのか知らないひとはひとりもいない。台湾ではいったい何語が話されているのか、というおなじみの質問を浴びせてくる人もいない。それどころか、お母さんが台湾の方だなんてうらやましい、と口々に言われるのでこそばゆいほどだった。そういえば老師も台湾に留学してたのよね、と誰かが言う。ええ、と桃嘉たちの若い老師はうなずく。ちょうど総統選挙を控えていた時期なので熱気がすごかったのをよくおぼえています、と言う。選挙と言うと前回？　と別の誰かがたずねる。いや、前々回ですね……蔣介石《しょうかいせき》が中華民国政府を台北に遷都して以来半世紀にわたって台湾の与党として君臨してきた国民党が、その座を民進党に明け渡した年、台湾は台湾人のものであると訴えた総統――大統領――がついに誕生した瞬間をまのあたりにできた幸運を百瀬は語る。

「非常に感動させられました。ぼくも選挙集会には何度か連れて行ってもらったんですが、自分たちの国は自分たちのものである、と誇る台湾人たちの姿が、ぼくにはただ、眩しかった……」

桃嘉は、台湾人はどうして台湾語だけじゃなくて中国語も喋るの？　と母に訊いたことがあったと思う。まだ十歳にもなっていなかったはずだ。桃嘉のあまりにも素朴な質問に対して、そうねえ、と母は少し考えてから、

——中国語を話さないと、学校の先生がぶつからよ。

げんこつをつくって、どちらかといえば笑わせようとする口調で言ったので、うそぉ、と桃嘉は笑った。母はげんこつで桃嘉の額をやさしく叩き、

——チンギンア、ソーイー、グン・ロン・エヒャン、ゴン・ゴッギィ！

とやっぱり笑わせる調子で続けたのだ。

（ほんとよ。だからあたしたちはみんな中国語が話せるの！）

ずっとあとになってから桃嘉は、蔣介石という人が台湾の人々に中国語を喋らせたのだと知る。毛沢東との内戦に敗れて中国大陸を追われた蔣介石は、中華人民共和国が成立したあともそれを認めず、自分たちが治める中華民国こそが中華王朝を引き継ぐ唯一の政権であり、その国民こそが真の中国人なのだと主張し続けた。でもそれは蔣介石や彼が率いる国民党のつごうであって、中華民国の国民である台湾の人々の意思ではなかったのだ。

（我們一直都是台灣人）

淡水河の畔で、あたしたちはずっと台湾人だった、と秀蓮《シュウリイエン》伯母が言っていたことを桃嘉はぼんやりと思いだす。

今夜の幹事をすすんで務めた同級生が、大家、吃飽了吗（みなさん、満腹になりました

か）？と皆の顔を見まわす。伯母たちならモキチサンっぽいと言いそうな発音が好ましかった。桃嘉は自分が思いのほか満腹になっていることに気づく。飽了、飽了（食べた、食べた）と口々に言い合っていると、瑞々しいサクランボの艶やかな赤が印象的な杏仁豆腐が人数分、運ばれてくる。

宴がおひらきとなる。ほかのひとたちが駅にむかう中、ギャラリーに寄る桃嘉だけが反対の方向に歩き出す。三歩も進まないうちに、祝你新年好（よいお年を）、という声が響くので振り向いて手をふる。どの顔も上機嫌そうだった。入門講座は半年続くので、彼らとは年が明けたらまた会える。年の瀬なので、桃嘉たち以外にも忘年会のあとらしい人たちの群れが駅のほうにむかってゆく。寒かった。マフラーの中に首をうずめつつも、頬に吹きつける冷たい風は快いと思った。先ほど化粧室の鏡で見たら、想像以上に顔が赤くなっていた。確かに、肌はまだ火照っている。わたしはやすあがりでいいな、と桃嘉は可笑しくなる。紹興酒をほんのちょっぴり舐《な》めただけで気持ちよく酔っぱらえるのだから……酔っているとはいえ、べつに足取りがふらつくことはない。ちゃんと真っすぐ歩いている。つい最近も、リズミカルな自分の靴音を耳にして嬉しくなったことがあったと桃嘉は思いだす。あれはいつのことだったっけ？……深山《Shēnshān》、と聞こえる。一瞬、空耳かと思う。けれども桃嘉は歩く速度を緩めて、声がしたほうを振り返る。

「……老師《ラオシー》？」

息を切らした百瀬が、すみません、とはにかんでいる。立ちどまった桃嘉とむかいあうと、

「あの、ちょっと気になって……」

息を整える時間がもっと必要のようだった。桃嘉は鷹揚《おうよう》に待つことにする。もともと気分のいい夜だった。百瀬はすみませんを二度ほど繰り返し、

「さっきの話、ぼくは少々無神経だったなと反省していて」

「さっきの話？」

「ええ。あの、台湾についての……」

風が吹く。桃嘉はマフラーに顔をうずめる。百瀬は寒さをまったく感じていないように、

「台湾のことをあれこれ知ったような口で、喋ってしまったけれど、そのせいで深山がお気を悪くされてはいないかと思って、それで」

わたしのことを息を切らしてまで追いかけてきたのか、と桃嘉はようやく理解する。そして、可笑しくなる。くすくすと笑う桃嘉につられたのか、三十歳には見えない若々しい老師の顔にも照れくさそうな笑みがゆっくりと浮かぶ。

桃嘉はギャラリーに寄るのはやめて、駅までの道を百瀬と歩くことにする。クリスマス仕様の電飾がしつらえられた街路樹の傍らを歩きながら、気を悪くするも何も自分はそれ以前に台湾のことをほとんど知らない、と正直に打ち明ける。

「こないだも、母にからかわれたばかりなんです。あなたは台湾のことをなんにも知らないって」

百瀬は遠慮がちに笑う。祖母のうまれ育った町がある高雄を「台南」という地方の一部だったと勘違いしていたことはいくらなんでも恥ずかしく、わざわざ言わない。その代わりに桃嘉は、わたしなんかよりも、と続ける。

「百瀬老師のほうが台湾のことはよくご存じだと思いますよ」

「いや、そんなことは……」

風が冷たい。寒いですね、と言うと、ええ、と同意するものの桃嘉の目に映る百瀬はまったく寒そうではない。

「わたしは寒がりで、いつも母から笑われるんです。日本よりもずっとあたたかい台湾から来た自分は日本の冬でもぜんぜん平気なのにって」

百瀬は、なるほど、とやはり控えめに笑う。桃嘉はふいに知りたくなる。

「老師は、どうして台湾に留学したんですか？」

ええまあ、と口ごもったあと、特に立派な理由はないんですよ、とかれは頭をかく。

「大学生の頃、中国語をもっと勉強したくて語学留学しようとあれこれ調べていたら、ものすごくおおきなガジュマルの樹の写真とともに、その大学が紹介されていたんです。その学校が台湾の台南にあると知って、ものすごく心が惹《ひ》かれてしまって……」

「つまり、ガジュマルに惹かれて台湾に行ったということ？」

　ええ、とうなずくと百瀬は、

「すみません、のんきな話で」

　心からそう思った。素敵なきっかけだと思う。わたし、なんだか感動しました」

「ぼくも念願かなって、悠然とたたずむそのガジュマルをはじめてまのあたりにしたときは感動しました……ただ、それを植えたのが昭和天皇だと思うと複雑でしたが」

「え？」

　百瀬は、自分を台湾に導くきっかけとなったガジュマルの大木は、昭和天皇が皇太子だった頃に台湾を行啓《ぎょうけい》した記念として植えたものなのだと説明する。桃嘉は遠い記憶がよみがえる。あれは確か、昭和から平成に改元された年のことなので桃嘉は八歳だった。

　――あの方は、台湾にも来たことがあるからね。

　祖父は確かに、亡くなったばかりの天皇陛下を、あの方、と呼んでいたと桃嘉は言う。百瀬の話によれば、皇太子だった昭和天皇が台湾をめぐったのは一度きりだというから、祖父はそのときのことを言っていたのかと桃嘉は思う。

「わたし、母方の祖父母とはいつも日本語で話してました。祖父のほうはもう亡くなってるんですが。あるとき母に、なんでオジイチャンとオバアチャンは台湾人なのにあんなに日本語がじょうずなの？　と訊いたことがあります。母は教えてくれました。オジイチャンは昔、日本人だったのよって……」

母はそのあと、

——オジイチャンオバアチャンとちがう。ママは台湾人なのに、日本語、へた。わるかったね。

冗談めかしながら頬をふくらませたのだった。

「ということは、深山のお祖父さまは本省人なんですね」

「え？」

「深山のお祖父さまとお祖母さまはどちらも蔣介石の軍隊と一緒に戦後になってから台湾にわたったのではなく、日本統治時代の頃からずっと台湾にいらした方なんですね」

そういうことになる。父と初対面だった母が、ミヤマモキチ、と書いて周囲を驚かせることができたのは祖父が母にカタカナを教えたからだ。台湾人なのに日本語ができるからといって祖父が特別だったのではない。あの頃の台湾人は皆、学校に行ったら日本語を教わった。

「胸が痛みます。それはもとをただせば、日本人のせいなのですから」

「でも祖父は自分が日本語を話せることをすごく自慢に思ってたと母は言います。父が日本人だと知ったときも、それで反対することはなくて、むしろ歓迎したらしくて……」

百瀬は遠慮がちな笑みを浮かべ、あいまいにうなずく。紹興酒のせいで、今夜の自分は少し浮かれすぎているにちがいない。ふだんなら、あれこれ質問されても期待されているだろうことが答えられないうしろめたさもあって、台湾の話題をみずから長引かせるようなことはめったにしたことがない。それなのに今はどうしたことか、訊かれもしないのに、みずからすすんで喋っている。街灯に照らされた、自分とほんの五つほどしか年の変わらない老師にむかって、なんだか喋りすぎてしまいました、と桃嘉は言う。

「いや、ぼくこそ、つい聞き入ってしまって……深山のお祖父さまのお話、とても興味深いです」

それから百瀬は、自分の〝本業〟は博士論文を完成させることなのだと打ち明ける。専門は台湾文学。それも、日本統治期に日本語で執筆した作家たちの研究をしている。大学時代は史学科にいて中国近現代史を学んでいたが、ひょんなはずみでそうなった。

「台湾に留学中、寮の近くに文学館があって、そこに毎日のように通いました。勉強に飽きると、日本語に飢えていたのもあって、日本語で書いてあるという理由で片っ端から読むうちに、台湾人作家たちの作品にのめり込んでしまったんです」

特に、一九四〇年代に活躍した作家たちが書くものに夢中だった、と言う。となると、桃嘉がうまれる四十年ほども前の話だ。百瀬を惹きつけたという台湾の作家たちは、祖父より少し年上か、あるいは同年代の人もいるのだろうと桃嘉は思う。

——オジイチャンは昔、日本人だった。

それは、自分が想像するほど大昔のことではないのかもしれない。台湾人が日本人だっただけではない。その頃の台湾には、日本人もたくさんいた。

——わたしは日本人ではありません。台湾人です。

母がうまれる前、幼い伯母たちを連れて家出をはかったときの祖母が言ったということばが、桃嘉の脳裏によみがえる。基隆港から出る船に乗って日本に引き揚げるのだとまちがわれた祖母は、もはやここは我々のいられるところではなくなった、と話しかけられて、ちがう、と反発をおぼえる。自分は台湾人だ。日本人とちがって、ずっとここにいていいのだ。祖母はそう思ったのだろうか？

「……今度はぼくのほうがぺらぺらと喋りすぎたようですね」

桃嘉は我に返る。きっと、そうするのが癖なのだろう。老師が頭をかきながらほほ笑んでいる。いいえ、と桃嘉は首をふる。

「わたしも、百瀬老師の話が面白くて聞き入ってしまいました」

帰る方向が反対だったので、駅のホームに続く階段の前で別れなければならない。よいお年を、と言いかけて、祝你新年好、と言い直すと、桃嘉の中国語の老師もはにかむ。

空席がまばらにあったが桃嘉は入り口の脇で、窓に凭れかかるようにして立ち、ついさっき老師と歩いてきた街路樹が煌めきながら遠ざかってゆくのを見る。

——台湾人です……いいえ、この子たちの父親も台湾人です。

窓ガラスに映る自分自身の瞳を見つめながら、祖父の頭を冷やそうと幼い子どもを三人連れて淡水を飛び出し、南行きの列車に乗ろうとしていた祖母のことを桃嘉は考える。祖父だけではない。祖母もまた、ほんものの日本人と堂々とわたりあえるほどの日本語が話せる。

——遠いところをはるばる帰るんだものね、気をつけるのよ。

日本に帰る自分を見送る祖母の声を思い出しながら、桃嘉はもっと母の国について知りたいと思う。

*

年があらたまる。洗ったように眩しい冬の空の下、桃嘉は数年ぶりに父と母と初詣《はつもうで》に出かける。振袖姿の人々がちらほらまじる人波にもまれながらお参りしたあと、おみくじを引こうよ、と桃嘉は両親を誘う。父が、ぼくはいいからきみたちふたりでどうぞ、と百円玉を渡してくれる。母とふたりで、せーの、と開くと、なんと揃って大吉である。ダイキチ、ダイキチ、とはしゃぐ自分たちを見守りながら、これは幸先がいいね、と父の目が三日月のようになる。パパの百円だからパパもダイキチよ、と母は言い、桃嘉はその通りだと思う。

正月休みが終われば、めまぐるしい日々がふたたび始まる。台湾のアーティストたちを迎える準備も着々とすすんでいた。台湾から来日した翻訳コーディネーターとの打ち合わせは主に桃嘉が担当させてもらう。台湾人男性と結婚しているという彼女は桃嘉の母親が台湾人と知ると、うちの息子と逆ね、と言う。七歳になるという彼女の息子は、日本人である母親の中国語がときどきおかしいとからかうことがあるらしい。

「あたしはそういうとき、あんたは日本語ができないくせに、と言い返すのよ」

桃嘉は笑った。母も、同じことを感じていたかもしれないと思った。忙しくはあったものの、月曜日と木曜日の夜は欠かさず中国語を習いに行く。気のいい同級生たちと会えるのは良い気晴らしになったし、人生経験豊富なかれらが好きなことを言っては若き老師である百瀬を戸惑わせるようすもあいかわらず楽しかった。

ある日、やはり早めに教室で予習していると、百瀬が顔をのぞかせ、お渡ししたいものがあって、と言いながらA４サイズの分厚い封筒を桃嘉に差し出す。袋の包みに入っていたのは画集だ。

「深山は、絵をお描きになると聞いたので」

「これ、わたし……」

「好みもあるでしょうし、気に入っていただけないかなと悩みましたが、この画家は日本統治時代の台湾で日本画を学んで、高い評価を受けた方なんです。ぼくが研究している作家たちとも交流があったようで。もしよかったら……」

百瀬は、この画集をくれるつもりなのだ。けれども、その必要はない。

「わたしも、この画集を持ってますよ」

　桃嘉がそう告げると、

「……やはりご存じでしたか。そりゃあ、そうでしょうね」

　百瀬は照れながら頭をかいた。

　夜、その画集を桃嘉は一枚ずつゆっくりとめくる。籐椅子に座って赤ん坊を抱く若い母親と、その横に立つおかっぱ頭の幼女。翡翠《ひすい》の腕輪と金の指輪で身を飾った中国服の老婦人。螺鈿《らでん》細工の小箱を目を輝かせてのぞきこむ姉妹。寝台に横たわって扇をあおぐ女性……日本美術展覧会の前身である帝国美術院展覧会に台湾人女性としてはじめて入選したという画家の絵を眺めながら、桃嘉はいつのまにか、祖父母が若かりし頃の台湾に思いを馳せている。まだ少女である伯母たちが赤ん坊である末の妹を、タカラモノ、と口々に呼んでいる風景を想像していたら、台湾が、淡水が、母の国が桃嘉は恋しくなってくる。画集のちょうど真ん中あたりに、この画家の生誕百年記念展の半券は挟まっていた。桃嘉と同じく、百瀬も展覧会の会場でこの画集を買ったと言っていた。もしかしたらすれちがっていたかもしれないですね、とふたりで笑い合ったのを思い出し、百瀬ともっと話してみたいと桃嘉は思う。すると次の日、ギャラリーに百瀬があらわれたのだ。ぼくももっと絵のことを学びたくなって、などと言っている。なんとなく嬉しくなる。二十分後、ではまた木曜日の夜に、と言って立ち去ろうとする百瀬に、今度お茶でもご一緒しませんか、と桃嘉は声をかける。百瀬は一瞬驚いたようだがすぐに、実を言えばぼくからもお誘いしたかったんですよ、とはにかむ。

　次の日曜日の昼下がりにはもう実現している。

　場所を決めるときに、せっかくならごはんも食べましょう、と言い出したのは桃嘉のほうで、レストランを選んだのは百瀬だった。深山は台湾のおいしいものをたくさん食べてきただろうからお気に召すかわかりませんが、と前置きしつつも百瀬は、

　——そこの、魯肉飯《lǔ ròu fàn》が、ぼくけっこう気に入ってて……

　チンゲン菜のみならずアヒルの煮卵と厚揚げも添えてあるその店の魯肉飯《ロバプン》は、豪華な見栄えだった。祖母や母がつくるものと比べたら甜麵醬《テンメンジャン》の風味がやや強く感じられるものの、魅惑的な味だと桃嘉は思う。追加で頼んだ甘えびの生姜炒めと汁米粉もなかなかおいしかった。空っぽになったお碗を両手で持ちながら、ルーローファン、と桃嘉は呟く。

「なんだかぜんぜんべつのお料理みたい」

　デザートメニューに視線を落としていた百瀬が顔を上げる。

「うちではいつも、ロバプン、と言うんですよ」

　一年も台湾に住んでいただけあって、百瀬は察するのが早い。

「台湾語ではそう言いますもんね」

タピオカ入りのココナッツミルクとマンゴープリンが来るまでの間、桃嘉は自分の中国語の老師にむかってひそかに訊ねてみたかったことを訊いてみる。中国語と出会ったきっかけですか？　と百瀬ははじめこそ照れくさがっていたものの、

「小学一年生か二年生のときかな？　台湾出身のクラスメートがいました。あるとき、その子が授業参観か保護者会に来ていた彼女のお母さんと中国語で話すのを聞いたんです……」

と告白する。

「きれいな響きのことばだなあ、とものすごく感動してしまって。思えばそれが、ぼくにとって中国語との最初の出会いなんですよね。とはいえ子どもだったので、それが何語かわからなくて。あとで彼女にお母さんと喋ってたあれ、何？　なんて聞いたりして……」

百瀬の話にうなずきながらも、桃嘉は上の空だった。自分にも、そんなことがあった。小学生の頃は、友だちやクラスメートたちのいるところで、母にいつもの調子で話しかけられると憂鬱になった。今の何？　何語？　おまえのかあちゃんナニジンなの？　絶対にあとでそう訊かれるからだ。

——ほかの子たちにわかんないことばで話しかけないでよ。

文句を言うと、母は、そうだったね、ごめんごめん、と謝りながらも、また同じことを

繰り返す。

――ママ、うちの外では日本語だけを話して。お願いだからそうして……

ほとんど怒鳴りつけるように言ったこともあった。母が口元をおさえて、はいはい、桃ちゃんは日本人だもんね、などと言うからなおさら癪《しゃく》に障るのだ。

（なんでママはふつうのママじゃないの？）

けれども、母はいつも一生懸命だった、と桃嘉は思う。

――ママ、がんばるね。だから桃ちゃん、何も心配しないで。安心して、花嫁さんしてね。

日本人にはあたりまえのことでも、母にとってはいつもそうだったわけではない。母がふつうのお母さんとちがうのなら、母よりもこの国のことをよく知っている自分が母を支えなくてはならないと思っていた。

――桃ちゃんはとてもいい子。ママ、しあわせ。

けれども支えられていたのは、いつだって自分のほうだった。

――わたしが離婚なんかしたら、ママ、かなしい？

あの日、母にそう言ったら、母はぽろぽろと涙を流しながらほとんど叫ぶようにわたしを叱ったのだ。

――何を言ってるのよ。それであなたが幸せになれるならあたしが嬉しくないはずないでしょう。あなたが無理してあのひとと一緒にいてそうやって苦しんでいるほうがママはずっとずっと悲しいの……

日本語かと思いきや、中国語になる。かと思えば台湾語もまじっている。母の声が桃嘉の背中を押した。

――桃ちゃん、しあわせじゃない。ママ、いちばん悲しい。桃ちゃん、しあわせが一番。

百瀬が、あの、ぼくなんか変なことを言ってしまったでしょうか、と遠慮がちにたずねる。桃嘉は笑って首を振ると、目が潤んでしまった理由を百瀬に告げる代わりに、

「きのう、ふと気づいたんです。老師の名前って、日本語だとモモセですよね。わたし、下の名前がモモカだから、モモ繋がりだなって……」

と話題を変える。一瞬きょとんとしたものの、ほんとだ、と百瀬は笑う。

「百瀬《Bǎi lài》と桃嘉《Táo jiā》は、日本語だとモモセとモモカでよく似てる」

＊

淡水河が輝いている。鳥たちがさえずっていると思いきや、伯母たちが手招きしている。母もいる。でも、みんな少女のような年頃なのだ。円卓を囲む人々に加わった桃嘉を抱きとめてくれたのは祖母のようである。祖父もいる。ほかにも会ったことはないけれど知っているひとたちがたくさんいる。木彫りの祭壇からは懐かしい匂いが身をくねらせていて、

そこよりももっと遠くにいるはずの絵描きだった曽祖父が近づき、色とりどりの音を描くための絵の具を分けてくれる。おいしそうな声が聴こえると思ったら宴はとっくにはじまっていた。鍋の中の魯肉飯《ロバプン》をたらふく食べているのは、今よりもずっと若い頃の父？　女の子がそばに駆け寄ってくる。ママ、と呼ぶ。

（ことばがつうじるからって、なにもかもわかりあえるわけじゃない）

目が覚めたとき、桃嘉は何十年も旅をしたあとのような余韻の中で思う。あの子はかつてのわたし？　それとも……。

# あとがき

魯肉飯、を、ロバプン、と綴ることに決めたのは小説を書き終えてからだ。書いている間はずっと、ロバペン、にしていた。

ペン、か、プン、か。

中国語なら、lǔ ròu fàn、と綴ればいい。

でも、これは台湾語。

台湾、と冠されながらも、これまでにただの一度も、台湾の「国語」として君臨するという経験を有したことのない言語。台湾の人びとは、ずっとこのことばをさえずるように喋り続けてきた。

魯肉飯をあらわすその響きは、私が両親や親族の声をとおして記憶している台湾語のうち、特に愛おしいものの一つである。

そして、実のところ、ロバペン、と、ロバプン、のどちらを採用したとしても、魯肉飯を意味する台湾語の音を正確にあらわせるわけではない。それなら、筆記用具を連想させる、ペン、よりも、プン、の方がこれといった意味がなくて、しかも、なんとなく愛嬌もある気がして、本書のタイトルは「魯肉飯《ロバプン》のさえずり」になった。

いまとなって思えば、日本語としても中国語としても台湾語としてももどことなくヘンテコな、たぶん、日本文学としてはまだちょっと〈ふつう〉でないこのタイトルが導いてくれたからこそ、私はこの小説を書きあげることができた。

何しろ私の日々の主旋律は、日本語。通奏低音は、いつしか台湾語と呼ばれるようになった、台湾の人びとが喋ることば。さらに、もしも自分が日本ではなく台湾で育っていたら「国語」として学んだはずの中国語も時折交じる。自分の「母語」は、こうしたタイワン語とチューゴク語の織り交ざったこのニホン語だ、と考えるようになり、言うようにもなり、さいわいなことに、周りからも少しずつそのことが認められてくると、小説でしかできない形で、この喜ばしさを表現したいという欲望は、ますます募った。

そんな心境で、本作の執筆に取り組むのは甲斐のあることだった。

あいにくなことに、〈ふつう〉でないとレッテルを貼られた存在たちに不寛容な状況は、現在もこの国のそこかしこで見受けられる。少なくない数の人たちが、〈ふつう〉でなければ、とか、〈ふつう〉であらねば、といったプレッシャーに晒されている。

けれども、〈ふつう〉の根拠など、大抵、いい加減なものなのだ。

私にとっては〈ふつう〉のことでも、この〈ふつう〉が、私ではないほかの誰かにとっても〈ふつう〉とは限らない。

だからこそ、桃嘉と雪穂という母娘だけが、この小説の作者である私の分身ではない。私は、聖司もまた、自分の分身なのだと思っている。彼と同じような境遇にあったなら、私もまた、自分にとってのみ快適で、居心地の良い状況こそが〈ふつう〉であると信じきって、疑いもしなかったかもしれない。そうでない保証などない。

かなしいけれど、現実はあいかわらず過酷なまでに不均衡で、自分が踏みつけられている痛みにはギリギリまで耐えようとするのに、誰かが悲しい思いをしていたらすぐさま心を痛めずにはいられない人たちばかりがひっきりなしに傷ついている。キレイゴトだと何度冷笑されても、潔癖で情の深い、真に優しい人たちがまっとうに報われる世界の到来を私は切に願っているし、それがもはや現実では叶いにくい「夢」になりかけているのだとしたら、せめて自分が書くもののなかにだけでも、私にとって親愛なる人びとが安堵できる場所を確保したい。

〈ふつう〉でない母のことばや国への思慕によって、〈ふつう〉の夫のもとで見失っていた自分を取り戻してゆく桃嘉の人生の一部分を、小説を書くという行為をとおして観察しながら、私はずっとそのように感じていたのだった。

この場を借りて、解説の執筆を快諾くださった渡邊英理さん、帯に推薦文を寄せてくださった加藤陽子さんに心からの敬愛を込めて。お二人のおかげで、私自身もこの小説は「愛の物語」なのだといよいよ胸を張ることができそうです。

装画をご提供くださった山本真澄さんにも感謝を。かのじょをさする「風の香」のなかに雪穂や姉妹たちの声が聴こえてくるようでこの表紙に恵まれた自分の小説の幸運さを思わずにはいられません。単行本同様、美しい装幀を手がけてくださったデザイナーの鈴木久美さんも本当にありがとうございました。『私のものではない国で』に続き、また宝物が増えました。そして、理想ばかり高くて、筆力がなかなか追いつかない私を信じて、粘り強く励ましてくれた中央公論新社の歴代担当者の御三方には、生まれて初めて書きあげられた長篇小説が本作であることは私にとって大きな誇りであると強調しておきます。

最後になりましたが、たったいま、この小説を読み終えた方や、これから読もうと思っている方。以前、すでにこの小説を読んだことのある方にも、もう一度。どうか、健やかで。あまりがんばりすぎず、だれといてもどこにいても、あなたがあなた自身のことをいちばんに思いやれていますように。

2023年、七夕の日に

温　又柔

# 解説

渡邊英理

風に運ばれる歌のように、デビュー作「好去好来歌」（二〇〇九）で日本語文学の世界に舞い立って以来、温又柔は言葉によって儚い者たちのための居場所を作りつづけてきた作家である。初の長篇小説である『魯肉飯《ロバプン》のさえずり』は第三七回織田作之助賞を受賞した作品だが、この小説もまた、居場所を求める「あなた」や「わたし」を歓待する言葉の連なりである。そこには、この社会に耳を澄ませば確かに聞こえてくるはずの小さな「さえずり」が掬い＝救いとられている。そのさえずりは、日本語、台湾語、中国語など多種多様な言語が入り混じり、それらが共鳴したり、反響しあったりする多声的な声である。「モモチャン」、「ロバプン」／「ルーローファン」（魯肉飯）、「がんばる」、「サンピィパ」（やせっぽち）、「ハオポンヨウ」（好朋友）。国家や言語のあわいを漂う魅力的なさえずりがこの小説から聞こえてくる。

『魯肉飯のさえずり』の言葉の文様は、まず、母娘の物語を基調に紡がれている。台湾で出会った日本人男性と結婚した台湾人の母。同じく日本人男性と結婚した、台湾人と日本人の「ミックス」である娘。小説は、この二代にわたる女たちの物語を縦糸とする。母と娘は、いずれも日本人男性を配偶者とする。それぞれのパートナーは、しかし、対照的で、むしろ真逆と言ってもよい。その対照的な恋愛と結婚の物語を横糸に、小説は、わたしたちに、愛する誰かと生きることとは、さらには誰かを愛することとは、といった問いを投げかけ、思索へと誘う。その意味で、『魯肉飯のさえずり』は、良質の「恋愛小説」としての一面も携えている。

　この小説はまた、台湾で出会った茂吉と結婚し日本に渡った母・雪穂の「一代記」を活写する。少女期にカタカナを、来日することが決まった時に茂吉からひらがなを習った雪穂は、日本語が堪能ではない。不自由な「言葉の杖」を握りしめて、異国で文化の異なる社会を生きている。母・雪穂は、ひとり娘の桃嘉を溺愛し、「桃ちゃん、いい子」「桃ちゃん、えらい」と娘に手放しの肯定を与える。やや過保護にも見える雪穂の言動は、日本語の語彙に乏しい「外国人」としての、そして母親としての性格類型を示す指標でもあるが、同時にまた、「文化」の違いの顕《あらわ》れとしても示されている。すなわち、世の中に対し自分の家族をへりくだって表現するような振る舞いを美徳とする日本的な価値観に対して、それとは異なる言動や生活慣習に価値を置く世界を雪穂が生きている証である。

　しかしながら、台湾名である「秀雪」を捨て「雪穂」という日本人になった母の日本語を、幼い娘の桃嘉は恥ずかしいと感じ、母が日本人でないことを責めるような気持ちすら抱いてしまう。母・雪穂もまた、自分が日本人であったらどんなによかったか、と悩み考えこむ。ふたりが傷つき、娘が母を、母が娘を思わず傷つけあってしまうのは、日本社会が及ぼす同化と排除の圧力ゆえである。雪穂と桃嘉において、その圧力は、おもに「人種／民族」、「国家」、「言語／文化」をめぐって加えられている。

「人種／民族」、「国家」、「言語／文化」。これらのカテゴリーは、それぞれ別のレベルに位置するものであり、ゆえに当然、別々の境界をもっている。また、これらのカテゴリーは自然なものではなく、歴史や社会のなかで人為的につくり出され、分節されたものだと言える。だから、そのカテゴリーを象《かたど》る境界は流動的で、恣意的で偶発的なものに過ぎない。しかしながら、「人種／民族」、「国家」、「言語／文化」という境界やカテゴリーを実体化し、それらを三位一体的に捉える傾向が日本社会では根強い。たとえば、日本国籍を持つ「日本人」による「正しい日本語」で書かれた「日本文学」を「正しい」規範とするような思考のスタイルや感性のあり方に、その傾向を見ることができるだろう。同様に、難民や亡命者、クィアな身体や関係性を歓待しないこの社会の冷淡さにもその傾向は現れているとも言えるかもしれない。「人種／民族」、「国家」、「言語／文化」など人為的に構築されたカテゴリーを確固とした境界で囲われた所与のものとして捉え、それらが一体として一致するあり方を規範とする。そのような社会のうちには、それらが重なりあわない狭間を生きる人びとを「規格外」として括りだし、さらには異物として排除しようとする差別的な感性がはらみもたれることだろう。雪穂と桃嘉、ふたりの困難が由来するところは、こうした同質化を強い、異質なものを排除しようとする日本社会の有形無形の圧力である。

小説は、こうした社会のあり方に、「魂」の質において対峙する。『魯肉飯のさえずり』の桃嘉は、中学受験の帰り道、密かにある決意を抱く。それは、この小説のなかで最も印象的とも言える場面のひとつだ。面接試験で話す母の日本語を、当初、ハラハラして聞いていた桃嘉は、しかし、「苦手なはずの日本語で懸命に話す母の声を聞くうちに胸がいっぱいになった。そして、日本人でないことで母を責めたことがある自分が恥ずかしくなった」。「母がふつうのお母さんとはちがうのなら、自分が母のことを守りたいとあのとき心に誓った。――ぼくたちとちがって、ママにとって日本は外国なんだ。これからは桃嘉も、パパと一緒にママを支えてあげられるようになるかな？　李秀雪。母のもうひとつの名前を教えてくれたときに父からも言われていた」。

秀雪／雪穂と桃嘉の苦境は、ふたりが暮らす当の社会がはらみもつ排他性、それと表裏の同質的な傾向から生じているものだ。根本的に考えるなら、日本で暮らす「外国人」をはじめとする弱い立場の人々を苦境に追いやるようなことはないほうがいいのだし、また、歪んだ社会のせいで苦しい立場に立つ家族の一員を他の家族が守らなければいけないようなケースは、生じないほうがいいに決まっている。その意味で、現状の歪《いびつ》な社会のほうこそが変わるべきなのである。また、小六の娘が母を守ろうとする健気な決意は悲壮でもあり、母による娘への抑圧とも感じられる。しかし、このように考えてみてもなお、この場面は美しい。その美しさは、わたしに、石牟礼《いしむれ》道子《みちこ》の自伝的出来事を想い起こさせる。

ここで触れたいのは、石牟礼の母・はるのが、石牟礼の祖母・おもかさまに対する思いを言葉にしたものだ。石牟礼は、その「自伝」のなかで、石牟礼の実母はるのが語った言葉を聞書きしている。石牟礼の母方の祖母であり、はるのにとって実の母親でもあるおもかさまは、かつての想い人との別れ、夫と別の女性との婚外恋愛などの出来事を経て、精神の病を得ることになる。「はるのは十歳くらいのときに、実母のおもかさまが尋常でないのを見て、「自分の方が親にならんば」と思ったという。この言葉を死の一週間前にきいて、わたしは深い感動を覚えた。十歳になるやならずの女の子が、そういうことを思いつくのか。さぞその一生は大へんであったろう。死の近いことを覚ってわたしが、ある夜、言葉をかけた。「おもかさまの世話が、大へんじゃったなあ」それに対して、はるのの返事が、「自分の方が親にならねば」であった。母の一生を考えるとただただ頭が下がる」（『葭の渚——石牟礼道子自伝』）。

以前この場面を読んだわたしは深い感動を覚え、それは今もまだ薄れていない。「魂が深い」。ここには、まさに、この水俣での最上の褒め言葉に似つかわしい何かがある。『魯肉飯のさえずり』の桃嘉の誓い——「自分が母のことを守りたい」という誓いを読んだ時に感じた思いも、それに匹敵する深い感動であったことを、わたしは、ここに告白したいと思う。石牟礼や温がその言葉で示したこの「魂の深さ」こそ、「ふつう」でないことや「尋常」でないことなど、規格から外れることを許す余地の少ない社会に欠けているものではないだろうか。

『魯肉飯のさえずり』は、小説という言葉において「魂の深さ」を追求している。この小説は、この息苦しい社会にも多様な声が満ちていることを示し、また、どれほど大きな力がそれを押さえつけようとしても、言葉にならない声の響きを、けして消し去ることなどできないことを明らかにする。母も娘も、彼女たちをとりまく人々も、「魂の深さ」を求めて、さえずりをやめることはしない。この世界には、多様な言語が入り混じる多声的なさえずりが谺《こだま》している。わたしたちは、本書を通じて、そのさえずりが世界を豊穣化しうるという確信を得ることができるだろう。小説の仕事のひとつに、規格外の生や小さな声を肯定するということがある。『魯肉飯のさえずり』は、間違いなく、その美しい仕事を達成している。そして、この小説がなしえた仕事は、同じことを社会のなかでなそうとするわたしたちに励ましを与えつづける。

（わたなべ・えり／大阪大学大学院教授。日本語文学、批評）

本文中、カタカナで表記された台湾語は、台湾人の両親を持つ著者の記憶に基づいた表現であるため、発音や文法などが正式な台湾語とはやや異なっている場合があります。何卒ご了解ください。

初出　「アンデル　小さな文芸誌」二〇一八年六月号〜十二月号
『魯肉飯のさえずり』　二〇二〇年八月　中央公論新社刊

中公文庫

# 魯肉飯《ロバプン》のさえずり

2023年 8 月25日　初版発行

著　者　温《おん》　又《ゆう》　柔《じゅう》

発行者　安 部 順 一

発行所　中央公論新社

〒100-8152　東京都千代田区大手町1-7-1
電話　販売 03-5299-1730　編集 03-5299-1890
URL https://www.chuko.co.jp/

ＤＴＰ　嵐下英治
印　刷　大日本印刷
製　本　大日本印刷


Published by CHUOKORON-SHINSHA, INC.
Printed in Japan　ISBN978-4-12-207400-2 C1193